AF185345

ISBN: 978-3947738755

© 2021 Kampenwand Verlag
Raiffeisenstr. 4 · D-83377 Vachendorf
www.kampenwand-verlag.de

Versand & Vertrieb durch Nova MD GmbH
www.novamd.de · bestellung@novamd.de · +49 (0) 861 166 17 27

D.C. Odesza
Umschlaggestaltung   My Bookcovers
Unter Verwendung von Shutterstock
Lektorat – KRC Lektorat / Melanie Anderson
Korrektorat – Sybille Weingrill
swkorrekturen.eu
Druck: FINIDR, s.r.o.
Lípová 1965 . 737 01 Český Těšín . Česká republika

D.C. ODESZA

MALADY
Wayward

KEIN LIEBESROMAN
BAND EINS

D.C. ODESZA

D.C. ODESZA ist das Pseudonym einer jungen, deutschen Autorin. In ihren Romanen gibt es keine Tabus. Die Szenen werden ausführlich und abwechslungsreich umgesetzt mit einem Hauch an BDSM, Thriller-Elementen und unvergleichbarem Dark-Anteil.

Folge mir auf Instagram
Finde mich auf Facebook
www.dcodesza.com

HINWEIS

In meinen Romanen werde ich, bis auf wenige Passagen, auf Verhütungsmittel verzichten – was jedoch nicht heißen soll, dass sie im realen Leben nicht wichtig sind! Nur leider kommt es häufiger als gedacht vor, dass Leser einen fiktiven Roman mit der Realität verwechseln.

Dies ist kein Roman für Minderjährige. Die Geschichte ist nicht für Leser geeignet, die nicht in der Lage sind, einen fiktiven Roman von der Realität zu unterscheiden. In diesem Roman wird keine Gewalt verherrlicht, dennoch kommen Szenen, die Gewalt beinhalten, vor.

Für alle, die träumen.
Für alle, die kämpfen.
Für alle, die tief fühlen.
Für alle, die nicht aufgeben.

DIE ANREISE

Ruckelnd fährt der Bus an, der mich nach einem Zwölf-Stunden-Flug von Nashville nach Santa Cruz zum Haus meiner Gastfamilie fahren wird. Aus meinem Wanderrucksack, der mir beinahe vom Airport zur Bushaltestelle das Rückgrat gebrochen hat, ziehe ich die Dokumente der Au-Pair-Vermittlungsagentur hervor.

Mehrmals, obwohl ich die Angaben bereits ohne Versprecher herunterbeten könnte, überfliege ich mit den Augen die Zeilen.

An den Dokumenten angehängt sind E-Mails, die ich mit dem Vater der Gastfamilie ausgetauscht habe. Ich kann nicht gerade sagen, dass unser E-Mail-Verkehr zwanglos und nett verlief, aber das habe ich von einem Mann, der auf dieser Insel angeblich ein hohes Tier ist, auch nicht erwartet. Unsere Mails beschränken sich auf fünf Antworten. Die restlichen Mails habe ich mit seiner Assistentin Soraia ausgetauscht. Sie war sehr freundlich und hilfsbereit. Sie versprach mir eine tolle Zeit auf der Insel und schickte mir vorab Bilder der beiden Kinder, die ich betreuen werde.

Somit kann ich meine Vorfreude auf dieses spannende Erlebnis kaum in Grenzen halten.

Mein Blick fällt aus dem Fenster des Busses. Nach nur wenigen Minuten haben wir die Hauptstadt der Insel Madeira verlassen und fahren an der zerklüfteten Küste entlang. Hohe Fächerpalmen, krautige Büsche, blühende Hänge, ausgebaute Panoramaplattformen ziehen an meinen Augen vorbei. Es wird die Erfahrung meines Lebens werden – da bin ich mir sicher.

Zur Insel habe ich mich genaustens belesen. Zwar bewohnt die Familie Almeida eine Quinta, die Googlemaps nicht finden konnte, aber ich bin mir sicher, dass mich ein Taxifahrer der Ortschaft problemlos zur Villa fahren wird.

Aufgeregt und mit schnell pochendem Herzen betrachte ich immer und immer wieder die Fotografien, die mir Soraia geschickt hat. Das Haus ist immens groß, besitzt über dreißig Zimmer, hat über tausend Quadratmeter Wohnfläche und wird von einem botanischen Garten mit großen Gewächshäusern umgeben. Ganz in der Nähe liegt eine Bucht mit feinem Sandstrand, an dem ich meine Freizeit mit einem Buch verbringen werde.

Doch das Beste ist nicht das Anwesen, sondern die Bezahlung. Meine Vermittlerin meinte, dass die wenigsten Bewerberinnen sich für Madeira entscheiden, da Australien, Amerika und England wesentlich gefragter sind. Für mich ist Madeira perfekt. Ich will mein Portugiesisch auffrischen und mag ruhige Orte. Weit weg vom stressigen Nashville habe ich zum ersten Mal die Möglichkeit, auf dem Land zu leben.

Nach bloß einer halben Stunde Fahrzeit hält der Bus in der kleinen Gemeinde Arco de São Jorge. Ich schnappe meinen Rucksack und meinen Reisekoffer, schultere meine Handtasche auf und hänge mir eine weitere Tasche über die Schulter. Mit Mühe verlasse ich den Bus, ohne irgendwo hängen oder stecken zu bleiben. Ein Wunder, dass ich mich nicht an einem Sitz verheddere und ihn auch noch mit aus dem Bus zerre.

Meine Mutter bestand auf weniger Gepäck, schließlich können sie mir jederzeit Sachen zuschicken oder ich kann mir vor Ort alles Wichtige kaufen. Aber ich wollte alles Nötige bei mir haben, eben weil ich weiß, dass sich dieser Ort auf dem Land befindet.

Allerdings hätte ich nicht gedacht, wie abgeschieden diese Gemeinde wirklich liegt.

Da bist du also. Irgendwo im Nirgendwo.

Der Bus wirbelt Staub auf, als er mit den Urlaubern, die zu ihren Hotels bugsiert werden, davonfährt. An der Haltestelle schaue ich mich suchend in alle Richtungen um. Die flimmernde Hitze brennt auf meinen nackten Schultern. Für Anfang Juni ist es verdammt heiß, jedoch ziehen sich weiter entfernt hinter dem schimmernden azurblauen Meer dunkle Wolken zusammen.

Ich blinzele zweimal.

Was für ein unglaublich toller Anblick. An der Haltestelle lasse ich bis auf meine Handtasche mein Gepäck neben blühenden Hortensien- und Oleandersträuchern stehen, um an die verbeulte Leitplanke der Aussichtsplattform heranzutreten. Überall stechen blaue, weiße und rosafarbene Blütenköpfe in der hügeligen Landschaft hervor. Nicht umsonst heißt Madeira auch »die Blumeninsel«.

Direkt hinter der Haltestelle befindet sich eine Leitplanke, da sich ein scharfer Abhang dahinter erstreckt. Ich lege beide Hände auf die Leitplanke, atme den warmen salzigen Duft der Seeluft ein und betrachte das schillernde Meer. Bis auf die wenigen Familienurlaube habe ich selten das Meer gesehen.

Aus dem Wasser ragen schwarze scharfkantige Felsen wie Finger empor, an denen die kräftigen Wellen branden und einen Sprühregen erzeugen. Es sieht unglaublich faszinierend aus.

Blonde Haarsträhnen flattern über mein Gesicht, als ich einige Sekunden die Augen schließe, um den Augenblick aufzusaugen. Kaum dass ich den Moment genieße und sich meine Nackenverspannung von der anstrengenden Reise löst, höre ich hinter mir Kies knirschen.

Sofort öffne ich die Augen. Könnte sein, dass mein Taxi schon da ist, das ich per App am Flughafen bestellt habe. Doch statt eines Taxis steht ein schwarzhaariger Mann in schwarzem Muskelshirt und dunkelgrauen, etwas verschlissenen Jeans vor mir. Durch sein Haar geht der Wind, der hellere Haarpartien in ein leichtes Gold taucht.

»Wenn du noch länger hierbleibst, wirst du in den Sturm, der sich dahinten zusammenbraut, geraten.« Seine schokoladenbraunen Augen wandern von mir zu meinem Reisegepäck. Zwischen seinem gepflegten Bartschatten kann ich seinen rechten Mundwinkel zucken sehen. Der Mann ist leicht sonnengebräunt, spricht akzentfrei Portugiesisch und scheint ein Einheimischer zu sein. Und er sieht wirklich sehr attraktiv aus, wie ein klassischer Latinoverschnitt, nur dass er größer ist als ein Spanier.

»Ich warte auf mein Taxi, das jeden Moment kommen wird.«

»An diesem Ort?«

Ja, sagte ich doch, oder nicht?

Seine aufdringlichen forschen Blicke wandern über meine hellen Beine, die lange kein Sonnenlicht gesehen haben. Ich gebe zu, in den roten Shorts und dem bauchfreien weißen Top mit den glitzernden Pailletten am Ausschnitt sehe ich im Vergleich zu ihm aus wie ein Albino aus der Antarktis.

»Ja, ich habe eine Bestätigung erhalten. Gibt es ein Problem mit diesem Ort?« Er lauscht meinen Worten aufmerksam. Ich kann in seinem Gesicht ablesen, dass er überlegt, aus welchem Land ich komme.

»Kann nicht sein, *menina*.« Hat er mich gerade Mädchen genannt? Ich bin dreiundzwanzig. Er dürfte Anfang dreißig sein, wenn ich nicht komplett falschliege.

»Wohin musst du? Wenn wir uns beeilen, kann ich dich ins Dorf zu deiner Unterkunft fahren. Musst du zum Casa del Mar oder Casa das Hortênsias?«

»Weder noch. Ich bin keine Urlauberin. Ich muss zur Quinta da Crescente Vermelho. Weißt du, wo das liegt? Die Villa dürfte nicht weit entfernt sein.«

Kaum dass ich den Namen der Villa ausgesprochen habe, verdüstern sich seine Blicke, als hätte ich ihn aufs Derbste beschimpft. Er bringt ein gequältes Lächeln hervor und wendet sich seinem Jeep zu.

»Hallo?«, rufe ich ihm fragend nach. Im selben Moment landen die ersten Regentropfen auf meinen Schultern. Schwarze dunkle Flecken bedecken den brüchigen Asphalt der Straße, während ein heftiger Wind aufzieht, der mein Haar wild durch die Luft flattern lässt. »Kannst du mir nicht sagen, in welche Richtung ich muss?«

»Nein, kenne die Quinta nicht. Ich muss los.« Eiskalt, ohne auch nur einen weiteren Blick in meine Richtung zu werfen, steigt er in seinen alten dunkelblauen Jeep ein und startet den Motor.

An der Beifahrerseite bleibe ich stehen und klopfe gegen die Scheibe. »Gerade wolltest du mich zu den Unterkünften fahren und jetzt …« Er gibt Gas, starrt stur durch die Frontscheibe einen fixen Punkt an und fährt von der Haltebucht mit quietschenden Reifen davon. Nach einer Wendung fährt er auf das Ortsschild Arco de São Jorge zu.

»Nette Begegnung … ja, wirklich …«, murre ich auf Englisch. Da der Fremde recht behält, der Regen über die Landschaft einbricht und der Sturm stärker wird, gehe ich zu meinem Gepäck zurück. Aus dem Koffer krame ich eher umständlich und leise fluchend meine rote stylische Regenjacke von Reebok. Die Haltestelle ist nicht einmal überdacht. Wenn kein Haltestellenschild an dieser kleinen Aussichtsplattform stehen würde, würde man überhaupt nicht erkennen, dass es sich hier um eine Bushaltestelle handelt.

Es vergehen weitere Minuten, als ich im kalten Atlantikwind stehe und auf mein Handy starre. Normalerweise wird mir angezeigt, wie lange der Taxifahrer noch braucht, bis er bei mir eintrifft. Doch es steht bloß »Ihr Auftrag wurde entgegengenommen« da. Kurzerhand entscheide ich mich, das Taxiunternehmen anzurufen.

»Ja, hallo, ich habe ein Taxi von Arco de São Jorge zur Quinta da Crescente Vermelho bestellt. Wann wird es eintreffen?«

Nach einigen Sekunden, in denen der Sturm an meiner Regenjacke reißt und der kalte Regen gegen meine nackten Beine peitscht, antwortet mir eine sehr unfreundliche Frau.

»Momentan haben wir viele Anfragen. Sie müssen eine Stunde warten oder ein anderes Unternehmen anrufen.«

What?

»Können Sie mir ein anderes ...« Ehe ich meine Frage stellen kann, hat sie aufgelegt.

Regen tropft von meiner Kapuze, Wasser läuft in meine Keilsandalen, während ich mit offenem Mund meinem Handydisplay entgegenstarre. *Echt jetzt?*

Und was nun? Allmählich will ich nichts weiter, als bei meiner Gastfamilie anzukommen. Zwar wollte ich sie nicht darum bitten, mich abzuholen, um ihnen keine Umstände zu machen, aber was bleibt mir anderes übrig.

Ich suche die Mobilnummer der Assistentin Soraia in meiner Kontaktliste. Ganz ehrlich, die Insel ist bis auf den hereinbrechenden Sturm wirklich wunderschön, jedoch sind die Verkehrsanbindungen ein absoluter Albtraum.

»Hallo, Melody«, begrüßt mich Soraia mit einer freundlichen Stimme. Wie schon die letzten Male spricht sie meinen Namen falsch aus, was sehr viele machen. »Wir warten auf dich. Hast du Schwierigkeiten, das Anwesen zu finden?«

»Hallo, Soraia, ich bin in der Gemeinde Arco de São Jorge angekommen und hatte ein Taxi bestellt, das leider abgesagt wurde.«

»O nein, keine Sorge, es wird dich jemand abholen. Wo befindest du dich genau?«

Das ist ja sehr freundlich.

»Ich befinde mich an der Bushaltestelle. Ich glaube, es gibt nur eine Haltestelle in diesem Dorf, oder?«

»Ja, ja, es gibt nur eine. Bleib bitte dort. Ich schicke jemanden zu dir. Dauert nur einen Moment. Hoffentlich regnet es nicht schon bei dir.«

Ich schaue von der Pfütze, die sich um meine Keilsandalen bildet, zu den Wolken, die einen heftigen Regenguss niederlassen. *Hört sie das Prasseln des Regens nicht?*

»Doch, es regnet leider schon. Ich danke dir und warte an der Haltestelle.«

»Bis gleich. Wir freuen uns auf dich.«

Als sie aufgelegt hat, setze ich mich auf den großen Schalenkoffer. Innerlich bete ich, dass meine Kleidung nicht durchweicht und ich meine Kleidung waschen muss. Der Koffer dürfte den Regen abschirmen, der Wanderrucksack auch, bloß der Beutel und meine Handtasche nicht.

Ich presse meine lang zusammengesparte Lederhandtasche von Gucci schützend an meinen Körper und warte Minute um Minute auf denjenigen, der mich abholt. Rechts von mir sehe ich vereinzelt rote Dächer aufragen, links von mir verschwindet die Straße nach einer scharfen Linkskurve um einen hohen Berg herum an der Küste.

Zwei Autos fahren an mir vorbei. Die Menschen schauen zwar in meine Richtung, aber keiner der Wagen hält an. Nach gefühlt einer Viertelstunde biegt ein schwarzer Mercedes-Geländewagen um den Berg. Die Scheinwerfer blenden mich einen Moment. Das Auto fährt viel zu schnell, als dass es von demjenigen gefahren wird, der mich abholen soll. Doch mit quietschenden Reifen und summendem Motor hält der SUV vor mir.

Ein Mann Anfang dreißig schaut mit einem strengen umschatteten Blick zu mir, als sich die Scheibenwischer hektisch hin und her bewegen.

Mit zwei Fingern deutet er mir an, mich zu ihm zu bewegen. Hoffentlich ist das nicht der Vater der Gastfamilie, den ich von seinen Geschäften abhalte.

Aber was solls, irgendwie muss ich ja zu dem Anwesen kommen.

Ich erhebe mich, schultere meinen sauschweren Rucksack auf und schnappe meinen klobigen Schalenkoffer und durchgeweichten Stoffbeutel. Als ich mich dem Wagen nähere, läuft der Motor des Wagens weiter, und der hochgewachsene Mann mit dunkelblondem Haar und in einem noblen Anzug steigt aus. Er öffnet einen Schirm über sich und hält mir die Hand entgegen.

»Freut mich sehr, Sie kennenzulernen«, sage ich dankbar und will meine Hand in seine legen. Doch er lächelt schief. Seine Hand weicht meiner aus, um den Griff des Koffers zu umfassen.

»Wenn ich darf, würde ich dein Gepäck einladen. Du brauchst mich nicht zu siezen, ich bin bloß der Butler.« *Butler?*

Kurzerhand schnappt er meinen Koffer, rollt ihn zum Kofferraum und bittet mich dann auf eiskalte Art und Weise, ihm den Rucksack und den Beutel zu überlassen.

Okay, scheint zur Butlerschule zu gehören, dass er sich so distanziert und freudlos verhält. Die müssen wohl einen Stock im Arsch haben. Allerdings sollte es doch die Aufgabe eines Butlers sein, Gäste zu begrüßen. Merkwürdig.

Er hält mir die Tür hinter dem Beifahrersitz auf. Als ich einsteige, fällt mir auf, wie neu und sauber das Auto aussieht. Es weist diesen Fabrikgeruch auf, den nur Neuwagen besitzen.

Und jetzt saue ich die Sitze mit meiner nassen Kleidung ein. Wortkarg nimmt der Mann, der sich nicht einmal vorgestellt hat, auf dem Fahrersitz Platz und gibt Gas. Regen perlt von seinem Jackett und seinem dunkelblonden bis zu den Ohren gehenden Haar ab. Neugierig mustere ich ihn mit meinen Blicken. Er sieht für einen Butler sehr vornehm aus und zugleich irgendwie verschlagen. Seine Mundwinkel sind nicht nach unten gezogen. In ihnen lauert diese Überlegenheit, die nur Männer ausstrahlen, die sich für etwas Besseres halten. Ob er sich auf sein Aussehen etwas einbildet? Denn seine Gesichtszüge sind symmetrisch. Er hat etwas hervorstechende Wangenknochen, ein Grübchen auf dem Kinn, einen gepflegten Dreitagebart und offene Augen mit dichten Wimpern und für einen Mann markante und zugleich scharf gezeichnete Brauen. Ich würde ihn als äußerst schön bezeichnen.

Die gesamte Zeit schaut er auf die Straße, ohne ein Wort zu sagen. Ich hasse genau diese Momente, wenn man sich fremd ist und nicht weiß, worüber man reden soll.

Ich entscheide mich dafür, nicht mit ihm zu sprechen, sondern die Umgebung zu betrachten.

Wir fahren bestimmt zwei Kilometer einen steilen Berg hinauf, verlassen die Küstenstraße und biegen auf einen Weg mit mehreren Serpentinen ab. Je höher wir fahren, desto wilder und dunkler wird die Umgebung. Es sind nur noch selten blühende Sträucher zu entdecken, dafür dunkle verknöcherte Bäume mit teilweise kahlen Zweigen. Die Wolken senken sich wie ein dichter Nebelschleier zwischen den Baumstämmen. Man könnte meinen, es wäre früher Abend und nicht Nachmittag. Je höher wir fahren, desto schlechter wird mein Handyempfang.

Ich tippe eine kurze Nachricht an meine Mutter ein, damit sie weiß, dass es mir gut geht und wo ich mich befinde. Nach drei Versuchen wird die Mitteilung versendet. Als ich wieder aufblicke, nähern wir uns einer von Wein bewachsenen Steinmauer, hinter der Äste von Bäumen wie dürre Finger über die Steinwand ragen. Es sieht auf den ersten Blick ziemlich unheimlich im Regen aus, als würden die Bäume verzweifelt ins Freie gelangen wollen.

Der Fahrer lässt den Wagen an zwei versteinerten Adlern vorbeirollen, die die Auffahrt flankieren. In unregelmäßigen Abständen entdecke ich Überreste von ehemals kegelförmig geschnittenen Sträuchern. Teilweise sind sie eingegangen oder aber haben ihre Form verloren und wachsen nach ihrem Willen vor sich hin. Hinter den hohen Bäumen schimmert im Regen Glas. Wenn ich blinzele, erkenne ich die Kuppel eines Gewächshauses.

Auf dem Rasen, der löchrig, gelb verbrannt und halb verdorrt ist, liegen Kinderspielzeuge wie ein Ball, Roller oder Tennisschläger. Es steht sogar ein Trampolin im Garten.

Also irgendwie hatte ich mir alles etwas gepflegter und einladender vorgestellt. Es kann auch an dem miesen Wetter liegen, das meine Freude trübt. Trotzdem wirkt der große Garten vernachlässigt und irgendwie trostlos.

Der SUV hält vor Steinstufen, die zum Eingang eines vierstöckigen Anwesens mit Walmdach, Erkern und Balkonen führen. Ich presse das Gesicht näher an die Scheibe, um einen Blick auf das Haus zu erhaschen, in dem ich die nächsten Monate leben werde.

Es muss ehemals hellblau angestrichen gewesen sein. Aktuell sieht die Fassade aus wie ein fahles ausgewaschenes Grau.

Mein Puls beschleunigt sich, als sich die große braune Holztür öffnet und ein rotblonder Haarschopf aus ihr hervorlugt. Eine Frau mit weiblichen Rundungen verlässt in einem Faltenrock und in kanariengelber Bluse das Haus. Sie bleibt auf den Stufen stehen, wippt aufgeregt auf den Fußballen ihrer flachen Ballerinas hin und her und schaut erwartungsvoll auf den Wagen.

Ich schlucke hart. Das muss Soraia sein. Am Telefon klang sie wesentlich jünger. Und was ist, wenn es die Mutter der Kinder ist?

Kaum dass der Butler den Motor des Wagens ausgestellt hat, verlässt die rundliche Frau mit einem breiten Lächeln die Überdachung und tritt an den Wagen. Noch bevor ich nach dem Türgriff fassen kann, wird die Wagentür von dem namenlosen Fahrer geöffnet. Freundlicherweise breitet er wieder den großen schwarzen Schirm über mir aus und überlässt ihn mir.

»Da bist du ja, Melody. Ich freue mich so, dich kennenzulernen. Ich hoffe, du hattest eine angenehme Reise? Du siehst etwas müde aus.«

Ehrlich gesagt bin ich nach dem Zwölf-Stunden-Flug komplett erledigt. Der Jetlag knockt mich total aus. Am liebsten würde ich mir eine Chipspackung schnappen, den Wasserhahn einer Badewanne aufdrehen und ein Bad nehmen, während ich mir die neueste Staffel von *Blacklist* anschaue. Aber etwas muss ich mich noch zusammenreißen, bevor ich mich ausruhen kann.

Ich erwidere ihr Lächeln und reiche ihr meine Hand. Sie ist die erste Person, seit ich den Bus verlassen habe, die mir herzlich entgegenlächelt. »Mir geht es gut, keine Sorge.«

»Das höre ich gern. Dann wollen wir nicht länger draußen warten. Komm rein, komm schon. Wir haben nur auf dich gewartet.«

Der Butler schenkt mir einen spöttischen Seitenblick, als er mit meinem Koffer und meinem Rucksack im Gepäck an mir vorübergeht.

Mann, muss der so finster glotzen? Er scheint ja wenig zu lachen zu haben.

Heimlich die Augen verdrehend folge ich Soraia, die sich in ihren roten Lackballerinas merkwürdig fortbewegt wie eine Ente. Zugleich schwingen ihre Arme vollkommen unkoordiniert und hektisch im Gehen mit, als sie das Haus betritt. Ihr Haarspray sticht in meiner Nase, sodass ich fast niesen muss.

Nachdem ich die Haustür hinter mir gelassen habe und eine kühle Halle betrete, werde ich meine Regenjacke los und betrachte mit leicht geöffnetem Mund den Eingangsbereich meines vorübergehenden Zuhauses.

O nein. Das sieht alles andere als einladend aus.

MALADY

M alady Wayward. Das ist Ihr Name? Da liegt kein Irrtum vor?« Wie er meinen Namen ausspricht, hört es sich an, als müsste ich mich für ihn schämen.

Nun ja, früher habe ich mich für diesen hässlichen Namen in Grund und Boden geschämt. Angeblich stand meine Mutter während meiner Geburt so unter Schmerzmitteln, dass sie kaum noch klar denken konnte. Ihr könnte ich es ja verzeihen, zwei Vokale verwechselt zu haben. Aber mein Vater hätte checken können, dass sie statt Melody Malady ausgefüllt hat. Jedoch soll mein Vater bei der Entbindung für einen Moment komplett weggetreten sein. Von einem Sturz auf den Kopf wurde mir aber nichts berichtet.

Wie es nun mal ist, ich heiße so. Statt *Melodie* heiße ich *Krankheit*. Mittlerweile habe ich mich mit meinem Namen arrangiert und Frieden geschlossen. Wer möchte nicht auch gerne Krankheit heißen? In Kombination mit meinem irrwitzigen Nachnamen heiße ich *eigensinnige Krankheit*. Das klingt, je älter ich werde, umso gruseliger und ausgefallener. Andere würden sich solch einen verrückten Künstlernamen patentieren lassen.

»Dona Teimosa …« Er kaut auf meinem Namen auf Portugiesisch herum wie auf einem Olivenkern. Je öfter er ihn ausspricht, desto bitterer wird der Geschmack. Ja, so soll es sein.

Aufgeregt hake ich eine Haarsträhne hinter mein Ohr und schaue mich verstohlen in dem Arbeitszimmer, das sich im Erdgeschoss befindet, um. Es ist sehr – wie soll ich es am besten ausdrücken, ohne dass es abwertend klingt? – düster, kalt und müffelt nach verstaubten Büchern und Möbelpolitur und altem Leder.

Die schweren Samtvorhänge sind hinter dem Gastvater zugezogen. Uns trennt ein kolossaler Schreibtisch. Ich hocke auf einem moosgrünen Sessel, er auf einem Bürostuhl mit dunklem Lederbezug. In jeder Ecke des Raumes stehen seltsame Vitrinen und Regale, in denen sich Pokale gegenseitig an Größe übertrumpfen und Gemälde irgendwelche abstrakten Landschaften abbilden.

Meine nigelnagelneuen Keilsandalen stehen auf

einem Teppich, der aussieht, als wäre er bereits bei der Entsorgung einer Leiche zum Einsatz gekommen. Würde er richtig gereinigt werden, sähe er sicher wunderschön und hochwertig aus.

Unauffällig pule ich an meinen frisch manikürten Fingernägeln. Ich habe mich seit zwei Wochen auf diese Reise vorbereitet, mir den Flug zusammengespart und mir permanent überlegt, welchen Eindruck ich erwecken soll.

Und jetzt denke ich bloß, vielleicht fliege ich noch heute wieder zurück nach Nashville. Dass das Haus so abgelegen liegt, hätte ich nicht erwartet. Das ist auch gar nicht das Problem. Viel schlimmer ist diese triste, melancholische Stimmung, die sich in diesem Anwesen ausdehnt. Hätte ich ein paar Tage eher gewusst, wie vernachlässigt die Villa ist, hätte ich es mir definitiv anders überlegt.

»Ich will ehrlich zu Ihnen sein«, erklärt der Vater der zwei Kinder, die ich als Au-pair betreuen soll. Bisher habe ich keines der beiden gesehen.

»Es haben sich nur vier Bewerberinnen auf die Anzeige meiner Assistentin gemeldet. Zwei haben kurzfristig abgesagt.« Aha, sicher als sie erfahren haben, wo dieses Haus liegt. »Und eine entsprach nicht meinen Vorstellungen. Da ich dringend jemanden brauche, der meine Kinder betreut, würde ich Sie auf Probe einstellen. Wäre das in Ordnung für Sie?«

Verdammt, er spricht so schnell Portugiesisch, und das so undeutlich, dass ich bloß die Hälfte verstanden habe. Macht er es mir absichtlich so schwer? Konzentriert starre ich auf seine geschwungenen Lippen. In seinem dunkelblauen verwaschenen Poloshirt, leicht zerwühltem dunklem Haar und diesen stechend blauen Augen macht er einen jüngeren Eindruck auf mich, als ich erwartet hätte. Jedoch – und ja, es gibt ein Jedoch – wirkt er irgendwie abgeschlagen und müde. Er sieht aus, als wäre er gerade einmal um die halbe Welt geflogen, nicht ich. Sein Wochenbart wirkt aus der Form geraten wie die Sträucher in seinem Vorgarten. Unter seinen Augen liegen ungesund aussehende Schatten, seine Stirnfalten zeichnen irgendwelche Sorgen ab. Irgendwas macht ihn fertig. Nur was?

»Okay. Wie lange geht die Probezeit?«, erkundige ich mich und messe ihn mit meinen Blicken, als er meine Bewerbungsunterlagen erneut durchliest.

Er hebt die dunklen markanten Brauen in die Stirn, bevor er, ohne das Gesicht zu heben, zu mir aufsieht. Dieser Blick lässt meinen Atem stocken.

»Zwei Wochen? Genügt Ihnen das? Ich halte die Zeit für ausreichend, um zu prüfen, ob wir uns verstehen.«

Wie komme ich jetzt aus der Nummer wieder raus? Denn eigentlich will ich keine einzige Woche hierbleiben.

Ich hatte mir alles wirklich wesentlich einladender, heller, freundlicher vorgestellt. In der Au-Pair-Vermittlung hieß es, eine junge Familie sucht für einen achtjährigen Jungen und ein fünfjähriges Mädchen ein aufgeschlossenes Au-Pair-Mädchen mit hervorragenden Portugiesischkenntnissen. Die Familie wohnt in einem prächtigen Anwesen, das direkt an der sonnigen Küste liegt. Ja, das Anwesen liegt an der

Küste, aber es hat schon mal bessere Zeiten erlebt. Vielleicht, bevor ich überhaupt geboren wurde.

Es hieß, die nächste Stadt ist bloß wenige Gehminuten entfernt. Ich brauche umgerechnet eine Stunde, bis ich in Arco de São Jorge bin. Wenige Gehminuten ist schlichtweg gelogen.

»Ich hätte noch ein paar Fragen.« Ich will auf Nummer sichergehen, bevor ich mich auf die Probezeit einlasse und mich vertraglich binde.

»Gerne. Welche wären das?«

Zischend hole ich Luft, kneife die Augen etwas zusammen und suche seinen Blick. Doch er weicht meinem immer wieder aus. In seinem Poloshirt, das mit seiner Augenfarbe harmoniert und mehr Falten besitzt als Mick Jaggers Gesicht, schiebt er meine Bewerbungsunterlagen penibel zusammen.

»Sie wohnen ganz sicher nicht allein in diesem großen … Haus?« Beinahe wäre mir *unheimlichen* herausgerutscht.

»Nein, natürlich nicht. Meine Kinder leben hier und mein Bruder. Gelegentlich schaut meine Assistentin vorbei oder Verwandtschaft. Fühlen Sie sich etwa unwohl?«

Unmittelbar und absolut unvorbereitet kreuzt mein Blick seinen. Er schiebt die Ellenbogen auf die dunkel polierte Tischplatte und beugt sich mir ein Stück über den Tisch hinweg entgegen. »Müssen Sie nicht. Das Haus liegt abgeschieden, ja, aber es ist nicht verflucht, keine Sorge.«

Wieso bringt er jetzt Flüche ins Spiel? Daran hatte ich bisher keinen einzigen Gedanken verschwendet. »Was ist mit Ihrer Frau? In der Anzeige stand: junge Familie.«

»Meine Frau ist vor knapp einem Jahr gestorben. Möchten Sie noch etwas wissen?« Plötzlich wirkt er ungehalten und kühl. Er will nicht genauer auf die Umstände des Todes seiner Frau eingehen, was ich verstehen kann. Dennoch schockt es mich, da ich mich darauf eingestellt hatte, von einer netten Gastmutter eingewiesen zu werden und nicht von einem mürrisch dreinblickenden Vater. Seine dunklen Schatten unter den Augen wirken noch ungesünder als vor wenigen Minuten, als er von dem Tod seiner Frau sprach. Auf den ersten Blick sieht er aus wie Mitte vierzig. Als ich genauer hinsehe, erkenne ich jedoch keine tiefen Stirnfalten. Sein Gesicht ist ebenmäßig, geprägt von einem markanten Kiefer, hohen Wangenknochen und einer unansehnlichen Narbe, die von seinem Unterkiefer über seinen Hals verläuft. Keine grauen Haare sind an den Schläfen zu entdecken, auch nicht in seinem ungepflegten Bart, der wohl die Narbe überdecken soll. Was jedoch nur mäßig gelingt, da an dieser Stelle keine Barthaare wachsen. Alles in allem könnte er auch Mitte bis Ende dreißig sein. Ein Bart lässt einen Mann immer wesentlich älter aussehen.

Woher er die Narbe wohl hat?

»Das tut mir leid«, bringe ich mein Beileid hervor. Als er die Worte hört, spannt sich sein Unterkiefer an. Sieht so aus, als könnte er diesen Satz nicht länger ertragen, weil er diese Beileidsbekundungen viel zu oft hören musste. »Ähm, ja, ich hätte noch Fragen«, wechsele ich rasch das Thema. »Wie sieht es

mit der Bezahlung während der Probezeit aus?«
Nicht dass ich hinterher keinen Cent sehe, falls ich
nach der Probezeit zurückfliege.

Er schnaubt leise, was eher an einen gequälten
Laut erinnert, bevor er sich zu einer Schreibtisch-
schublade hinunterbeugt. »Stimmt, das sollten wir
noch klären. Entschuldigen Sie, dass ich das nicht
von mir aus angesprochen habe.«

Im nächsten Moment zählt er vor meinen Augen
dreitausend Euro ab, die er mir zuschiebt. Er muss ja
ein Kindermädchen bitter nötig haben, wenn er
mich sofort bezahlt.

»Nehmen Sie es. Ich bezahle die Probezeit im
Voraus. Aber erwarte auch eine entsprechende Leistung. Ihre Qualifikationen sind zwar sehr interessante Bettlektüre, jedoch sind meine Kinder nicht …
nun ja, gewöhnlich.« *Nicht gewöhnlich?*

»Wie kann ich das verstehen?« Ohne das Geld
anzurühren, auch wenn es mir in den Fingern juckt,
es mir zu schnappen wie eine Katze eine Wurst-
scheibe auf dem Brotteller, bleibe ich kerzengerade
und eingeschüchtert im Sessel sitzen.

»Hat Soraia nichts davon in der Anzeige angegeben?« Als er meinen ahnungslosen Blick sieht, flucht
er leise und undeutlich auf Portugiesisch.

»Äh, nein. Es wurde ein intelligenter sportbegeis-
terter Junge im Alter von acht Jahren und ein fünfjähriges Mädchen mit einem lebensfrohen Charakter
angegeben.«

»Sehr interessant. In dem Fall sollte ich ergänzen,
dass meine Kinder ihre Eigenheiten haben.«

»Ich bin mit fünf Geschwistern aufgewachsen

und kenne so ziemlich jede Eigenheit, keine Sorge«, versichere ich ihm schmunzelnd und muss an meine verrückten Brüder und ihre Schwachsinnsideen denken. Überrascht über meine Antwort verzieht er den Mund.

»Wenn Sie meinen«, antwortet er mit einem Hauch von Arroganz, als würde ich mich selbst überschätzen. Wieder mustert er mich vom Scheitel bis zum Bauchnabel. Draußen höre ich einen lauten Donnerhall, der kurzzeitig das Ticken der Standuhr rechts hinter ihm übertönt.

»Ich werde es Ihnen beweisen«, entgegne ich ihm selbstsicher.

2

JÚPITER

U nd, was denkst du?« Amilcar betritt mein
Arbeitszimmer, nachdem das neue Au-Pair
es verlassen hat und von Soraia im Haus
herumgeführt wird.

Ich konnte in ihren grünblauen Augen ablesen,
dass sie sich etwas vollkommen anderes vorgestellt
hat. Gelassen sinke ich im Ledersessel zurück,
streiche über mein Kinn und starre zu den
Balken auf.

»Keine Ahnung. Ich mach mir keine
Hoffnungen.«

»Ich glaube …« Amilcar lässt sich ungefragt auf

die Ledercouch fallen und verschränkt die Arme unter dem Hinterkopf. »Dass sie keine Woche durchhält. Sie ist wie die anderen. Die war schon komplett eingeschüchtert, als ich sie an der Bushaltestelle eingesammelt habe.«

Kein Wunder, da er hin und wieder seinen Anstand zu Hause vergisst.

Ich senke den Blick zu meinem jüngeren Bruder, der weiterhin auf der Couch fläzt und sich im Liegen ein Glas Whisky einschüttet.

»Eingeschüchtert wirkte sie nicht. Es sah eher so aus, als hätte sie etwas anderes erwartet. Kann ich ihr auch nicht verübeln, nachdem Soraia ihr den Himmel versprochen hat.«

»Dann ist das nicht dein Problem«, kontert er, prostet mir mit dem Glas zu und nimmt einen Schluck.

»Doch, es wird zu einem Problem. Sie wäre die fünfte Frau innerhalb von sieben Monaten, die das Handtuch wirft. Ich habe keine Zeit, jede zweite Woche eine neue Bewerberin unter die Lupe zu nehmen.«

»Wer ist denn gleich so angepisst«, amüsiert sich Amilcar. »Lass etwas mehr springen und sie passt schon auf die Kids auf. Dann ist ihr ganz sicher deine übel dreinblickende Visage egal.«

»Ich verpasse dir gleich eine übel dreinblickende Visage. Hast du nicht noch was in Santa Cruz zu erledigen?«

»Nö, fällt ins Wasser. Außerdem musste ich den Chauffeur abgeben. Sei etwas dankbar. Sie würde ansonsten immer noch mit ihrem Gepäck in São Jorge hocken. Aber mal ehrlich, sie ist das hübscheste Ding von allen bisher, findest du nicht? Vielleicht lasse ich auch etwas springen, damit sie bleibt, um mich mit ihr zu amüsieren.«

Hat er etwa vor, das Au-Pair um den Finger zu wickeln? Sie soll Almira und Quino betreuen, nicht ihm zur Verfügung stehen. Wobei – wenn ich ehrlich bin – ich ihm recht geben muss. Malady hat wirklich eine schöne Figur. So abstrus ihr Name auch ist und so befangen sie zu Beginn gewirkt hat, bin ich mir sicher, dass sie sehr bald auftauen wird.

Aber was interessiert es mich. Seit Raica gestorben ist, interessieren mich Frauen nicht mehr. Und zuvor gab es nur Raica. Ob das Au-Pair hübsch oder weniger ansehnlich ist, ist mir relativ egal, solange sie sich um meine Kinder kümmert, damit ich ungestört meinen Geschäften nachgehen kann.

»Du grübelst schon wieder. Oder denkst du auch gerade daran, wie sich ihre langen Beine um dich schlingen?«

Amilcar kann solch ein Scheißkerl sein.

»Lass sie sich erst eingewöhnen. Sollte sie wirklich bleiben, können wir immer noch darüber reden. Jetzt verlass mein Arbeitszimmer und fläz nicht auf meiner Couch herum.« Ich schnappe einen Antistressball, den ich ihm an den Kopf werfe.

Stöhnend erhebt sich Amilcar und wirft den Ball, den er vor seiner Stirn abgefangen hat, in meine Richtung.

»Nicht so mürrisch. Du bist mal wieder ziemlich übel gelaunt, Júpiter. Wird Zeit, dass du endlich deine Depriphase beendest. Deine Launen sind kaum mehr auszuhalten.«

Lässig fährt er sich durch sein dunkelblondes Haar, das ihm über die Ohren reicht. Anschließend zieht er sein Jackett aus und wirft es sich über die Schulter. Er soll endlich gehen und mich nicht länger vollschwafeln.

Ich kann seine Predigten nicht mehr hören, dass ich endlich wieder das Haus verlassen und nicht mehr Trübsal blasen soll. Hat er eine Ahnung. Er hat keine Frau, die ermordet wurde. Statt dass er mich belehrt, könnte er sich weiterhin auf die Suche nach Verdächtigen und Beweisen machen. Wobei ich mir ziemlich sicher bin, wer hinter der Sache steckt.

Die verhasste Familie Cardoso. Ständig verursachen sie Ärger und suchen Streit. Das geht seit über hundert Jahren schon so. Sie sind wie die Pest! Kaum auszurotten und hochgradig gefährlich. Wenn ich es nicht anders wüsste, würde ich fast glauben, dass sie daran beteiligt sind, dass kein Au-Pair-Mädchen länger als zwei Wochen hierbleibt und abreist.

Ich habe lange genug zugesehen, aber mittlerweile bin ich mir sicher, dass sie meine Familie hinterrücks angreifen, um mir und meinen Exporten zu schaden. Bis vor Kurzem war ich an einen Punkt, an dem es mir scheißegal war, was sie machen. Amilcar behielt sie im Auge wie andere Leute von mir, während ich kaum mein Arbeits- oder Schlafzimmer verließ. Für mich gibt es nach Raicas Tod keinen Ansporn mehr, um weiterzumachen. Wozu?

Das Einzige, was ich herausfinden will – und wenn es das Letzte ist, was ich tue –, ist, ob sie Raica auf dem Gewissen haben. Wenn es wirklich so sein sollte und ich genug Beweise gesammelt habe, rotte ich die komplette Familie Cardoso aus!

In Gedanken vertieft stütze ich mein Kinn auf meinen ineinander verschränkten Fingern ab und starre ins Leere. Ich fixiere einen Punkt neben Amilcar an, der zur Tür geht und sich danach umdreht.

»Ach, eines noch, mein lieber Bruder. Ich habe Belisario in der Nähe der Bushaltestelle gesehen. Zumindest glaube ich das. Unweit der Haltestelle, an der ich unsere Nanny aufgegabelt habe, stand sein Jeep.«

Kaum dass die Worte in meinen Verstand vordringen, presse ich die Lippen fest aufeinander und wird mein Blick schmal.

»Jetzt bin ich weg. Bis später.« Als wäre ich sein Kumpel, hebt er die Hand in die Luft. »Jemand muss ja nach der Plantage schauen, bevor alles verwildert. Oder aber ich gehe nach Malady schauen. Vielleicht machen wir eine Wette daraus. Wer Malady zuerst rumkriegt. Wäre doch was. Oder nicht? Wobei der Sieger bereits jetzt feststeht.« Was soll dieser verdammte Blödsinn? Sie ist nicht zu seiner Unterhaltung hier.

Als er die Tür mit Schwung aufreißt, stehen hinter ihr Quino und Almira, die erschrocken aufsehen. Sie haben das Gespräch belauscht.

»Was habt ihr hier zu suchen?«, fragt Amilcar beide.

»Wir sind nur vorbeigelaufen«, lügt Quino. Ich erhebe mich von meinem Stuhl und gehe um den

Schreibtisch herum. Sie hätten die Unterhaltung nicht hören dürfen.

Seit Raica gestorben ist, haben sich die beiden verändert. Quino lügt, wann immer ich ihn bei irgendwas Verbotenem erwische. Er rastet manchmal komplett aus, beschimpft mich und gibt mir die Schuld am Tod seiner Mutter. Almira ist nicht besser. Mit ihren fünf Jahren schwankt ihre Stimmung zwischen Schweigen und Trotzanfällen. Die verschiedenen Nannys, die ich zuvor auf Probe eingestellt habe, lehnten beide kategorisch ab. Den ersten beiden haben sie noch anfänglich eine Chance gegeben, die letzten verließen beinahe heulend das Haus und waren nicht mehr zu sehen. Sie verzichteten sogar auf ihre Bezahlung und wollten bloß das Weite suchen.

Sicher sind meine Kinder momentan schwer zu erziehen und können richtige Teufelsbraten sein, aber ich bin mir sicher, ihr Verhalten ist auf Raicas Tod zurückzuführen. Denn als sie beide betreute, hatte weder Quino dieses freche Mundwerk noch Almira diese heftigen zerstörerischen Wutanfälle.

»Vorbeigelaufen?«, hake ich nach. »Und aus Versehen mit dem Ohr an der Tür kleben geblieben?«

Mit einem strengen Blick schaue ich zu Quino, der mir böse entgegenstarrt. In seinen grünblauen Augen kann ich seinen Zorn, ihn erwischt zu haben, aufflackern sehen.

»Wir wollen die neue Frau ansehen«, sagt Almira und schiebt sich vor Quino. »Soraia hat gesagt, sie ist da.«

»Damit ihr sie auch wie die anderen vergraulen

könnt?« Nun ernte ich mir von beiden trotzige Blicke.

»Die anderen waren doof. Die haben nicht zu uns gepasst«, erklärt Quino. »War gut, dass sie weggegangen sind. Wir wollen keine fremde Frau, die auf uns aufpasst. Wir sind keine Babys mehr.«

Ich greife nach Quinos und Almiras Schulter, um beide zurück in den Gang zu schieben, da sie nichts in meinem Arbeitszimmer verloren haben. Das wissen sie genau.

»Ihr seid keine Babys, aber ihr seid auch noch nicht groß. Jemand muss auf euch aufpassen, während ich arbeite. Das muss ich doch nicht schon wieder erklären«, antworte ich gestresst von ihrem aufmüpfigen Verhalten.

»Du arbeitest ständig«, mault Almira herum und verschränkt die Arme vor dem Oberkörper. »Du hast nie Zeit, Papa.« Amilcar geht die Augen verdrehend und leise pfeifend an den beiden vorbei. Er macht immer die Biege, sobald beide anstrengend werden.

»Wie es aussieht, geben Almira und Quino Malady auch keine Woche«, höre ich Amilcar amüsiert lachen.

Was ein Arsch.

»Heißt sie so?«, fragt Almira, die sich zu Amilcar umdreht. »Der Name klingt blöd.«

»Warum müssen es immer so komische Frauen sein?«, meckert Quino und schlägt meine Hand von seiner Schulter. »Komm, Almira, wir gehen zu ihr.«

»Das werdet ihr nicht tun! Ihr lernt sie morgen kennen. Sie hat einen langen Flug hinter sich.«

»Und? Mir egal«, rutscht es Quino heraus, weswegen ich ihn am Kragen seines Poloshirts fasse.

»Was hast du gesagt?«, gehe ich ihn an. »Wenn ich sage, dass ihr sie erst morgen seht, dann meine ich das auch so!« Verschreckt fährt Almira zusammen und rutscht an ihren großen Bruder.

»Du machst mir Angst.« Ihre großen braunen Augen schauen verängstigt zu mir auf. »Du bist böse geworden! Richtig gemein!«

Ich bin böse? Wenn sie sich nicht an die Regeln halten, gibt es nun mal Konsequenzen.

»Und ihr seid frech und ungehorsam geworden. Geht auf eure Zimmer und kommt erst wieder raus, wenn ihr euch entschuldigen wollt!«

»Im Zimmer ist es langweilig. Ständig schickst du uns weg und schreist uns an«, platzt es aus Quino heraus. Er starrt mich feindselig an, als wäre ich derjenige, der gerade aufmüpfig wird. »Du bist ein Arschloch! Ich hasse dich!«

Wie nannte er mich? Das Schimpfwort hat er noch kein einziges Mal benutzt.

Kaum dass er die Worte ausgesprochen hat, sehe ich rot und zum ersten Mal verpasse ich ihm eine Ohrfeige. »Beschimpf mich nie wieder, Quino!«

Almira schreckt mit großen Augen vor mir zurück, während sie Quinos Hand hält. »Du hast ihn geschlagen«, bringt sie entsetzt mit hoher Stimme hervor, während ich zu Quino schaue, der mit Wutränen kämpft und nach mir treten will. Rechtzeitig fängt er sich, dreht sich um und rennt mit Almira an der Hand zur Treppe. Ihre Füße trampeln über den dunkelblauen Teppich und sind kurz darauf eine Etage über mir zu hören.

Perplex über das, was ich gerade getan habe, hole ich flach Luft.

»Puta merda!«, fluche ich und schlage mit der Faust gegen die Wand neben mir, sodass das Gemälde wackelt. Zum Glück hat niemand gesehen, dass ich Quino eine Ohrfeige verpasst habe. So oft reizt er mich bis aufs Blut, dass es fast an ein Wunder grenzt, dass ich nicht schon eher die Kontrolle verloren habe. Mit jedem Tag wird er frecher und unverschämter.

Auch wenn ich ihn nicht hasse, gehen mir seine Provokationen gegen den Strich. Langsam weiß ich mir keinen Rat mehr, als ihn bald in ein Internat zu schicken. Wenn ich ihm das mitteile, wird er mich noch mehr hassen, aber irgendwann einsehen, dass es für uns beide das Beste ist. Denn ob ich es wahrhaben will oder nicht, ich bin komplett mit der Situation überfordert.

3

MALADY

Während ich auf dem cremefarbenen weichen Teppich meines Ankleidezimmers hocke und meinen Koffer auspacke, höre ich ein lautes Getrampel auf der Treppe.

Eine Tür kracht und irgendwas geht laut klirrend zu Bruch, sodass ich zusammenzucke. Ehrlich gesagt frage ich mich, ob ich den Koffer überhaupt auspacken soll.

Nachdem mich Soraia ein wenig in dem großen, verwinkelten Haus herumgeführt hat, zeigte sie mir meine Räume in der dritten Etage. Meine Zimmer liegen unter einem Giebel, sind herrlich groß geschnitten und zum Glück nicht so heruntergewohnt wie andere Zimmer der Villa. Insgesamt sind das Schlafzimmer und der Wohnbereich mit einer großen hellgrauen Couch und einem Fernseher sehr hell und modern eingerichtet. Die Möbel sind teilweise noch ungenutzt und weisen kaum Gebrauchspuren auf. Unter dem Dachgiebel befindet sich ein halbrundes großes Fenster. Rechts von ihm steht ein großes Bett, auf dem frische Bettwäsche lag. Während ich mich im Badezimmer umgesehen habe, hat Soraia das Bett bezogen und mir erklärt, dass einmal die Woche zwei Putzkräfte vorbeikommen, die alles auf Vordermann bringen.

Es läge zwar in meinem Aufgabenbereich, Ordnung zu halten, aber für das Putzen bin ich nicht zuständig, was mich etwas beruhigt hat. Denn das Haus ist so unübersichtlich und riesengroß, dass ich nicht einmal in einer Woche mit der Reinigung von oben bis unten fertig wäre.

Neben dem in warmem Sandstein gefliesten Badezimmer mit einer gläsernen Dusche, Eckbadewanne und Waschtisch sowie Toilette befindet sich ein Ankleideraum. Links und rechts ragen neben mir beleuchtete hohe Schränke bis zur Decke auf. Es ist genug Platz für Kleidung, jedoch packe ich nur das Nötigste aus. Die dreitausend Euro habe ich in ein abschließbares Fach gelegt. Denn wenn ich vor den zwei Wochen abreise, gebe ich einen Teil des Betrages zurück.

Ich habe sogar kurz mit meiner Mutter telefoniert und ihr erzählt, dass ich etwas enttäuscht von dem Haus der Gastfamilie bin und mich nicht wohlfühle.

Meine Mutter meinte, dass ich der Familie eine Chance geben sollte. Wenn es mir nach ein paar Tagen nicht gefallen würde, könnte ich ja immer noch abreisen.

Mein Blick fällt auf das Fach, in dem die dreitausend Euro liegen. Sie gehören praktisch mir. Ich bin sicher nicht geldsüchtig, aber ich würde sie ungern zurückgeben, weil ich das Geld brauche. Angeblich soll ich jeden Monat um die dreitausend Euro erhalten, den Vertrag werde ich erhalten, sobald die Probezeit vorbei ist. Das waren Soraias Worte.

Dreitausend Euro auf zwölf Monate hochgerechnet sind eine Menge Geld. Da ich mich nur mit knapp zweihundert Euro an den Nebenkosten beteiligen soll, bliebe wirklich viel übrig. Das Geld würde ich für meinen jüngsten Bruder Wayne sparen, weil bei ihm Leukämie diagnostiziert wurde. Es gibt eine Behandlung in der Schweiz, die sogar vielversprechender wäre als eine Chemo, allerdings kostet sie über hunderttausend Euro. Da meine Eltern neben ihrem Café und dem Haus am Stadtrand von Nashville bereits komplett verschuldet sind, können sie sich die Behandlung nicht leisten. Sie haben alles versucht, Anträge gestellt, Behörden aufgesucht und jede Infostelle befragt. Letztendlich gibt es nur eine Option, diese kostspielige Operation durchzuführen: indem wir den Arzt in der Schweiz dafür bezahlen. Denn in Amerika wird diese Behandlung nicht angeboten.

Auch wenn meine Eltern glauben, ich würde das

Jahr als Au-Pair für mich machen, um mehr von der Welt zu sehen, mein Portugiesisch zu verbessern und um Geld für mein Studium zu verdienen, gibt es einen ganz anderen Grund für mich. Das Geld für das Studium konnte ich bereits mit meinem Nebenjob zusammensparen. Dafür habe ich knapp zwei Jahre in einem Nachtclub gejobbt, was meine Eltern nicht wissen. Ich hätte sogar mein Studium fortsetzen können, aber wollte zuerst etwas für Wayne tun. Ich bin die Drittälteste von uns sechs Kindern. Ich bin volljährig und kann bereits Geld verdienen. Also wollte ich alle Möglichkeiten ausschöpfen, um meine Familie zu unterstützen.

Aber wie es aussieht, scheint der Gastvater knauserig mit dem Geld umzugehen, wenn er sich nicht einmal einen Gärtner leisten kann.

Falls das hier alles in die Hose gehen sollte, reise ich ab und lasse mir von der Au-Pair-Vermittlung eine andere Familie vorschlagen. Das Blöde ist nur, dass mir die Zeit davonläuft. Ich habe exakt zwölf Monate Zeit, bis ich mein Studium fortsetzen werde. Wenn wieder Wochen vergehen, bis ich eine geeignete Familie finde, geht ein Teil der Bezahlung flöten.

Ich sollte mich nicht verrückt machen. Vielleicht tut sich auch ein ganz anderer Weg auf, und ich finde eine weitere Möglichkeit, um das Geld für die OP meines Bruders zu sparen. Aber es würden nicht einmal vier Nebenjobs ausreichen, um die Summe aufzubringen. Ein Vollzeitjob kommt für mich nicht infrage.

Ich seufze, als ich den Stapel Tops in ein leeres

Fach hebe und danach meine Jacken auf stoffbezogene Bügel hänge. Nach dem lauten Gepolter weiter unten ist es sehr still geworden. Morgen soll ich die beiden Kinder kennenlernen. Heute kann ich mich noch ausruhen und einleben, mir alles im Haus oder Garten ansehen. Mir ist bloß der Zutritt zum Westflügel verboten, den wohl beide Männer bewohnen.

Als ich den Koffer zur Hälfte ausgepackt habe, klappe ich ihn zusammen und schiebe ihn zwischen die Wand und den Schrank. Mittlerweile trage ich keine Shorts mehr, sondern weiße Röhrenjeans mit Schlitzen, ein lockeres Tanktop und einen schwarzen Hoodie.

Der Regen hat in der Zwischenzeit aufgehört. Es ist kein Prasseln mehr gegen die Scheibe zu hören. Trotzdem zeigt sich die Sonne nicht. Aus dem Fenster des Dachgiebels werfe ich einen Blick in den beschatteten Garten. Unter mir befindet sich ein großer Springbrunnen mit aufwendig ausgearbeiteten Jungfern-Steinfiguren, die am Beckenrand sitzen. Sie sollten eigentlich Wasser über ihre Krüge in das Becken laufen lassen. Jedoch sammelt sich statt Wasser bloß vermodertes Laub auf dem Boden. Weiter hinten entdecke ich zwischen den hohen dunklen Bäumen ein prachtvolles Gewächshaus, kann aber nicht erkennen, ob sich Pflanzen oder Gartenmöbel darin befinden. Aus diesem Fenster sehe ich den Eingangsbereich, den ich schon vom Auto aus betrachten konnte. Ein silbriger Dunst bildet sich zwischen den Hecken und Sträuchern.

Am besten, ich werde gleich einen Rundgang durch den Garten machen, bevor es in wenigen

Stunden dunkel wird und ich über jede Wurzel stolpere.

Gerade als ich mich vom Fensterbrett aufstemmen will, entdecke ich zwei kleine Gestalten. Sie rennen über den Kiesweg, drehen sich immer wieder zum Haus um und verlassen schnurstracks den Garten. Nach nur wenigen Sekunden sind sie an den steinernen Adlern vorbeigelaufen und im dichten Wäldchen hinter der Grundstücksmauer verschwunden.

Das müssen die beiden Kinder gewesen sein, die ich morgen kennenlernen werde. Auf den Bildern machten sie einen sympathischen Eindruck. Der Junge hat genauso palisanderbraunes Haar wie sein Vater. Es reicht ihm bis zum Kinn, während das Mädchen Almira heißt und welliges braunes Haar hat, das sie meistens zu zwei Zöpfen trägt.

Was haben sie vor? Gehen sie im Wald spielen oder treffen Freunde?

Am besten, ich gehe sofort in den Garten. Vielleicht treffe ich beide und lerne sie noch heute kennen. Denn neugierig, wie sie sind, bin ich schon.

Im Garten bläst mir ein kühler Wind ins Gesicht. Ich binde mein blondes langes Haar zu einem Knoten hoch und ziehe den Reißverschluss meines Hoodies bis zum Hals zu. Danach entscheide ich mich, den hinteren Teil des Grundstückes zu erkunden. Mittlerweile steht kein silbernes Cabrio mehr in der Auffahrt. Es muss Soraias Auto gewesen sein.

Den vorderen Teil des Gartens kenne ich bereits. Löchriger Rasen, unförmige Sträucher, Laubhaufen, die sich an den Rändern der Mauer türmen, und knorrige Bäume. Am Gewächshaus angekommen, werfe ich einen Blick durch die Scheibe. Es ist mit Abstand das größte Gewächshaus, das ich je gesehen habe. Gefühlt vier Meter ragt es in die Höhe und ist mehr als fünfzehn Schritte lang.

Im Inneren herrscht das reinste Chaos. Man kann zwar die Pflanztische erkennen, auf denen ehemals Blumen, Kräuter und Gemüse gezogen wurden, allerdings sind sie teilweise umgestoßen worden. Mehrere Keramiktöpfe liegen zerbrochen auf den Steinplatten. Es stehen bloß noch wenige große Palmen in dem Glashaus, die einen erbärmlichen Eindruck erwecken und gelbe Blätter tragen.

Ob die Frau des Herren sich früher um das Gewächshaus gekümmert hat? Sieht aus, als hätte ein Tornado in ihm gewütet.

Irgendwie macht mich der Anblick traurig. Ich setze meine Erkundungstour fort. Im hinteren Bereich befindet sich sogar ein weiteres Gewächshaus, in dem alle Pflanzen eingegangen sind. Ich bin zwar ein Großstadtkind und meine einzige Pflanze, um die ich mich je gekümmert habe und die Otto hieß, war ein Osterkaktus, aber selbst ich sehe, dass sich ab einer gewissen Zeit niemand mehr um die Blumen und Pflanzen gekümmert hat.

Im hinteren Bereich zwischen hochgewachsenen Oleander- und Hibiskusbüschen entdecke ich einen großen Pool mit kleinen blauen Mosaikfliesen. Wie auch im Brunnen sammeln sich Schlamm, Laubreste und Zweige im bräunlichen müffelnden Wasser.

Als ich mir das Trampolin anschaue, sehe ich erst

jetzt, dass es kaputt ist, die Sprungmatte weist ein riesiges Loch auf.

Wenn ich es nicht besser wüsste, würde ich meinen, dass sich der verwelkte Garten an die eiskalte, düstere Seele des Hausherren anpasst. Er sah ebenfalls ziemlich vernachlässigt aus, wohingegen der etwas jüngere Mann, mein Chauffeur, wirklich penibel gekleidet war.

An der Nordseite des Gartens angekommen steht ein Pavillon auf einer Grünfläche, danach endet das Grundstück in einer schwindelerregenden Klippe. Ohne Schutzzaun oder Absperrung könnte man im Dunkeln direkt in die reißenden Fluten des Meeres stürzen. Es geht sicher um die fünfzehn Meter tief hinab. Auch hier ragen gefährlich spitze Tafelsteine aus dem Meer. Wenn man also nicht gerade in einer falschen Lage auf dem Wasser aufschlägt und sich die Knochen bricht, erledigen das die scharfkantigen Felsen.

»Ganz schön beeindruckend, nicht wahr?« Hinter mir umfassen Hände meine Mitte und schieben mich ein Stück zur Klippe, um mich danach wieder kräftig zurückzureißen. Kurz schreie ich erschrocken auf.

Ein schadenfrohes Lachen erklingt hinter mir. »Ich wollte dir keine Angst einjagen. Geh besser keinen Schritt weiter, Mädchen. Wenn der Rasen nass ist, rutscht man leicht aus und fällt in die Tiefe.«

Verärgert über den nicht witzigen Spaß schlage ich seine Hände von mir und drehe mich um. Vor mir steht der Butler in einem grau melierten Kapuzenpullover und schwarzen Jeanshosen. Die Kapuze ist über das dunkelblonde Haar gezogen, das darunter hervorquillt.

Sein schäbiges Grinsen verblasst, als ich ihm einen Stoß gegen die Rippen verpasse. »Mach das nie wieder.«

»Wieso nicht? War doch lustig. Ich hätte dich schon nicht über die Klippe gestoßen. Das mache ich auf ganz andere Art und Weise.«

Zuerst glaube ich, mich verhört zu haben, als ich an ihm vorbeigehe. Er reibt sich die linke Flanke, bevor er sich zu mir dreht und ich stehen bleibe.

»Was hast du gesagt? Wiederhole das bitte noch mal«, bringe ich die letzten Worte statt auf Portugiesisch auf Englisch über die Lippen.

»Anhand deiner Reaktion weiß ich, dass du es richtig verstanden hast. Also gib nicht die Dumme vor. Ich habe mich noch gar nicht vorgestellt. Amilcar, stets zu Diensten, hübsche Frau.«

Mit einem draufgängerischen Funkeln in den blauen Iriden reicht er mir seine Hand. Zuerst fallen mir seine schlanken Finger auf, danach ein schwarzer Opalring und ein breites Lederarmband, das sich um sein Handgelenk schmiegt.

Um nicht unhöflich zu wirken, lege ich meine Hand in seine. »Malady. Du hättest dich auch vorhin an der Bushaltestelle vorstellen können.«

»Ich hatte meine Gründe, es nicht zu tun. Wie gefällt es dir bisher?«

Er gibt meine Hand nicht frei, umfasst sogar mit seiner zweiten meinen Unterarm und zieht mich ein Stück näher zu sich. In seinem schön geschnittenen Gesicht mit dem Dreitagebart, der schier geraden Nase und den großen Augen spiegelt sich sofort das Interesse an mir wider. Ich habe sehr lange in einem Nachtclub gearbeitet und sehe sofort im Gesicht eines Mannes, wenn er scharf auf mich ist.

»Soll ich ehrlich sein?«, hake ich nach, umfasse seine Finger, die um meinen Unterarm liegen, und neige den Kopf.

»Ich bitte darum. Vielleicht kann ich dir den Aufenthalt hier noch schöner gestalten.« *Was ein Aufreißer.*

»Das glaube ich dir. Wenn ich ehrlich bin, habe ich mir alles etwas … etwas anders vorgestellt. Auf den Bildern stand der Garten in voller Blüte, der Pool besaß Wasser, das Haus sah von außen nicht ganz so …« Meine Augen wandern zur verblassten Farbe an den Erkern des Gebäudes.

»So heruntergekommen aus? Ja, da gebe ich dir recht. Es hat sich viel verändert. Ich habe Bilder von vor sieben Jahren ausgesucht, um dich an diesen Ort zu locken. Hat funktioniert, jetzt bist du hier«, lacht er über seinen für mich makaberen Witz.

Sofort nehme ich Abstand zu ihm. »Ich dachte, ich wäre wegen der Kinder hier, nicht um dich zu unterhalten.«

Als er meine Worte hört, kneift er die Augen amüsiert zusammen. »Du bist sehr direkt und du weichst nicht sofort aus, selbst wenn ich dir mit unangebrachten Anmachen um die Ecke komme. Gefällt mir. Was studierst du, Malady?«

»Genügend Machos wie dich, Amilcar.«

Ohne ein weiteres Wort an diesen Blödmann zu

vergeuden, setze ich meine Erkundungstour fort. Wie ein Schatten folgt er mir.

»Sorry, das kam alles etwas falsch rüber.« Ich ignoriere seine billige Entschuldigung und laufe an der Nordseite der Klippe am Pavillon entlang. Endlich ragt eine Hecke vor der Klippe empor, die mir etwas Sicherheit schenkt.

»Redest du jetzt nicht mehr mit mir?«

Richtig erraten. Auf der Westseite des weitläufigen Grundstückes befindet sich ein Irrgarten, dahinter ragt eine Plantage mit irgendwelchen Bäumen und hochgezogenen Sträuchern empor. Könnten Mangobäume oder Kaffeesträucher sein? Oder Bananen? So genau lässt sich das nicht erkennen. Von Botanik habe ich sehr wenig Ahnung. Eigentlich keine. Es gab nur Otto.

»Na gut.« Unerwartet schiebt er sich mit seiner hohen Gestalt vor mich, sodass ich zu ihm aufsehen muss. Dabei verströmt er einen eigenartigen Geruch aus einer Mischung aus frisch geschnittenem Gras, rauchigem Amber und etwas Süßem wie Honig.

»Ich sehe schon, du magst es nicht, gleich so angemacht zu werden.«

»Absolut richtig. Wer mag das schon?« Gespielt desinteressiert schaue ich an ihm vorbei. Er weiß genau, welchen Eindruck er auf Frauen erweckt, und kostet das aus. Was dagegen hilft, ist Ignoranz und Desinteresse. Denn dann wird sein Ego nicht gestreichelt, sondern links liegen gelassen und darf dort versauern.

»Was hast du als Nächstes vor? Wie es aussieht, zieht ein zweites Gewitter auf.« Plötzlich wirkt er ernst, als er zum Himmel aufblickt, aus dem die ersten schweren Tropfen fallen. Ein noch weit entferntes Grummeln ist über dem tosenden Meer zu hören. Während er zum Himmel aufblickt, mustere ich seinen ausgeprägten Adamsapfel und sehe zwei schwarze Spitzen, die unter dem Ausschnitt des Kapuzenpullovers hervorragen. Sieht aus wie Tätowierungen. Amilcar ist wirklich sportlich und groß gebaut, kein Muskelpaket, eher elegant athletisch mit langen Beinen und breiten Schultern.

»Ich würde sagen, wir holen die Kinder rein?«, schlage ich vor und schaue erwartungsvoll zu ihm auf.

»Kinder reinholen?« Seine Augen huschen schlagartig zu mir, während sein Gesicht weiterhin zum wolkenverhangenen Himmel gerichtet ist.

»Ja. Das würde ich tun, wenn ein Gewitter aufzieht.«

»Sie sind in ihren Zimmern, Malady.«

»Nein, sind sie nicht. Sie sind, bevor ich den Garten«, ich lese die Zeit auf meinem Smartphone ab, »vor einer halben Stunde betreten habe, über die Auffahrt direkt in den Wald gerannt.«

Als er realisiert, dass ich nicht lüge, schnappt er meine Hand und zieht mich eilig mit sich, als wäre der Leibhaftige hinter uns her. »Zeig mir, wo sie hingelaufen sind.«

»Äh, Sekunde mal. Nicht so eilig. Ich dachte, sie dürften draußen spielen?« Er tut gerade so, als würden sie etwas Verbotenes anstellen.

»Nein, mein Bruder hat ihnen Stubenarrest erteilt. Das bedeutet, dass Quino mal wieder abgehauen ist und Almira mitgenommen hat. Dieser kleine Scheißer!«

»Hey, wie redest du über ihn.«

Amilcar zieht mich schnurstracks weiter zur Auffahrt. Angestrengt atmend reiße ich mich aus seinem Griff los und bleibe neben dem rechten Adler stehen.

»In welche Richtung sind sie gegangen? Zu den Cardoso oder zu den Klippen?«

»Wohne ich hier oder was?«, kontere ich. »Ich glaube, sie sind links abgebogen.« Ich deute zwischen die Bäume.

»Okay, teilen wir uns auf und suchen sie.« Amilcar joggt einen Trampelpfad zwischen den Bäumen entlang, während ich mir über die Lippen lecke und das Gesicht verziehe. Scheint wohl, als würden die beiden Kinder doch nicht so leicht zu händeln sein, wie ich dachte. Mittlerweile fallen immer mehr Regentropfen aus dem dicht bewölkten Abendhimmel. Außerdem wird es gefühlt mit jeder Minute kälter und dunkler.

Um nicht tatenlos herumzustehen, setze ich die Kapuze meines Hoodies auf und laufe Amilcar ins Dickicht hinterher.

Von Amilcar fehlt jede Spur. *Ist er links abgebogen oder rechts? Rechts, links, wo! Mist, wo ist er hingelaufen? Ich kenne mich hier null aus.*

Weiterhin folge ich dem matschigen Trampelpfad, bleibe mit meiner Kleidung an Dornenruten hängen, schiebe Zweige, die den Weg versperren, zur Seite, aber laufe weiter. Die beiden Kinder heißen Quino und Almira.

Weiter entfernt höre ich Amilcar nach ihnen rufen.

»Hey, Quino, du kleiner Satansbraten! Wo steckst du?«, hallen seine maskulinen lauten Worte durch den Wald. »Wenn du nicht sofort zurückkommst, gibt es gewaltigen Ärger!«

Äh, ja. Genau so würde ich Kinder, die ohnehin sauer auf die Erwachsenen sind, auch aus ihrem Versteck locken.

Je länger es regnet, desto rutschiger wird der Weg, über den ich mit meinen neuen Sneakers laufe. Zu beiden Seiten halte ich Ausschau nach dem grünblauen Rucksack, den Quino bei sich trug. Außerdem hatte Almira ein helles Kleid und Sandalen an. Weiß dürfte mühelos im Wäldchen hervorstechen.

Während ich einen Stopp einlege, mein Handy heraushole und Googlemaps öffne, höre ich Amilcar weitere Drohungen durch den Wald brüllen. Ob er seine Drohungen wahr macht, werde ich sehen, wenn wir die Kinder gefunden haben. Klar macht er sich Sorgen, aber als meine jüngere Schwester einmal abgehauen ist, kam sie nur aus ihrem Versteck, als ich ihr versprochen habe, nicht böse auf sie zu sein.

Auf der App wird mir ein Waldgebiet von über zwei Kilometern angezeigt. Es zieht sich um den Berg an der Klippe entlang. Mehr als ein großes Gebäude und zwei schlängelige Straßen, die durch den Wald führen, ist nicht auf der Karte verzeichnet.

Hm. Wo würde ich hingehen, wenn ich so richtig sauer wäre? Ich würde entweder total unüberlegt im Wald übernachten. Oder, wenn es regnet wie jetzt, ins Dorf laufen. Das ist allerdings fünf Kilometer entfernt. Es bliebe noch die Möglichkeit, zu diesem anderen großen Anwesen zu laufen, das gar nicht mal so weit weg liegt. Die Kinder dürften es sicher kennen und in der Zwischenzeit locker erreicht haben.

Okay, suche ich dort. Amilcar nannte die Familie Cardoso. Vorbeilaufen und klingeln, kann nicht schaden. Vielleicht haben sie die beiden Ausreißer entdeckt.

Ich entscheide mich daher, den Weg zurückzunehmen und Richtung Westen zu laufen. Zu dem stetig zunehmenden Regen gesellt sich ein eisiger Wind, der nach meiner Kapuze schnappt. Ich halte sie umfasst und renne wie lange nicht mehr durch den Wald zu dem fremden Anwesen.

Da ich nicht gerade unsportlich bin, macht es sogar Spaß, über die aufgewölbten Wurzeln, umgestürzten Baumstämme und kleineren Felsen zu springen. Jedoch ist das Gewitter, das über dem Meer tobt, weniger spaßig. Ein hohes Heulen geht durch die zerpflückten Baumkronen. Lose Blätter werden aus den Zweigen gerissen, und in dem Moment, als es immer finsterer wird, frage ich mich, ob es wilde Tiere auf der Insel gibt.

Hoffen wir es nicht, denn ansonsten stände ich vor einem gewaltigen Problem. Schnell atmend zerre ich immer wieder Haarsträhnen aus meinem Mundwinkel, renne weiter und beleuchte mit der Handytaschenlampe den Pfad. Mein Herz schlägt unfassbar schnell, sodass das Blut in meinen Ohren rauscht.

Nach weiteren Minuten, in denen ich weder die

Kinder noch Amilcar getroffen habe, lichtet sich der Wald. Gelbgoldene Lichtkugeln dringen durch das Gebüsch. Endlich. Ich habe das Haus der Cardoso erreicht. Um sicherzugehen, werfe ich einen Blick auf mein Handy. *Yes, hier ist es.*

Ich verlangsame meine Schritte, halte mich an einem Baumstamm fest und hole gleichmäßig und tief Luft. Als ich ruhiger atme, entdecke ich vor mir ein Gebäude, das komplett aus Stein errichtet wurde. Im Gegensatz zum Anwesen meiner Gastfamilie ist der Garten ein Paradies.

Gepflegter Rasen zieht sich in spielerischen Formen um eine weitläufige Terrasse mit großen Sitzloungen. In den unteren Fenstern des umzäunten Gebäudes brennt Licht. Es gibt sogar Nebengebäude. Aus einem höre ich das Klappern von Metall und Scharren von Hufen. Pferde. Die Familie muss Pferde besitzen.

Okay, ich versuche mein Glück.

Am dunklen Metallzaun entlanglaufend finde ich einen gewaltigen Torflügel, der sogar offen steht. Da ich keine Klingel am Zaun entdecke, betrete ich die hell gepflasterte Auffahrt. Links und rechts ragen hohe, zu Quadern geschnittene Buchsbaumsäulen in die Höhe, die von einem warmen Licht angestrahlt werden.

Es sieht sehr einladend und nobel aus. Während ich die gefühlt fünfzig Meter lange Auffahrt zum Eingang zurücklege, vergesse ich kurzzeitig das heftige Gewitter und meine klitschnasse Kleidung.

Meine Augen wandern an der von Wein bewachsenen Steinfassade mit den bodentiefen Fenstern und grünen Holzläden empor. Wahnsinn! Das Gebäude hat sogar zwei Türme. Warum bin ich nicht hier gelandet, sondern in der eher tristeren Version nebenan? Das Anwesen der Familie Almeida steht dem der Familie Cardoso in Größe und Prächtigkeit zwar in nichts nach. Allerdings ist das ein nobel und gut erhaltenes Gebäude, das andere wurde vernachlässigt und ist ungepflegt.

Dankbar, dass es eine große Überdachung über dem Eingang gibt, nehme ich zwischen den weißen Säulen meine Kapuze vom Kopf und drücke die Klingel.

Hinter dem in Blei gefassten Glasmosaik höre ich Klaviermusik. Jemand stoppt das Spiel, kaum dass ich geklingelt habe.

Neugierig beuge ich mich zur Scheibe neben der Tür und entdecke Schatten. Sie bewegen sich weiter entfernt hin und her.

Als die Tür im nächsten Moment geöffnet wird, verschlägt es mir die Sprache. Ein älterer Mann mit weißem Vollbart und einer Augenklappe öffnet mir die Tür. Direkt hinter ihm steht ein jüngerer Mann, den ich schon einmal gesehen habe. Richtig, der Typ mit dem Jeep.

»Na, sieh einer an. Wer steht denn da vor unserer Tür?«

»Was hast du hier zu suchen?«, ranzt mich der ältere Mann an.

»Sei nicht so unfreundlich zu ihr, Cleto. Hallo, Frau an der Bushaltestelle. Hast du die Quinta da Crescente Vermelho nicht gefunden?« Kaum hat mich der dunkelhaarige Mann mit den Gesichtszügen eines Aristokraten gefragt, starrt der ältere Herr ihn an, als wäre er beleidigt worden.

»Quinta da Crescente Vermelho?«, wiederholt dieser Cleto. »Von dort kommt sie?

»Ja, richtig. Dort wollte sie hin. Ob sie von dort kommt, weiß ich nicht. Wie es aussieht, hat sie sich umgezogen. Also gut möglich, dass sie von dort kommt.« Mann, kann der viel Sülze quatschen. Noch vor Stunden war er nicht so freundlich, sondern wirkte kalt wie ein Eiskönig. Kann es sein, dass die Menschen auf diesem Berg alle so sind? So seltsam starr, undurchschaubar und unfreundlich?

»Ja, ich habe sie gefunden«, kürze ich das Gespräch ab, da ich nicht vorhabe, Wurzeln zu schlagen. »Ich bin hier, um mich zu erkundigen, ob zwei Kinder das Grundstück betreten haben.«

Der dunkelhaarige Mann Ende dreißig kneift die Augen zusammen, bevor er sich gespielt nachdenklich an der Schläfe kratzt.

»Mal nachdenken … Du meinst die Kinder von Almeida?«, sinniert er.

»Não faço a mínima ideia! – Nein, keine Ahnung«, entgegnet mir dieser Cleto und ist drauf und dran, mir die Tür vor der Nase zuzuwerfen.

Ich weiche zurück, da es anscheinend eine ziemlich dumme Idee war, an dieser prächtigen Tür geklingelt zu haben. So schön ihr Anwesen auch ist, so unhöflich ist das Verhalten der Bewohner.

»Okay, danke für nichts«, murmele ich, zerre die Kapuze wieder über mein Haar und wende mich von beiden ab. Denn hinter ihnen konnte ich zwei Frauen sehen, die sich anscheinend der Haustür nä-

54

hern wollten, um mich zu betrachten. Ich habe keinen Bock, mich zum Kasper zu machen. Welch unfreundliche Menschen!

Langsam laufe ich über den Gehweg zurück zum Tor, als aus den Augenwinkeln ein Schatten vorüberzieht.

»Nicht so schnell, menina.« Der fremde jüngere Mann bremst mich aus. Anders als heute Morgen trägt er ein weißes Hemd, das an den Ärmeln hochgerollt ist, und eine dunkelblaue gebügelte Anzughose. Und mit diesem makellosen Aussehen befindet er sich im peitschenden Regen.

»Wir können nach den beiden suchen. Geklingelt hat keiner an der Tür, aber wer weiß, vielleicht verstecken sie sich in einem der Nebengebäude? Wollen wir nachsehen?«

Das ist das erste Mal, dass er mich ernst nimmt und mir seine Hilfe anbietet. Meine angespannten Gesichtszüge lockern sich augenblicklich. Ich lächele ihm dankbar entgegen.

»Das wäre super.«

»Na dann, schauen wir mal nach. Folge mir.«

Mit seiner hochgewachsenen Statur, die der von Amilcar gleichkommt, betritt er einen Nebenweg, der zu den Ställen führt. Über uns zucken weiterhin grelle Blitze zwischen den dunklen Wolkenbergen. *Ich hasse Gewitter, ich hasse Gewitter, ich hasse Gewitter.*

»Hast du dich bereits eingelebt?«, erkundigt er sich im Gehen, ohne sich zu mir umzudrehen. Ich betrachte sein weißes Hemd, das von Minute zu Minute vom Regen mehr durchgeweicht wird. Darunter zeichnen sich wie auf einem Aquarellbild dunkle Linien und Motive ab. Der Kerl ist definitiv tätowiert und, so wie es aussieht, auf dem kompletten Rücken. Ich reiße meine Blicke von ihm los und schaue zur Seite, als er vor den Ställen stehen bleibt.

»Nicht wirklich. Ich bin erst vor zwei Stunden angekommen.«

»Ja, stimmt. Dumme Frage. Dann wollen wir mal nachsehen.« Nachdem er das Schloss geöffnet hat, schiebt er das Tor mit beiden Händen auf. Staubiger Strohgeruch dringt in meine Nase. Ich kann das Schnauben der Tiere und das Klacken ihrer Hufe, die über den Betonboden tänzeln, hören.

Fuck, bisher habe ich Pferde nur aus der Entfernung oder im Fernsehen gesehen. Nicht, dass ich vor ihnen Angst hätte, trotzdem schüchtert mich ihre Größe ein. Während der Typ vor mir an den Boxen gelassen vorbeigeht, in jede einen Blick wirft oder den Hals verrenkt, um die Kinder zu suchen, drücke ich mich an der gegenüberliegenden Wand entlang.

»Keine Kinder zu sehen. Ich gehe mal nicht davon aus, dass sie auf den Heuboden hochgeklettert sind.« Er nickt zu einer angestellten Leiter, die zu der geöffneten Luke über ihm führt.

»Willst du dort nachsehen?«, hakt er nach, als ich zitternd vor Kälte vor einem schwarzen Pferdekopf stehen bleibe. Das Tier starrt mich wie ein Teufel an, trotzdem haben seine glänzenden Augen weiche Züge.

»Äh, ja. Ich will auf Nummer sicher gehen.«

Schnell gehe ich weiter. Der Stall wird bloß von einem spärlichen Licht an den Wänden beleuchtet.

Plötzlich höre ich hinter mir etwas Quietschen, als würde Metall über Metall reiben. Diesem Geräusch folgt ein lautes Krachen. Die Pferde scheuen und werden unruhig. Als ich mich umdrehe, sehe ich, dass die Stalltür verschlossen ist. *Was zur Hölle?*

»Ihr Großstadtkinder seid immer so schreckhaft«, lacht der Fremde hinter mir belustigt. Unvermittelt liegen seine Finger ungefragt um meinen Hals. Mit der anderen Hand reißt er die Kapuze von meinem Haar.

Im selben Augenblick dämmert mir, dass der Scheißkerl nie vorhatte, die Kinder mit mir zu suchen, sondern mich in diesen Stall locken wollte.

»Fuck! Lass los!«, bringe ich giftig hervor, taste nach seinem Handgelenk und will ihn von mir stoßen. Doch er greift in mein Haar und drückt mich mit dem Gesicht voran gegen die raue Mauer des Stalls.

»Ich habe mich noch gar nicht vorgestellt, menina. Ich heiße Belisario Cardoso und bin der Erbe dieser Familie. Bedauerlicherweise zählt die Familie Almeida nicht zu meinen Freunden. Aus diesem Grund wirst du verstehen, dass es mich einen Scheiß interessiert, wo sich seine Bälger aufhalten.«

Aufgebracht zappele ich in seinem Griff.

Shit! Ich bin ihm direkt in die Falle getappt!

4

MALADY

Er drückt mich mit der Hand im Nacken schmerzhaft gegen die Wand und schiebt mit der anderen meine Sweatjacke höher. Seine warmen Finger streichen über meine eiskalte nasse Haut. Auf irrtümliche Weise fühlen sich seine Hände sogar angenehm auf meinem Körper an, da die Kälte in jede Pore eingezogen ist.

»Okay, fein«, bringe ich hervor und stelle meine Gegenwehr ein. Und genau das verwirrt ihn. Sein Griff lockert sich.

»Okay, fein?«, wiederholt er perplex. »War das

alles? Gibst du schon auf? Ich dachte, du gehörst der widerspenstigen Sorte an.«

Glaub mir, ich gehöre zu der *am* widerspenstigsten Sorte überhaupt. Ich habe im Nachtclub öfter Typen wie ihn zurechtweisen müssen, die angetrunken mich oder andere Frauen, ohne zu bezahlen, angegrabscht haben.

Konzentriert atme ich aus und wieder ein. »Was hast du vor, Belisario? Ziemlich verstaubter, altbackener Name, findest du nicht?«, provoziere ich ihn mit einem zynischen Lächeln.

»Mach dich nicht lustig. Der Name wird von Generation zu Generation weitergegeben. Aber davon hast du keine Ahnung, Großstadtgöre!« Jetzt wird aber jemand plötzlich beleidigend.

Seine Hand schiebt sich weiter über meinen Bauch, höher zu meinen Brüsten.

»Wow, du hast wirklich einiges zu bieten, *menina*.«

Als er meine rechte Brust umfasst und sein warmer Atem mein linkes Ohr streift, trete ich ihm mit viel Kraft auf den rechten Fuß und ducke mich schnell unter ihm weg. Tief durchatmend bleibt er an der Wand überrumpelt von meiner Gegenwehr stehen, während ich zurück zur Tür sprinte.

Als ich sie erreicht habe, umfasse ich den großen Metallgriff und will die Scheißtür aufstoßen, doch ich bekomme sie keinen Millimeter bewegt. *Fuck!*

»Das war wirklich ziemlich unfreundlich von dir.«

»Leck mich!«, gebe ich zornig zurück.

»Gib dir keine Mühe, die Tür ist verschlossen.

Der Riegel wurde von draußen zugeschoben. Du kommst hier nicht raus. Nicht, bevor ich es nicht will.« *Was?*

Die Pferde tänzeln nervös in ihren Boxen, als es draußen ohrenbetäubend laut donnert. Über den prasselnden Regen hinweg würden meine Hilferufe keine fünf Meter weit zu hören sein. *Was jetzt? Ich sitze in der Falle.*

Nein, schlimmer, ich bin hoffnungslos ausgeliefert. Vermutlich wartet jemand draußen vor dem Stall, bis Belisario mit mir fertig ist, und öffnet erst danach die Tür.

Rasch drehe ich mich mit dem Rücken zur Tür und beobachte, wie Belisario Schritt für Schritt wie ein Raubtier auf der Pirsch näher auf mich zukommt.

»Was willst du von mir? Wir kennen uns doch überhaupt nicht!«, fahre ich ihn an, greife zur Mistgabel, die direkt neben mir an der Wand lehnt, und halte ihm die Zinken entgegen. Ich muss ihn so lange wie möglich auf Abstand halten, um mir einen Plan zurechtzulegen.

Es gibt Fenster. Es gibt diese Luke zum Dachboden. Es gibt die Boxen. Am besten, ich kämpfe mir einen Weg zu einem der Fenster frei. Wenn nötig, verteidige ich mich gegen den versnobten Schönling und massakriere sein Gesicht. Anders als er sich ausgemalt hat, zähle ich nicht zu den Mädchen, die sich schnell einschüchtern lassen oder sich ihrem Schicksal kampflos beugen.

Er lächelt schmal und zugleich tritt dieses berauschte Schimmern in seine dunklen Iriden. Er liebt es, wie ich mich zur Wehr setze. Er braucht den Kick. Als ich mich vorhin ergeben habe, hat sein Katz-und-Maus-Spiel den Reiz verloren. Gerade jetzt entfacht in ihm wieder die irre Gier, mich zu entwaffnen, zur Strecke zu bringen und keine Ahnung was zu machen.

Er verschränkt lässig die Arme vor der Brust. Mittlerweile kann ich auch Tätowierungen auf seiner linken Brusthälfte erkennen, die das feuchte Hemd darunter preisgibt.

»Wie ich schon sagte, die Familie Almeida gehört nicht zu meinen Freunden. Ich muss dich nicht kennen, um mich an den Brüdern zu rächen. Du bist sehr hübsch, schlank, hast schönes langes Haar und bist nicht auf den Kopf gefallen, das spricht mich an. Ja, wirklich. Ich steh auf freche Mädchen, die bis zum Schluss um ihr Leben betteln.«

»Halts Maul!«, fahre ich ihn an. »Mit Männern wie dir musste ich mich nicht erst einmal rumschlagen. Du öffnest die Tür, bevor ich dich mit der Mistgabel an den Eiern aufspieße!«

Nun lockert er seine verschränkten Arme und bleibt – mich abschätzend – stehen. Ich halte ihm die Spitzen der Gabel direkt an seine Kehle. Natürlich werde ich ihn nicht töten. Den Gedanken kann er hoffentlich nicht in meinem Gesicht ablesen. Er soll weiterhin glauben, dass ich, wenn es sein muss, bis zum bitteren Ende um mein Leben kämpfe.

»Könnte interessant werden. Doch zuvor werde ich dir deine Zunge herausreißen, damit wir mehr Spaß haben und deine Schreie nicht gehört werden.«

Er umfasst die Gabelzinken und schiebt sie von

sich. Als ich die Augen weite und Schwung holen will, reißt er mir das Werkzeug mit einem starken Ruck aus den Händen und verpasst mir mit dem Stiel so verdammt schnell und geübt einen harten Schlag auf die Schulter. Sterne explodieren vor meinem Sichtfeld, bevor der grelle Schmerz meine Schulter durchzuckt und keuchend meine Knie nachgeben.

Gott! Es schmerzt höllisch. Wellenartig tobt der Schmerz durch meine Schulter. Stöhnend und leise wimmernd umfasse ich meine Schulter, aber zögere nicht lange und greife zum Spaten. *So leicht gebe ich mich nicht geschlagen, du Monster!*

»Du bist ja wirklich pfiffig, menina. Aber glaub mir, irgendwann besitzt du keine Waffen mehr, wenn ich dir alle aus den Händen gerissen habe.«

»Warte es ab.« Ich hole mit dem Spaten aus. Er duckt sich geschickt unter ihm hinweg, bekommt meine Mitte grob zu fassen und stößt mich mit wahnsinnig viel Kraft in den hinteren Bereich des Pferdestalls. Meine Beine kommen nicht mehr hinterher und verlieren den Halt. Rücklings lande ich – statt wie erwartet auf dem harten Betonboden – in einem Heuberg.

Klappernd rutscht mir der Spaten aus den Händen, als er beide Hände um meine Schultern legt und mich im Heu begräbt.

Vor Schmerz und Pein knurre ich auf.

»Verdammter Wichser, geh runter!«

Wie wild trete ich nach ihm, ziehe das Knie an und ramme es ihm in den Schritt. Wie erstarrt schaut er mit weit aufgerissenen Augen auf mich herab, da er anscheinend diese Gegenwehr nicht kommen sah. Bevor der Schmerz bei ihm explodiert, verpasse ich ihm eine kräftige Ohrfeige. Glücklicherweise lockern sich seine Hände, als er knurrt und das Gesicht vor Schmerz verzieht. Ich fackele nicht lange, rolle ihn zur Seite und rutsche unter ihm hektisch atmend weg.

Keuchend und in das Heu spuckend stemmt er sich hoch. Ich renne zurück zur Tür, hämmere wie wild dagegen und rufe um Hilfe. Selbst wenn mich bloß die anderen Mitglieder der Familie Cardoso hören sollten, will ich nichts unversucht lassen. Dass mir seine Angehörigen nicht helfen werden, ist mir klar. Wobei … Vielleicht wissen sie nicht, was Belisario geplant hat. Möglicherweise kennen sie seine dunkle verdorbene Seite nicht.

Gerade als ich tief Luft hole, um mit meinen heiseren Stimmbändern nach Hilfe zu rufen, sehe ich Belisario sich aus dem Heuberg erheben und auf mich zuwanken. *Shit, er hat immer noch nicht genug.*

Allmählich geht mir die Puste aus. Ich weiß nicht, wie lange ich ihn aufhalten kann. Machen wir uns nichts vor, er ist derjenige, der mehr Kraft und Ausdauer hat. Zudem kennt er sich in diesem Stall besser aus als ich.

»Das wirst du bitter bereuen, kleines Miststück!«

»Scheiße!«, fluche ich, während eine geballte Flut aus Angst durch meinen Körper jagt. Er ist wie ein Zombie, kaum aufzuhalten.

»Hallo! Hört mich jemand!« Wieder hämmere ich gegen die Holztür. »Bitte, helft mir!«

Als Belisario hinter mir steht, drehe ich den Rücken zur Tür und presse mich dagegen. »Komm nicht näher. Das nächste Mal wird es schmerzhafter.« Nach einer geeigneten Waffe suchend blicke ich von links nach rechts. Sämtliche Gartengeräte sind zu weit entfernt.

Er grinst knapp. »Für dich, ja.«

Schritt für Schritt kommt er wie eine lauernde Hyäne, dessen Aas er gleich verschlingen wird, auf mich zu. Im selben Moment höre ich das Zurückschieben eines Riegels und wird die Tür hinter mir kraftvoll aufgeschoben und Hände zerren mich zurück.

»Alles okay?« Amilcar steht unvermittelt hinter mir und presst mich an seinen Körper. Erleichtert, ihn zu sehen, obwohl ich ihn kaum kenne, nicke ich und atme losgelöst aus.

»Was hast du Missgeburt hier zu suchen?«, ranzt Belisario ihn schroff und mit hochrotem Gesicht an. Eine Ader tritt auf seiner Stirn hervor, während er die Hände zu Fäusten ballt.

»Mein Eigentum zurückholen, das sich wohl …« Amilcar schaut mit einem strafenden Blick auf mich herab. »Hier verirrt hat. Wird nicht wieder vorkommen. Ich hoffe für dich, dass du sie nicht angerührt hast!«

Belisario seufzt theatralisch. »Wer weiß, wir haben uns nur nett unterhalten.« Amilcars Augen wandern zu der Mistgabel, die rechts von mir liegt, weiter zu der Schaufel. Ihm bleibt das Heu, das in meinem und Belisarios Haar steckt, nicht unbemerkt. Er greift in mein Haar und holt einen getrockneten Grashalm hervor.

»Sehe ich. Wir verschwinden, Malady.«

Verärgert kommt Belisario auf uns zu. Einen Moment halte ich die Luft an, doch er zieht nur mit großen Schritten und diesem schäbigen Lächeln an uns vorüber.

»War mir eine Freude, dich wiedergesehen zu haben«, raunt mir Belisario im Vorbeigehen zu und rempelt anschließend Amilcars Schulter kräftig an. »Jetzt verzieht euch von unserem Grundstück. Ihr habt hier nichts verloren.«

Belisario tritt in den strömenden Regen hinaus.

»Hatten wir gerade vor«, sagt Amilcar ruhig und löst seine Hände, die auf meinem Bauch und oberhalb meiner Brüste lagen.

Unendlich dankbar und erleichtert, dass Amilcar mich gefunden hat, bevor mich Belisario zu Hackfleisch verarbeitet hätte, atme ich geräuschvoll aus. Dabei flackert der pochende Schmerz in meiner Schulter wieder auf.

»Bist du so weit okay? Hat er dich verletzt?«

Den Kopf schüttelnd drehe ich mich zu Amilcar um, der komplett regendurchtränkt keine Anstalten macht, das Grundstück auf der Stelle zu verlassen.

»Nein, geht schon. Konntest du die Kinder finden?«

Amilcar forscht in meinen Augen. »Nein, ich hab sie nicht gefunden.«

Seine nachtschwarzen Iriden, in denen sich der goldene Schein der Stallbeleuchtung widerspiegelt, wandern zu meiner linken Hand, mit der ich meine pochende Schulter umfasse.

Ungefragt greift er nach meinen Fingern, schiebt sie zur Seite und öffnet die Jacke. »Lass mich sehen.«

Sofort weiche ich einen Schritt zurück.

»Es ist okay. Habe ich doch gesagt.« Ich will hier nicht als Memme dastehen, die bloß wegen eines blauen Flecks bemuttert werden muss.

»Lass mich sehen«, wiederholt er seine Bitte nachdrücklicher, die jetzt wie eine leichte Drohung klingt. Ich verdrehe die Augen und starre dann zur Überdachung des Stalls auf. Regen tropft aus seinem dunkelblonden Haar, perlt von seinem ebenmäßigen Gesicht ab und läuft seinen Hals hinunter. Ich beobachte, wie sich sein ausgeprägter Adamsapfel auf und ab bewegt, bevor er nicht grob, sondern vorsichtig die Jacke zur Seite schiebt. Als er auch den Ausschnitt des T-Shirts von der schmerzenden Stelle hebt, zischt er leise.

»Was? Er hat mich hart mit dem Stiel der Mistgabel erwischt. Dafür habe ich mein Knie zwischen seine Beine gerammt. Er hat mehr Schmerzen, glaub mir.«

Ich schaue zu meiner Schulter, die knallrot leuchtet und bereits jetzt anschwillt. Das gibt die nächsten Tage einen großen Bluterguss. Gebrochen scheint sie zum Glück nicht zu sein.

Amilcar zischt eingeschüchtert. »Mit dir sollte man sich wirklich nicht anlegen.«

»Nein, nicht wenn du nicht deine Kronjuwelen läuten hören willst.« Frech zwinkere ich ihm zu, lache leise und gehe anschließend meine Jacke wieder schließend an ihm vorüber.

»Verpisst euch endlich!«, ruft eine Frau vom Eingang des Anwesens durch den Regen hinweg.

»Vorerst muss ich diese Erfahrung nicht machen. Gehen wir besser, bevor sie ihre Butler mit Schrotflinten in den Garten schicken.«

Als wäre ich seine kleine Schwester oder eine sehr gute Freundin, greift er in meinen Nacken, um mich aus dem Stall zu führen. Anschließend zieht er mit derselben Hand meine Kapuze über mein Haar und legt seinen Arm lässig um meine Schulter. Aber so, dass sein Gewicht nicht auf meiner verletzten Schulter ruht.

Sein kühler maskuliner Geruch, der von dem Duft des Regens und des Waldes überlagert wird, zieht sich in meine Nase. Ich habe lange nicht mehr jemanden gerochen, der so gut duftet.

Wir verlassen das Grundstück, während wir mit Argusaugen von den Bewohnern des Anwesens aus den Fenstern verfolgt werden. Ich werde in meinem ganzen Leben keinen Schritt mehr auf diesen verfluchten Grund und Boden setzen. Die Familie ist ja irre. Angefangen von dem schroffen, unfreundlichen älteren Herren mit der Augenklappe bis zum aufdringlichen Belisario, der sich an Frauen vergreift. Die Frauen im Haus scheinen auch nicht besser zu sein.

»Nette Nachbarn habt ihr«, sage ich, bevor ich mich unter seinem Arm wegducke. Mir ist es unangenehm, wie nah wir uns nach nur wenigen Stunden, die wir uns kennen, sind.

Amilcar schnaubt amüsiert. »Ja, das sind sie. Die mörderischsten, intrigantesten, mies gelauntesten und rachsüchtigsten Nachbarn, die man sich wünschen kann. Glaub mir, kleine Malady, mit denen da …« Er deutet mit dem Finger zum Tor, das wir hinter uns gelassen haben. »Wird es nie langweilig«, lacht er. Hinter uns höre ich ein Quietschen, als das Tor von einem Angestellten geschlossen wird. Der hohe Ton, wie wenn Metall über Metall reibt, jagt mir einen gespenstischen Schauder über den Rücken.

Mittlerweile ist der stürmische Platzregen einem normalen stetigen Regen gewichen. Ich bin bis auf die Knochen durchgeweicht und wünsche mir nichts sehnlicher als ein heißes Bad und ein warmes Bett.

»So, dann suchen wir die zwei Ausreißer weiter. Du weichst mir nicht mehr von der Seite, verstanden?«, befiehlt er mir, schnappt meine Hand und führt mich von der Auffahrt in den Wald.

»Zu Befehl.« Frech salutiere ich mit der freien Hand. »Du hättest aber vorher sagen können, dass ich einen großen Bogen um das Grundstück der Cardoso machen soll.«

»Hey, wir waren noch nicht so weit, um dich auf die Gefahren, die auf der Nordseite der Insel lauern, aufzuklären.«

Bedeutet, es gibt weitere Gefahren?

»Wie meinst du das?«, hake ich nach, überwinde einige aufgewölbte Wurzeln und ducke mich unter Ästen hinweg. Amilcar schiebt zwar ein paar Zweige zur Seite, dennoch lässt er sich den Spaß nicht nehmen, die kleineren vor mir loszulassen. Sie federn direkt in mein Gesicht. *Fiessack.*

Da ich ihn grummelnd lachen höre, weiß ich, dass er diese unreife Nummer absichtlich abzieht und für witzig hält.

»Keine Ahnung. Es fängt damit an, dass die Dorfbewohner in Arco de São Jorge gewaltig einen an der Waffel haben. Die Inzucht hat sie irgendwann paranoid werden lassen. Sie glauben immer noch an übernatürliche Wesen. Das einzige übernatürliche Wesen, das ich kenne, ist Belisario. Und dann gibt es da Streitigkeiten zwischen den Landwirten und Pächtern und Grundstücksbesitzern. Du solltest aufpassen, wohin du trittst. Es befinden sich gelegentlich Fallen in diesen Feldern oder Wäldern, die Fremde davor abschrecken sollen, bestimmte Grundstücke zu betreten.«

»Das sagst du mir …« Rasch hole ich zu ihm auf. Obwohl er meine Hand hält, habe ich mich etwas zurückfallen lassen. Mit der Handytaschenlampe leuchtet er einen Weg durch das Dickicht. »… erst jetzt?«

»Wie ich schon gesagt habe.« Abrupt bleibt er stehen, sodass ich in ihn hineinlaufe. Er dreht sich wendig um und umfasst mit der freien Hand meine unversehrte Schulter. »Wir waren noch nicht so weit, um dich einzuführen.«

»Aber …«

»Ja?« Er leuchtet nun direkt in mein Gesicht, sodass ich geblendet von dem grellen Licht nichts mehr sehe und seine Hand loslasse.

»Madeira ist eine Touristeninsel. Ich habe viele Bewertungen gelesen. Die Kriminalitätsrate ist auf

Madeira ziemlich gering. Diese Insel soll sehr ruhig, friedlich und erholsam sein.«

»Ist sie auch. Halte dich im Süden, Osten oder Westen der Insel auf. Dort, wo die Touri-Orte sind, ist die Welt in Ordnung. Im Norden ist das Klima etwas rauer. Die Menschen auch. Komm, gehen wir weiter.«

Jackpot, würde ich sagen. Mich verschlägt es nicht bloß auf das falsche Anwesen, sondern auch auf die falsche Inselseite. Die Chancen standen 1:4, dass ich auf der Loserseite wohnen werde. Bei meinem Glück habe ich natürlich die Verliererseite erwischt. *Klasse.*

Ohne Amilcar aus den Augen zu verlieren, trotte ich ihm hinterher. Er läuft in seinen weißen, neu aussehenden Sneakers zügig und ohne irgendwo hängen zu bleiben durch den Wald. Beinahe erweckt er den Eindruck, als wüsste er sogar blind, wohin wir gehen müssen.

»Gehen wir zurück?«

»Nein. Mir fällt nur noch ein Ort ein, wo sich die zwei Rotzlöffel versteckt haben könnten. Der Regen wird sie überrascht haben. Almira bekommt schnell Angst im Dunkeln und mag keine Gewitter. Also gehe ich davon aus, dass sich beide ...« Neben einem Gebüsch, hinter dem Felsenwände aufragen, bleibt er stehen. »Dort drin verstecken.« Er überlässt mir sein Handy. »Sei so freundlich und leuchte bitte mal für mich in die Höhle.«

Amilcar überreicht mir das Smartphone so schnell, dass ich aufpassen muss, dass es mir nicht aus den feuchten Fingern rutscht. Ich leuchte in seine Richtung, als er die Zweige eines Strauches zurückschiebt und sich in geduckter Haltung einem Felsvorsprung nähert.

»Wusste ich es! Was zur Hölle fällt euch beiden ein, einfach abzuhauen!«, geht er die beiden an, die ich noch nicht sehen kann. Ich lehne mich an Amilcar vorbei, der wie ein Bär im Ausgang einer Höhle steht und ein Gebrüll von sich gibt, dass sogar ich Schweißausbrüche hätte, befände ich mich anstelle der Kinder.

»Wenn euer Vater davon erfährt, könnt ihr was erleben! Ihr dürft eine Woche ohne Essen und Fernsehen im Keller wohnen.« *Hä?*

»Geh weg, Milcar! Wir kommen nicht mehr zurück!«, höre ich eine zornige Jungenstimme. Ich schaue an Amilcar vorbei und entdecke zwei Kinder, die in der kleinen beengten Höhle zusammengekauert auf dem kalten Stein hocken. Das Mädchen vergräbt ihr Gesicht an der Schulter ihres Bruders, während Quino böse zu Amilcar starrt. »Nie mehr!«

Amilcar lacht ihn aus. »Ach wirklich? Und wovon wollt ihr euch ernähren? Wo wollt ihr hin? Du würdest keine drei Tage allein zurechtkommen. Also Abmarsch, raus aus der Höhle!«

»Nein!«, gibt Quino trotzig zurück. Zwischen seinen Augenbrauen bilden sich dunkle Zornfalten. Almira schluchzt und zittert in ihrem kurzen Kleid an seiner Seite, ohne einmal aufzuschauen.

»Wir gehen nie mehr zu Papa zurück. Er hat mich geschlagen!« Seine Augen wandern von Amilcar kurzzeitig überrascht in meine Richtung. Nun wird sein Blick noch finsterer. »Wir wollen keine neue

Nanny! Sie soll verschwinden!«, brüllt der Junge aus der Höhle.

»Wer, glaubst du, hat hier das Sagen? Du hast mit deinen acht Jahren überhaupt nichts zu melden!« Amilcar wird immer ungehaltener, während mir beide Kinder leidtun. Was auch immer vorgefallen ist, weswegen sie sich mit ihrem Vater zerstritten haben, sie können nicht allein in der kalten Nacht im Wald bleiben. Zwar werden sie nicht verhungern, aber sich erkälten.

»So, mir reichts. Ich zähle bis drei. Wenn du bei drei nicht mit Almira rauskommst, bekommst du dein Leben lang Fernsehverbot.« Wie ich leere Drohungen schon als Kind immer belächeln musste. Jeder Elternteil droht irgendwann mit Strafen, die ohnehin nicht eingehalten werden. Mit dieser Masche reizt er Quino noch mehr. Ist ihm das nicht bewusst?

Amilcar richtet sich vor dem Höhleneingang auf, macht beiden Platz und beginnt langsam herunterzuzählen. »Drei! Zwei! Beweg dich, Freundchen!«

Ich nutze die Gelegenheit und schlüpfe in die Höhle zu beiden. Wahrscheinlich muss ich mit dem Stroh im nassen Haar und der verdreckten Kleidung einen ziemlich furchterregenden Eindruck erwecken, trotzdem versuche ich mein Glück.

»Hallo, ihr beiden, ich bin Malady.«

»Eins! Malady, mach den Weg frei.«

»Nein!«, gebe ich zurück und wende mich wieder den Kindern zu. »Wir wissen alle drei, dass weglaufen nicht klug ist. Almira friert ganz furchtbar und du, Quino, siehst auch müde aus. Ich verspreche euch, dass, wenn wir gemeinsam zurückgehen, ihr keinen Ärger bekommt.«

»Was?« Amilcar flippt hinter mir fast aus. »Natürlich bekommen sie Ärger. Und zwar gewaltigen. Mein Vater hätte mich früher windelweich –«.

»Halt mal kurz die Luft an, Amilcar!«, unterbreche ich seine traumatischen Kindheitserlebnisse.

Ruhig wende ich mich wieder beiden zu. Quino starrt mich misstrauisch an, während Almira das Gesicht von der Schulter ihres Bruders hebt. Braune Haarsträhnen fallen in ihr helles Gesicht mit den schönsten wasserblauen Augen, die ich je gesehen habe. Wie klar müssen diese Augen bei Tageslicht funkeln?

»Du lügst doch. Sobald wird rauskommen, bekommen wir Ärger. Papa wird uns einsperren und schlagen.«

»Da liegst du so was von richtig, mein Freund! Wegen euch ist Malady beinahe schlimm verletzt worden«, gibt Amilcar seinen Senf dazu.

Nachdenklich, ob Amilcar oder Quino schlimmer ist, kratze ich mich an der Schläfe.

»Ist mir egal«, murmelt Quino. »Ihr solltet uns nicht suchen. Wir kommen nicht zurück.«

Almira schaut ängstlich und zitternd zu mir. Über ihrer Schulter hängt eine olivfarbene Jacke, die ihrem Bruder gehört. Denn ich habe sie an ihm gesehen, als beide vom Grundstück gerannt sind.

Quino hingegen trägt nur ein T-Shirt, hat Gänsehaut und wirkt ebenfalls durchgefroren. Es sickert immer mehr Regenwasser über den Boden in die

Höhle. Lange säßen sie nicht mehr auf dem Trocknen.

»Natürlich suchen wir euch. Zwei Kinder sollten nicht im Wald frieren, sondern zu Hause im Warmen sitzen. Hört mir mal zu, wir machen es so. Ich verspreche euch, dass ihr keinen Ärger bekommt, wenn ihr jetzt mit uns geht. Wenn ich mein Versprechen nicht halte, helfe ich euch morgen dabei, erneut zu fliehen.«

»Ich hab mich wohl verhört!«, regt sich Amilcar auf, beugt sich hinter mir in die Höhle und umfasst meine Schulter. »Spinnst du komplett, ihnen solch einen Blödsinn zu versprechen? Dann bist du sofort gekündigt.«

Ich schmunzele unbeeindruckt und schaue zu Quino, dem ich meine Hand hinhalte. »Du siehst, ich werde gekündigt, wenn ich euch helfe. Für mich steht einiges auf dem Spiel. Ich meine es absolut ernst.«

Einen Moment tauschen beide Kinder Blicke aus. Almira ist den Tränen nah, während Quino stur in eine Höhlenecke starrt.

»Ich will … zurück … Quino. Ich hab Angst … es ist kalt«, weint Almira bitterlich und reibt sich über die Augen. Quino schaut ernst wie ein Erwachsener von mir zu Almira.

»Gib nicht so schnell auf. Papa wird uns morgen wieder alles verbieten und uns anschreien.«

»Ich will … will aber nach Hause«, wimmert Almira. »Mady redet mit ihm.«

Amilcar schnaubt hinter mir und murmelt irgendwelche Worte.

»Redest du wirklich mit Papa?«, fragt Quino und richtet sich in der Höhle auf. Die gesamte Zeit hat er mit Almira auf einer Decke gesessen, die von immer mehr Wasser durchtränkt ist.

»Du hast mein Wort. Das ist mein hochheiliges Versprechen, Quino. Ich halte meine Versprechen. Immer.« Weiterhin strecke ich meine Hand nach ihm aus. Er soll wissen, dass ich ihn ernst nehme. Es muss etwas an der Sache dran sein, dass ihr Vater sie angebrüllt oder geschlagen hat. Was auch immer. Ansonsten wären sie nicht angehauen.

»Belügst du mich nicht?«

Ich schüttele den Kopf. »Tu ich nicht.« Quino schlägt in meine Hand ein. Freudestrahlend schaue ich in sein Gesicht. Ich erkenne im Schein der Handytaschenlampe dunkle Augen und braunes welliges Haar, das ihm bis zu den Ohren geht. Langsam senke ich das Licht des Handys und weiche zurück, um den Ausgang für beide frei zu machen.

»Schöner Trick«, flüstert mir Amilcar zu, als ich mich vor ihn stelle.

»Ist kein Trick. Ich meine es ernst.«

»Du glaubst doch nicht ernsthaft, dass mein Bruder das durchgehen lässt.«

Ich ignoriere seine Worte und beobachte, wie beide Kinder aus der Höhle klettern. Immer noch misstrauisch schauen sie zu mir, dann zu Amilcar, der auf beide starrt, als würde er sie jeden Moment vierteilen.

»Führ uns zurück, Amilcar«, weise ich ihn an, damit er das Starren einstellt und sich nützlich macht.

»Meinetwegen«, murmelt er stinksauer und läuft kurz darauf an der Spitze der Gruppe. Mit der Hand deute ich an, dass Quino und Almira vor mir gehen sollen, damit ich sie im Auge behalten kann. Nicht dass es sich Quino anders überlegt und wieder ausbüxt.

Nach gefühlt fünfzehn Minuten erreichen wir das Grundstück der Almeidas. Über die Schnäbel der Adler rinnt Regen herab, bis er an ihren Spitzen herabtropft, als sie uns mit ihren strengen Blicken begrüßen. Das Gewitter ist vorübergezogen, der Sturm hat sich wieder gelegt, dennoch bleibt ein dichter, feuchter Nebel.

Als wir das Anwesen betreten, entdecke ich Senhor Almeida am Treppengeländer. Immer wieder geht er vor dem halbrunden Fenster der Treppenflucht auf und ab und starrt auf sein Smartphone. Sieht aus, als hätte Amilcar ihn darüber informiert, dass beide Kinder geflohen sind und gefunden wurden. Ansonsten hätte er sich sicher selbst auf die Suche begeben.

Kaum hat er uns entdeckt, hebt er den Blick, und ich schwöre, so etwas Finsteres habe ich noch nie in den Augen eines Menschen gesehen. Quino und Almira weichen augenblicklich zurück und stellen sich einen Meter schützend hinter mich.

»Zieht schon mal die Schuhe aus, bevor wir gleich ins Bad gehen«, sage ich freundlich zu beiden, ehe Senhor Almeida seine Standpauke halten kann.

»Wisst ihr beide eigentlich, welche Sorgen ich mir gemacht habe!« Senhor Almeida steigt die Treppe herunter. Sein Bruder geht ihm entgegen und hält ihn auf, bevor er uns erreicht.

»Beruhige dich wieder, Júpiter.«

»Beruhigen? Beide rennen in den Wald und ich soll mich beruhigen? Wenn du allein wegrennst, ist das eine Sache, Quino. Aber deine Schwester mitzunehmen, eine ganz andere. Sie ist viel zu klein, als im Dunkeln –«.

»Du hast es versprochen, Malady«, sagt Quino aufgelöst und enttäuscht. »Keinen Ärger.«

»Wartet kurz hier, okay?«

Ich sammele all meinen Mut zusammen, bevor ich auf ihren Vater zugehe. »Dürfte ich einen Moment mit Ihnen reden?«

»Hör ihr kurz zu«, redet Amilcar auf ihn ein. »Ich pass so lange auf die beiden Frettchen auf.«

»Meinetwegen«, murrt Senhor Almeida und deutet mir mit der Hand an, ihm in sein Arbeitszimmer zu folgen.

Augenblicklich verknotet sich mein Magen.

Hoffentlich kann ich etwas erreichen und muss morgen früh nicht zusammen mit seinen Kindern fliehen.

5

MALADY

N ehmen Sie Platz.« Er deutet auf den moosgrünen Sessel, auf dem ich schon Stunden zuvor gesessen habe. Anders als das letzte Mal nimmt er nicht hinter seinem Schreibtisch Platz, sondern schaltet die Wandleuchten an. Er geht in seiner dunklen Kleidung an mir vorüber und verströmt diesen unheimlichen Geruch von Macht und Bestrafung. Aus den Augenwinkeln schaue ich flüchtig zu ihm auf.

Während er die Wandlampe anschaltet, steht er seitlich zu mir gewandt. Nach außen hin wirkt er kühl und gelassen, doch innerlich spüre ich, wie er tobt. Und das gefällt mir nicht. Denn so weiß ich nicht, wie ich vorgehen soll. Soll ich zuerst die Reumütige vorgeben oder gleich in die Offensive gehen?

Nur schwerfällig bewege ich meine Füße über den teuren Teppich. Er dreht sich zu mir um, ohne mich anzusehen.

»Erzählen Sie mir, was vorgefallen ist. Ich will jedes Detail wissen.«

Sein Blick, der heute Nachmittag noch abgeschlagen und trüb gewirkt hatte, ist jetzt geschärft und aufgewühlt.

Ohne Umschweife berichte ich ihm sachlich und ruhig, was passiert ist. Auch wenn es mir nicht gefällt, noch mal die Begegnung mit diesem aufdringlichen Belisario wiederzugeben, tue ich es. Weiterhin meidet er meine Blicke. Er bleibt hinter dem Schreibtisch stehen und schaut aus dem Fenster, dessen Vorhang er zurückgeschoben hat.

Als ich fertig bin, geschieht nichts. *Ist er noch geistig anwesend?* Erwartungsvoll schaue ich auf sein schwarzes Hemd, das an den Unterarmen hochgerollt wurde.

»Sie sind mit meinem Bruder schon per Du?«, richtet er die Frage an mich und dreht sich im selben Moment um.

»Ja, er hat es mir angeboten.« Glaube ich. Zumindest hat er mich direkt mit meinem Vornamen angesprochen.

Die Hände vor mein Gesicht haltend blase ich meinen warmen Atem zwischen die Finger. Immer noch ist meine Kleidung triefend nass und die Kälte dringt wie kleine spitze Nadelstiche in meinen Körper.

Mit einem Mal dreht er sich zu mir um. Und zum ersten Mal, seit ich gefühlt fünfzehn Minuten in diesem Raum hocke, sieht er mich richtig an.

»Gut, gehen Sie mit den Kindern nach oben. Ich wollte zwar, dass Sie beide erst morgen kennenlernen und sie betreuen, aber wie es aussieht, wäre jetzt der passende Zeitpunkt, um Ihren Job anzutreten.«

Das wars? Keine Predigt oder so? Mit beiden Händen stemme ich mich aus dem Polster hoch, während seine Augen von feinen Fältchen umgeben sind. Sein dunkles Haar ist wie schon Stunden zuvor zerwühlt und matt.

»Klar, kein Problem. Ich möchte aber darauf bestehen, dass beide keine Strafe erhalten.« Vor dem Sessel stehend recke ich mein Kinn höher. Denn obwohl er hinter dem Schreibtisch steht, wirkt er immer noch sehr einschüchternd mit seiner Körpergröße und Ausstrahlung. Sein rechter Mundwinkel hebt sich in die Höhe.

»Ausgeschlossen. Beide haben eine Strafe verdient. Quinos wird sogar härter ausfallen. Sie hingegen muss ich nicht bestrafen. Aber ich warne Sie eindringlich: Halten Sie sich von dem Grundstück der Cardoso fern. Das nächste Mal werden Sie kein Glück haben.«

»Ich weiß. Trotzdem habe ich Quino und Almira versprochen, dass sie keinen Ärger bekommen. Nur so konnte ich sie aus der Höhle bewegen. Ich halte mein Versprechen.«

»Dann haben wir ein Problem. Denn ich werde

eine Strafe ansetzen. Ob es Ihnen passt oder nicht.«
Er kommt mit seinem bedrohlichen Blick auf mich
zu. Uns trennt bloß der Schreibtisch. Doch auf den
zweiten Blick wirken seine Gesichtszüge nicht so bedrohlich wie gedacht, sondern eher lauernd.

»Dann …« Ich kaue auf der Unterlippe, senke
den Blick und denke nach.

»Ja?«, hakt er interessiert, aber nicht schroff nach,
als mein Gehirn auf Hochtouren läuft.

»Dann nehme ich ihre Bestrafung entgegen.«

Nun schnaubt er amüsiert. »Stubenarrest und
Fernsehverbot wären sicher keine angemessene Strafe
für Sie.«

»Dann verzichte ich auf einen freien Tag, von
denen mir zwei pro Woche zustehen. Wäre das ein
fairer Deal?«, schlage ich vor. *Mann, was mache ich
hier bloß?* Bereits am ersten Tag verschenke ich
meinen freien Tag, um mein Versprechen einzuhalten. Die Kinder sind ja nicht meinetwegen weggelaufen, sondern wegen des finster dreinblickenden
Hornochsen vor mir.

»Einverstanden. Dann verzichten Sie auf den
Samstag und werden weiterhin Ihre Arbeit verrichten. Klingt fair.«

*Klingt bescheuert. Aber ich habe es nun mal vor-
geschlagen.*

Er reicht mir seine rechte Hand, auf der sich
seine Venen ausgeprägt abzeichnen und bis zur
Hälfte über den Oberarm ziehen.

Ich lege meine Hand in seine schlanken Finger.
Gerade als ich loslassen will, zieht er mich ein Stück
näher über den Schreibtisch zu sich. Sein Blick erin-

nert dieses Mal an geschärfte Dolchspitzen, denen ich kaum ausweichen kann. Er nagelt mich förmlich mit ihnen fest.

»Eines lassen Sie sich gesagt sein: Ich werde nicht jedes Mal nachgeben und einem Deal zustimmen. Wenn ich der Meinung bin, dass meine Kinder für ihre Regelverstöße bestraft werden sollen, dann werden Sie sich nicht einmischen, verstanden?«

Klar und deutlich. Er ist schließlich der Erziehungsberechtigte. »Von daher versprechen Sie beiden nicht voreilig etwas, was Sie nicht halten können.«

Unmerklich heben sich seine Augenbrauen in die Stirn, während ich meine Hand zurückziehen will, was er nicht zulässt. Je mehr ich meine Finger aus seinem Griff zerren will, desto nachdrücklicher umfasst er sie.

»Außerdem setzen Sie nie wieder einen Fuß auf das benachbarte Grundstück. Wenn ich Sie noch einmal dabei erwische, wie Sie durch den Wald zum Anwesen der Cardoso laufen, werden Sie fristlos gekündigt.«

Ich ziehe meine Hand nicht länger aus seiner zurück, sondern stütze mich mit der linken auf seinem polierten Schreibtisch ab, um mich vorzubeugen.

»Hätte man mich vorher gewarnt, dass Sie sehr aufdringliche, gewaltbereite Nachbarn haben, wäre ich gar nicht erst auf die Idee gekommen, dort zu klingeln. Ich habe es nur getan, um Ihre Kinder zu suchen. Anscheinend haben Sie nicht einmal von allein bemerkt, dass sie weggelaufen sind.« Denn ich wette, dass er erst davon erfahren hat, als Amilcar ihn darüber informiert hat.

»Noch vor Stunden waren Sie sehr zurückhaltend, jetzt scheint es ja richtig in Ihnen zu kochen.« Er belächelt mein Temperament, woraufhin ich ihm einen giftigen Blick schenke. Ja, ich lasse mich nicht ungerecht behandeln. »Dann sind wir uns einig. Sie verlassen das Grundstück nicht, ohne sich abzumelden. Niemals. Es ist zu Ihrer eigenen Sicherheit.«

»Zu Befehl.« Mit einem Ruck reiße ich meine Finger aus seiner Hand. Wobei er bereits den Griff gelockert hat. Beinahe wende ich zu viel Kraft an und kippe zurück auf den moosgrünen Sessel.

Wieder zucken seine Mundwinkel, als ich mich aus dem Sessel ziehe. Ja, lach nur.

»Gehen Sie die Kinder ins Bett bringen, nehmen Sie ein Bad und kommen später um 22 Uhr in den grünen Salon. Ich habe noch ein paar Fragen an Sie.«

Welche? Kann er sie mir nicht jetzt stellen? Bevor ich ihn darauf ansprechen kann, umrundet er den Schreibtisch und geht zur Tür, die er mir aufgesetzt freundlich aufhält.

Er will, dass ich gehe. Ich frage mich, wie man nur so kaltherzig und zynisch sein kann. Amilcar ist auf jeden Fall viel entspannter drauf, wenn auch ebenso herrisch. Noch jetzt sehe ich ihn vor dem Höhleneingang stehen, wie er den Kindern unzählige Strafen androht. Ob Quinos und Almiras Mutter auch so gewesen ist? Ich werde es herausfinden.

In der Eingangshalle sitzt Amilcar auf den Treppenstufen, während Quino und Almira auf dem Podest hocken und sich langweilen. Ich gehe auf beide zu, dir mir erwartungsvoll entgegenblicken.

»Kommt, gehen wir hoch und legen euch trocken.« Ich schenke ihnen ein Lächeln und reiche beiden meine Hände. Wider Erwarten greift Almira nach meiner Hand, Quino hingegen nicht.

Er starrt an mir vorbei zu seinem Vater. »Bekommen wir Ärger?«

»Nein«, beruhige ich ihn. »Das habe ich dir versprochen.« Quino macht große Augen, als er mich ansieht. Schließlich erhebt er sich und geht an mir vorüber.

Mit Almira an der Hand steige ich die Treppe hoch. Dabei beobachte ich, wie Amilcar und sein Bruder sich gedämpft unterhaltend in einem Korridor verschwinden.

Wenn ich solch einen strengen Vater gehabt hätte, wäre ich sicher auch abgehauen. Zum Glück war meiner ziemlich entspannt und immer verständnisvoll. Verständnisvoll scheint ein Wort zu sein, das weder die Almeida noch die Cardoso kennen. Was zur Hölle ist mit diesen beiden Familien los? Irgendwas stimmt doch nicht. Aber ich bin mir sicher, ich finde es heraus.

Während ich Almira in die Wanne gesetzt habe, steht Quino unter der Dusche. Zu keiner Zeit darf ich mich zu ihm umdrehen, was ich respektiere.

»Was wollen wir später essen?«, frage ich Almira, als ich ihr langes Haar einschäume. Im Bademantel lehne ich mich über den Wannenrand und greife zur Handbrause.

»Pizza oder Nudeln«, schlägt sie vor und schiebt

ein Schiff durch die Schaumberge. »Das dürfen wir sonst nie essen.«

»Wirklich nicht? Bei uns gibt es das sehr oft«, erkläre ich ihr.

»Vater will, dass wir uns gesund ernähren. Kein Fast Food oder so.« Quino steht im Bademantel neben mir, bevor ich Almira aus der Wanne hebe und sie warm einwickele.

»Wer kocht für euch sonst?«, erkundige ich mich, da ich bisher bloß Soraia kennengelernt habe.

»Niemand. Wir bekommen immer Essen geliefert. Papa kann nicht kochen, Soraia ist nur vormittags da und Onkel Amilcar isst nie mit uns.«

Sie bekommen Essen geliefert? Wow. »War das schon immer so?«

»Nein.« Quino schüttelt den Kopf, als ich Almiras Haar trockne und ihr dann helfe, in ihren Pyjama zu steigen.

»Mama hat früher immer mit einer Freundin gekocht. Es gab damals viele Angestellte. Jetzt sind sie alle weg.«

»Früher war es viel schöner«, nuschelt Almira und nestelt an ihrem feuchten Haar. »Deshalb wollen wir ausziehen.« Ausziehen? Ihr Vorhaben scheint ernster zu sein, als anfänglich gedacht.

Quino nickt. Nun ja, um mir ein Bild von der ganzen Sache zu machen, brauche ich etwas Zeit. Bisher ist Almira die Einzige, die ich etwas einschätzen kann. Es wird eine Weile dauern, bis das Eis zwischen Quino und mir gebrochen ist. Er scheint mehrere Male ziemlich enttäuscht worden zu sein und keiner fremden Person mehr sofort zu vertrauen.

Nachdem ich mit Almira und Quino im Erdgeschoss die Küche betreten habe, finde ich eine wohnliche, gigantisch große Landhausküche vor. Im Kühlschrank suche ich nach Lebensmitteln, um ihnen etwas zuzubereiten, doch stoße direkt auf zwei Plastikpakete. Durch den durchsichtigen Deckel entdecke ich einen Salat und etwas, das wie kalte Hähnchenbruststreifen und Brotscheiben aussieht. Es ist sogar eine Verpackung für mich dabei, auf der mein Name klebt. Als ich sie aus dem Kühlschrank hole und vor beiden auf den Esstisch im benachbarten Raum stelle, machen sie lange Gesichter.

»Nicht wieder Salat«, meckert Almira am Tisch und dreht ihre Gabel zwischen den Fingern.

»Ich würde ja etwas anderes kochen, aber der Kühlschrank ist fast leer.« Selbst im Tiefkühlfach lagen bloß Eiswürfel. »Ich werde morgen einkaufen gehen.« Zuvor mich natürlich ordnungsgemäß abmelden, damit die beiden Männer wissen, wann und wo ich entführt werden könnte. Ich schalte den Fernseher ein, als ich mit beiden esse. Sie starren mich an, als würde ich einen schwerwiegenden Fehler begehen.

»Wenn das Papa sieht, wird er sauer«, flüstert mir Almira zu und stochert lieblos in dem Salat herum.

»Mir hat er kein Fernsehverbot erteilt«, antworte ich lächelnd. Außerdem kann ich ihn ja ausschalten, sobald er reinkommen sollte. Mann, ich komme mir vor, als wäre ich selbst ein Kind, das sich gerade eine Strafe einhandelt. Ich zappe zu einem Fernsehkanal für Kinder, auf dem eine Wissenssendung über heimische Tiere läuft. Quino ist mehr von der Sendung fasziniert als von dem Essen, was ich irgendwie verstehen kann.

Es schmeckt ziemlich fad. Aber da es keine andere Möglichkeit gibt, um uns etwas anderes zuzubereiten, und mein Magen vor Hunger knurrt, esse ich das bestellte Essen auf.

Beide Kinder haben nicht mal die Hälfte davon hinunterbekommen. Ich räume alles ab, schalte den Fernseher aus und gehe anschließend mit ihnen nach oben. Es herrscht eine seltsame Anspannung. Einerseits fühle ich mich wirklich fremd in diesem großen verwinkelten Haus mit den dunkel vertäfelten Wänden, andererseits glaube ich, ständig beobachtet zu werden. Mir läuft es bei der Vorstellung eiskalt den Rücken hinunter, dass Senhor Almeida mich die gesamte Zeit über im Auge behält. Bisher konnte ich keine Kameras oder ähnliche Überwachungstechnik entdecken. So übervorsichtig oder paranoid wird er sicher nicht sein.

Als ich beide Kinder in ihre Betten gebracht habe, lese ich ihnen eine Geschichte vor. Beide verhalten sich auffällig ruhig. Ich war in ihrem Alter viel aufgedrehter. Mich hätte keiner so schnell mit einer Geschichte abspeisen können, nicht ohne eine weitere. Doch die beiden geben sich mit einer zufrieden. *Ob sie etwas aushecken?*

Auf dem Sessel sitzend, der sich am Fußende von Almiras weißem Himmelbett befindet, schaue ich zu Quino. Er starrt stur zur Decke, während Almira ihren Plüschaffen im Arm hält und der Geschichte lauscht. Mittlerweile ist es kurz nach 21 Uhr.

Das Kinderzimmer ist sehr freundlich eingerichtet. Es muss definitiv eine Frau möbliert und hergerichtet haben. Die Wände sind weiß vertäfelt, darüber in einem frischen Mintgrün angestrichen. Von der Decke hängen zwei Kronleuchter, an denen Tiere aus Glas funkeln. Die Vorhänge haben ein hübsches Blättermuster, die Teppiche sind hell und weich. Es gibt sogar ein Spielzimmer, das an das Schlafzimmer angrenzt, und ein Badezimmer, das ich vorhin mit beiden benutzt habe. Im Prinzip haben die Kinder alles, was sie brauchen, auf einer Etage.

Wie es aussieht, scheint es sie dennoch nicht glücklich zu machen. Ich wäre früher vor Freude geplatzt, so viele Spielsachen zu besitzen, sogar einen eigenen Fernseher. Außerdem hat Almira ein eigenes Zimmer, in dem sie aber nicht allein schlafen will. Während Almira zum Ende der Geschichte eingeschlafen ist, schaut mich Quino mit seinen dunklen Knopfaugen an. Er starrt mich nur an, was unheimlich ist.

Ich klappe das Buch zu, lege es zurück ins Bücherregal und gehe auf sein Bett zu, um seine Nachttischlampe auszuschalten.

Gerade als ich das Licht ausknipsen will, höre ich Quino sagen: »Du wirst nicht lange hierbleiben.«

Diese Worte kommen so unverhofft und gnadenlos aus seinem Mund, dass ich den Atem anhalte. Die letzten Minuten dachte ich, er hätte sich mir etwas mehr geöffnet. Anscheinend lag ich mit meiner Vermutung falsch. Vor dem Bett gehe ich in die Hocke.

»Du magst mich nicht besonders, hm?«

»Ich kenne dich gar nicht«, antwortet er und

dreht mir im Bett den Rücken zu. »Du bist wie die anderen. Sie sind alle gegangen. Du wirst auch gehen.«

Die Anderen vor mir? »Wie meinst du das?«

»Du bist nicht die Erste, die auf uns aufpasst. Du bist die Sechste. Keine Nanny blieb länger als zwei Wochen.«

Die Sechste? So viele Nannys oder Au-Pairs waren bereits an diesem Ort und haben gekündigt? Oder wurden sie gekündigt?

»Warum sind sie gegangen?« Doch ich erhalte keine Antwort von ihm. Langsam erhebe ich mich und schaue zu seinem Gesicht hinab. Quino hat die Augen geschlossen, obwohl ich weiß, dass er nicht schläft. Er will nicht mehr mit mir reden.

Mit einem beklemmenden Gefühl, da ich mir alles etwas anders vorgestellt hatte, verlasse ich das Kinderzimmer und lehne die Tür bloß an. Ich werde später nach ihnen sehen, zuvor will ich ein heißes Bad nehmen und meine pochende Schulter mit Schmerzgel behandeln.

Da ich mit den Kindern dieselbe Etage bewohne, biege ich am Treppenaufgang links in den Ostflügel. Die Dielen unter dem royalblauen Teppich mit den goldenen Ornamenten an den Rändern knarren unheimlich.

Als ich mein Badezimmer erreiche, laufe ich an der Toilette vor der Schamwand und dem Waschtisch vorbei zur Badewanne. Sie befindet sich direkt unter einem Fenster, von dem aus ich auf den dunklen Garten blicken kann. Es ist so finster dort draußen. In der Großstadt brennen überall Lichter und sind Verkehrsgeräusche zu hören. Hier ist es totenstill, als hätte man diesen Ort vergessen.

Während das Wasser in die Wanne läuft, öffne ich die zweite Tür, die in mein Schlafzimmer führt. Im Ankleideraum fische ich frische schwarze Jeans, einen weißen Pullover und Unterwäsche aus dem Regal. Zudem wühle ich in meinem Kosmetikkoffer nach Schmerzgel.

Im Bad werde ich den Mantel los und taste den glutroten Fleck auf meiner Schulter ab. Wenn ich mir vorstelle, mit welcher Wucht dieser Belisario den Stiel der Mistgabel auf meine Schulter geschlagen hat, würde ich ihm am liebsten erneut in die Eier treten. Hoffentlich erinnern ihn die Schmerzen, die ich bei ihm verursacht habe, noch lange an mich. Die kühle Salbe lindert nur kurzzeitig die Schmerzen. Die Stelle wird in den nächsten Tagen herrlich dunkelviolett aufblühen.

Nachdem ich einen Badezusatz dazugegeben habe, schalte ich meinen Laptop an, platziere ihn auf einem Hocker und verbinde ihn mit dem WLAN. Ich schaue meine Netflix-Serie weiter, steige in die Wanne und seufze anschließend genüsslich, als ich mich im warmen Wasser zurücklehne. Tut das gut. Ich habe etwas über vierzig Minuten Zeit, um mich zu entspannen, bevor ich um 22 Uhr den grünen Saal aufsuchen muss – wo auch immer er sich befindet. Ich tippe zwei Nachrichten in mein Smartphone. Eine an meine Mutter und eine weitere an meinen besten Kumpel Johnny. Denn beide haben mir mehrere Nachrichten geschickt und versucht, mich anzurufen.

Erst jetzt merke ich, dass ich für heute vollends erledigt bin. Mir macht nicht nur der Jetlag zu schaffen, der Regen und das schmerzhafte Brodeln in meiner Schulter geben mir den Rest. Träge schiebe ich das Smartphone auf die Fensterbank, bevor ich die Netflix-Serie verfolge und darüber irgendwann einschlafe.

6

AMILCAR

Ich hole mit dem Schläger aus, bevor ich den Ball virtuell mehrere Meter weit schleudere. »Tja, das überbiete mal«, sage ich siegessicher.

»Hast du Cleto gesehen?«, fragt mich Júpiter, der ebenfalls zum Schlag ausholt.

»Nein, nur Belisario. Ich schwöre dir, er hätte Malady, wenn ich nicht rechtzeitig eingetroffen wäre, den Schädel mit der Schaufel gespalten. Trotzdem wirkte der Arsch ziemlich mitgenommen. Malady hat ihm ihr Knie in die Eier gerammt. Krass, oder?«

»Ja, krass«, wiederholt er unterkühlt. Mit dem Schläger stoße ich seine Schulter an.

»Jetzt mach dich mal locker. Sie hat sich wirklich ins Zeug gelegt, um Quino und Almira zu finden.«

»Richtig und du nicht. Du hättest sie nicht allein losziehen lassen sollen. Es ist ein Wunder, dass sie noch lebt«, knurrt er verärgert.

»Es ist ein Wunder, dass Belisario noch lebt«, kontere ich sofort. Am liebsten hätte ich ihn auf der Stelle erledigt. »Um ihn kümmere ich mich noch, darauf kannst du dich verlassen.« Mit beiden Händen umfasse ich den Golfschläger fester.

»Nicht so voreilig.«

»Wieso?«

»Weil wir gerade personenmäßig in der Unterzahl sind.« Mürrisch hebt Júpiter die rechte Braue.

»Und wessen Schuld ist das? Deine. Weil du jeden zuverlässigen Partner und Angestellten rausgeworfen hast.«

»Ich bin es leid, diese Fehde fortzuführen, verstehst du das nicht? Es wird immer so weitergehen. Es hört nie auf, wenn sich keiner geschlagen gibt.« Habe ich das gerade richtig gehört? Wir geben uns plötzlich geschlagen? Es war nur von einem kurzen Waffenstillstand die Rede, nicht von einer Kapitulation.

»Sind wir jetzt plötzlich die Verlierer?« Ich drehe mich aufgebracht zu ihm um, als er auf die Chesterfieldcouch zugeht und sich auf dem Beistelltisch einen Drink eingießt.

»Es kann niemals einen Gewinner geben! Die Fehde wird immer weitergehen. Ich mache da nicht mehr mit, Amilcar.«

»Ist das dein beschissener Ernst?«

»Raica ist tot, kapierst du das endlich?«, wird er lauter und ungehaltener.

Klar kapiere ich das. Aber ihr Tod muss gerächt werden. Das hat sie doch verdient. »Gerade aus dem Grund hättest du weitermachen sollen. Genau das wollten sie: dass du daran zugrunde gehst und aufgibst. Dass du ihnen das Feld überlässt und daran zerbrichst.«

Ohne mir zu antworten, hebt er das Glas an seine Lippen und trinkt den Whisky, als wäre er Wasser. In letzter Zeit ist sein Alkoholkonsum immens angestiegen. Er sieht grauenerregend aus. Von dem ehemals so mächtigen Mann ist nichts mehr zu sehen, seit Raica vor über einem Dreivierteljahr gestorben ist. Scheint, als würde er sich nicht mehr erholen. Dann sollte er mir die Führung der Familie übertragen und nicht länger warten. Worauf noch warten!

»Ich kann so nicht weitermachen.« Mir reichts! Sein depressives Gefasel geht mir gegen den Strich.

»Du hast längst aufgegeben. Warum wirfst du nicht alles hin, packst die Koffer und gehst einfach? Kauf dir ein Haus weit weg von Madeira und fang von vorn an. Es ist kaum zu ertragen, wie du dich gehen lässt und in Selbstmitleid ertrinkst. Du bist kaum mehr wiederzuerkennen. Ein Vierteljahr lang zu trauern, kann ich verstehen. Ein halbes Jahr war auch noch angemessen. Aber beinahe ist ein Jahr um und es hat sich nichts an der Situation geändert. Es wäre deine Aufgabe gewesen, deine Kinder im Auge zu behalten. Hätte Malady nicht bemerkt, dass sie abgehauen sind, würdest du wahrscheinlich jetzt noch glauben, dass sie sich in ihren Zimmern befinden. Was wäre passiert, wenn sie die Cardoso im Wald gefunden hätten? Was, wenn sie für immer verschwunden wären? Du hast doch nichts mehr unter Kontrolle, Júpiter! Nicht einmal mehr dich.«

Dieses Golfspiel sollte ihn auf andere Gedanken bringen, aber wie es scheint, hat es nicht geholfen.

Genervt pfeffere ich den Schläger in die Ecke, wo er klappernd auf dem Boden aufschlägt. Dass ihn meine Predigt nicht kaltlässt, kann ich an seinem angespannten Unterkiefer sehen. Zumindest dringen meine Worte noch in seinen betrunkenen Verstand vor und prallen nicht an ihm ab. Am liebsten würde er mich wie die anderen Mitarbeiter, Untergebenen und Freunde einfach vor die Tür setzen. Und wieso? Um sich allein in diesem Gebäude zu verschanzen und zu bedauern. Früher war er das komplette Gegenteil. Er war angesehen, gnadenlos, stolz und einflussreich. Gerade ist er bloß noch ein Schatten seiner selbst.

»Es ist kurz nach 22 Uhr. Wahrscheinlich sollte ich nach Malady sehen.« Mit nur wenigen Schlucken hat er das zweite Glas geleert und stellt es geräuschvoll auf dem Beistelltisch ab.

Mehr hat er nicht zu sagen?

»Vielleicht lässt du sie in Ruhe?«, antworte ich grimmig und versperre ihm den Weg. »Sie leidet immer noch unter dem Jetlag. Außerdem dürfte es an ein Wunder grenzen, wenn sie sich in der Arschkälte keine Erkältung eingefangen hat.«

»Bist du neuerdings ihr Aufpasser, oder wie soll ich das verstehen?« Vor mir richtet er sich auf, während mir der herbe Whiskygeruch aus seinem Mund ins Gesicht bläst. »Sie darf dich ja bereits nach zwei Stunden mit deinem Vornamen rufen. Wenn hier jemand die Kontrolle verloren hat, dann wohl du. Warum traust du einer Wildfremden, die für uns arbeiten soll?«

»Natürlich bin ich nicht ihr Aufpasser. Trotzdem lass ihr Zeit, um sich einzugewöhnen.« Er schnaubt abfällig und schenkt mir diesen Großer-Bruder-Blick.

»Vor wenigen Stunden wolltest du darüber eine Wette abschließen, wann sie übereilt das Anwesen verlässt.«

»Ja und? Meine Meinung hat sich geändert.« Malady ist anders als ihre verängstigten, prüden Vorgängerinnen. Sie lässt sich nicht so einfach abschrecken und einschüchtern.

Als er an mir vorbeigehen will, versperre ich ihm wieder den Weg. Mehr als zweimal versucht er an mir vorbeizukommen und jedes Mal stelle ich mich vor ihn. In dieser Verfassung lasse ich ihn nicht zu Malady. Sie soll seine miese Laune nicht abbekommen, ansonsten ist sie sofort weg.

»Lass den Blödsinn, Amilcar!«, knurrt er verärgert.

»Wieso denn? Du bist doch vollkommen dicht. Geh schlafen und überlege, wie du ihr den Aufenthalt so angenehm wie möglich gestaltest. Denn ich für meinen Teil werde das tun, weil wir sie brauchen.«

Ich schenke ihm einen entschlossenen Gesichtsausdruck. Wenn ich ehrlich bin, brauche ich diese

Frau nicht, schließlich soll sie nicht auf meine Kinder aufpassen. Jedoch ist sie seit Langem eine nette Gesellschaft. Mit ihr könnte es etwas spaßiger zwischen diesen eiskalten Mauern werden. Denn langsam bin ich es leid, ständig mit meinem mürrischen und mies gelaunten Bruder an diesem Ort eingesperrt zu sein.

Es wird nicht mehr lange dauern und Soraia wird ebenfalls kündigen. Sie lässt sich immer seltener blicken und wieso? Weil mein lieber Bruder sie immer öfter anschnauzt und sich im Ton vergreift. Genauso wie er seine Kinder zusammenfaltet, die ebenfalls von zu Hause weglaufen wollen.

Es sieht ein Blinder, dass hier etwas gehörig falsch läuft. Womöglich ist Malady die Einzige, die das Ganze irgendwie kitten kann. Und sie lasse ich nicht auch noch von meinem Bruder vergraulen.

»Steh mir nicht im Weg!«, fährt er mich schroff an.

»Doch, das werde ich.«

»Was soll das? Stellst du dich plötzlich auf die Seite der anderen, die mir ebenfalls sagen wollten, was ich zu tun habe?«

»Im Gegenteil. Ich will dich bloß vor Fehlern bewahren. Denk nach, du brauchst die Kleine. Wenn du mit dieser grauenerregenden Erscheinung vor sie trittst, verschwindet sie. Ich könnte es sogar verstehen. Wo zur Hölle ist der Mann geblieben, zu dem so viele aufgesehen haben! Wo der Mann, den Raica geliebt hat!«

Kaum habe ich ihren Namen ausgesprochen, lodert eine Stichflamme in seinen Iriden auf. Er packt meine Schultern und drängt mich grob zurück. »Hör auf mit diesem Geschwafel, Amilcar, oder ich schwöre dir, ich vergesse mich.«

»Na los!«, provoziere ich ihn, ohne mich zur Wehr zu setzen. »Greif mich an. Verpass mir eine. Beleidige mich. Mach mich fertig!« Sollte er diese Grenze überschreiten, werde ich ebenfalls gehen. Denn obwohl er mir immer wichtig war, lässt es mein Stolz nicht zu, als Prügelknabe herzuhalten.

In seinem überschwänglichen Zorn, der von dem Scheißalkohol befeuert wird, hebt er die rechte Hand zur Faust geballt und starrt mir unentwegt ins Gesicht. Ich zucke nicht zusammen und weiche nicht aus. Dieser Moment wird alles ändern. Er entscheidet darüber, wie das hier ausgehen wird. Ich hoffe, er lässt sich nicht länger von den Dämonen leiten, die sein Hirn komplett benebelt haben.

Es vergehen einige Sekunden, in denen er mit sich ringt. Letztendlich senkt er die Faust, grinst selbstgefällig und lässt meine Schulter los.

»Das habe ich nicht nötig. Wir sehen uns morgen früh.«

Weiterhin an der Wand stehend hebe ich das Gesicht zur Decke und schließe langsam die Augen. Júpiter reißt die Tür des grünen Salons auf und tritt auf den Gang. Anders als erwartet wirft er die Tür nicht laut hinter sich zu.

Seine wackeligen Schritte werden vom Teppich auf dem Gang gedämpft. Da ich jeden Laut in diesem Haus, in dem ich groß geworden bin, kenne, weiß ich, steigt er die Treppenstufen hoch. Um auszuschließen, dass er nicht doch in Maladys Zimmer reinplatzt, folge ich ihm. Doch wider Erwarten sehe ich seine Hand über das Treppengeländer der vierten Etage wandern.

Unauffällig folge ich ihm, höre ihn mit sich reden und fluchen. Was ist bloß aus ihm geworden? Wenn ihn Vater so sehen würde, würde er ihn verprügeln, bis er wieder richtig funktioniert.

Im Erdgeschoss schalte ich überall das Licht aus, stelle die Alarmanlage an und suche anschließend die dritte Etage, die die Kinder und Malady bewohnen, auf.

Als ich einen Abstecher ins Kinderzimmer mache, finde ich die Tür bloß angelehnt vor. Beide liegen in ihren Betten und schlafen. Das ist das erste Mal, dass sie nicht noch mal heruntergekommen sind. Leise ziehe ich die Tür zu und laufe über den Korridor in den Ostflügel. Ein orangefarbenes Licht fällt unter der Türschwelle von Maladys Zimmer auf den dunklen Teppich. Ich klopfe leise an, um sie nicht unnötig aus dem Schlaf zu reißen.

»Hey, bist du noch wach?« Als keine Reaktion kommt, lege ich das rechte Ohr an das Türblatt. Ich höre Stimmen aus dem Raum. Sie sind weiter entfernt, schnell und blechern. Vorsichtig drücke ich die Türklinke herunter und betrete Maladys Schlafzimmer unter der Dachgaube. Das Bett ist unberührt.

Ich gehe leise weiter, bis ich an der halb offenen Badezimmertür ankomme und einen Kopf in der Badewanne entdecke. Den Kopf nach hinten gelehnt schläft Malady mit halb offenem Mund, während neben ihr auf dem Stuhl ein MacBook aufgeklappt steht und ein Video oder so abspielt.

Bei dem Anblick muss ich lächeln. Sie sieht vollkommen erledigt aus. Läge sie in ihrem Bett, würde ich den Laptop zuklappen und sie ungestört schlafen lassen. Jedoch wird sie früher oder später Schwimmhäute bekommen und im kalten Wasser aufwachen. Aus dem Grund entscheide ich mich dafür, etwas lauter gegen die Holztür zu klopfen und mich laut zu räuspern.

»Aufwachen, Badenixe. Du solltest ins Bett gehen.«

Ungestört atmet sie regelmäßig weiter. Soll ich lauter werden oder sie aus dem Wasser heben? Blöde Idee. Wobei … der Schaum hat sich komplett aufgelöst. Himbeerrotes schlieriges Wasser umgibt ihren hellen Körper, bedeckt es gerade so bis über ihre Brüste. Ich wüsste ja schon gerne, wie sie nackt aussieht. Einen winzigen Moment bleibt mein Blick länger auf ihrer rechten Schulter hängen, die ein schmerzhaftes Puterrot angenommen hat. *Dieser elende Bastard von Belisario …*

Ich trete lautlos mit wenigen Schritten an die Wanne heran. Ihre Hände ruhen links und rechts entspannt auf dem Wannenrand. Ihr blondes Haar, das im Regen beinahe ein Sandbraun angenommen hat, trägt sie zusammengebunden als Knoten. Je länger ich sie betrachte, desto schöner finde ich sie. Es liegt sicher daran, dass ihre Vorgängerinnen mich nicht halb so sehr interessiert haben. Oder es liegt daran, dass ich scheißverflucht lange keine Frau mehr mit so viel Feuer hatte.

Als ich weitere zwei Schritte an die Wanne herantrete, sehe ich durch das verfärbte Wasser ihren Körper. Sie ist schlank, hat wirklich schöne, gleichmäßig geformte und volle Brüste, einen flachen Bauch, den sie mir bereits an der Haltestelle präsentiert hat, und lange Beine. Shit, sie sieht wirklich perfekt aus.

So perfekt, dass ich mir in Gedanken ausmale, wie ich sie am liebsten vögeln würde. Je länger ich sie betrachte, desto schwerer fühlt sich mein Schwanz an. Mein Entschluss steht fest: Ich will sie. Unter allen Umständen. Und wenn Júpiter sich nicht an Belisarios Vergehen rächt, werde ich das übernehmen!

7

MALADY

Als ich irgendwann von einem ins Wasser fallenden Duschgelspender wach werde, blinzele ich angestrengt. *Gott … wie spät ist es? Verdammt, ich bin wirklich weggenickt.*

Mittlerweile läuft eine weitere Folge meiner Serie. Ich richte mich in der Wanne auf und drücke die Pausetaste. Das Badewasser ist bereits abgekühlt. Es wird Zeit, dass ich aus der Wanne steige und nach unten gehe. Meine müden Augen wandern zur Laptop-Uhr. 22.24 Uhr.

»Was?«, keuche ich. »Scheiße. Ich verspäte mich.«

Rasch schließe ich das MacBook, richte mich in

der Wanne auf und spüle meinen Körper mit der Handbrause ab.

Über das Prasseln des Wassers hinweg höre ich etwas klacken. Etwas wie ein Türschloss oder eine abgestellte Kanne auf einen Untersetzer.

Ich steige aus der Wanne, greife nach einem Handtuch und höre in der Etage über mir dumpfe Schritte. Die Dielen knarzen leise. Bedeutet, sie sind nicht mehr unten?

Warum hat mich keiner geweckt? Wobei … eigentlich möchte ich nicht in der Wanne splitterfasernackt geweckt werden. Das wäre mir unendlich peinlich.

Noch etwas wackelig auf den Beinen laufe ich zum Sessel, der zwischen der Wanne und der gläsernen Dusche steht, um dort meine frische Kleidung anzuziehen. Als ich fertig bin, öffne ich mein Haar, bürste es durch und suche mein Schlafzimmer auf. Niemand ist darin zu sehen. Dabei dachte ich, das Klicken käme aus diesem Raum.

Nur eine Nachttischlampe erhellt das Dachzimmer und wirft schiefe lang gezogene Schatten vom gemusterten Lampenschirm an die Decke.

Verdammt … das gibt sicher Minuspunkte. Ich hatte nur eine Aufgabe für heute Abend, mich pünktlich um 22 Uhr im grünen Salon einzufinden. Vielleicht wartet er ja noch unten und hat die Zeit selbst vergessen.

In einem schnellen Tempo laufe ich über die Gänge und jage die Treppen hinunter. Im Vorbeigehen fällt mir auf, dass die Tür des Kinderzimmers geschlossen wurde.

Am Ende der Treppe angekommen verlasse ich nach einer scharfen Linkskurve den Eingangsbereich, der komplett im Dunkeln liegt. In diesem Gang befinden sich die Küche und auch das Büro von Senhor Almeida. Doch als ich die Klinke seines Büros nach einem Klopfen herunterdrücke, ist sie verschlossen.

Solch ein Mist ... Kurzerhand probiere ich weitere Türen aus. Ein paar sind offen, doch die meisten sind verschlossen. Auf diesen Gang fällt das silbrige Licht des Mondes durch die bodentiefen Sprossenfenster. Mein eigener Nachtschatten huscht vor mir über den Gang, was ein mulmiges Gefühl in meiner Magengegend auslöst. Es ist so wahnsinnig still in diesem riesigen Haus. So leise, dass ich meinen eigenen Atem hören kann.

Irgendwann finde ich einen Raum, der grün eingerichtet ist. In dem es einen Billardtisch gibt, eine bequeme dunkelgrüne Couchecke, die sich um einen Tisch gruppiert, und eine Dia-Wand. Doch es befindet sich niemand in diesem Zimmer.

Enttäuscht über mich selbst schließe ich die Tür und gehe zurück in den Gang. Plötzlich stoße ich mit dem Rücken gegen etwas Steifes.

»Haben Sie es sich doch anders überlegt und wollten vorbeischauen?«

»Himmel!«, stoße ich hervor und drehe mich um. »Gottverdammt, haben Sie mich erschreckt.«

Ein dunkles Lachen ertönt, bevor ich mich umdrehe und Senhor Almeida hinter mir entdecke. Das Schwarz seiner Augen ist undurchdringlich wie die dunkelste Nacht. Ein feiner Duft von herbem Alkohol umgibt ihn, als wäre er mit dem Gesicht voran in ein Whiskyfass gefallen.

Vorsichtig, aber nicht hektisch weiche ich zurück.

»Fluchen können Sie ja hervorragend. Bringen Sie das nicht den Kindern bei.«

»Keine Sorge. Ich habe mich meistens im Griff.«

»Ach wirklich?«, hakt er interessiert nach und holt jeden Schritt auf, den ich vor ihm zurückweiche. Er lässt in keinem Moment zu, dass sich die Distanz zwischen uns vergrößert.

»Ja, wirklich. Ich wollte nachsehen, ob hier unten noch jemand ist. Dummerweise bin ich in der Bade-wanne eingeschlafen«, erkläre ich ihm, um danach die Biege zu machen. Irgendwie haftet etwas Un-heimliches an ihm. Anders als Amilcar ist er kaum zu durchschauen. Ist er gerade wütend, verärgert, ausge-glichen oder nachdenklich? So richtig kann ich seine Gefühlslage nicht einschätzen.

»In der Wanne eingeschlafen? Interessant.« Er schnaubt spöttisch und senkt dann das Gesicht, um mir noch näher zu kommen. Entweder will er mich einschüchtern oder er ist kurzsichtig. Nachtblind wäre auch eine Möglichkeit. Wobei mir keine Brille auf seinem Schreibtisch aufgefallen ist. »Was wäre gewesen, wenn die Kinder aufgewacht wären, wäh-rend Sie in der Wanne vor sich hindösen?«

Ernsthaft?

»Offiziell soll ich erst morgen anfangen.«

»Vorhin habe ich Ihnen den Auftrag erteilt, die Kinder ins Bett zu bringen.«

Nervös zucke ich mit den Augenbrauen.

»Sie liegen ja im Bett und schlafen. Wir können weitere hypothetische Annahmen aufstellen, aber das bringt nichts.«

Mich weiterhin wie ein Insekt auf einem Objektträger studierend betrachtet er mich und lächelt unerwartet freundlich.

»Sie scheinen wirklich nicht gerade auf den Mund gefallen zu sein. In Ordnung. Dann gehen Sie zurück in Ihr Zimmer.«

»Vielen Dank für das Kompliment«, kontere ich.

»Das war kein Kompliment. Eher eine Feststellung für mich. Damit ich in Zukunft weiß, wie ich mit Ihnen umzugehen habe.«

Ah, er analysiert meine Verhaltensweise. Keine Sorge, daran haben sich schon einige vergebens die Zähne ausgebissen. Ich mache immer das, was mir in den Sinn kommt. Manche bezeichnen mich als eigensinnig, intuitiv, impulsiv, andere als stur, wieder andere als kompliziert.

»Somit findet die Verabredung nicht mehr statt?«, vergewissere ich mich.

»Sie sehen müde aus. Es sei denn, Sie bestehen darauf.«

»Irgendwie muss ich ja gegen den Jetlag ankommen. Also ja, ich bin hier und bereit.« *Habe ich das wirklich gerade laut ausgesprochen?*

Erneut ringt er sich zu einem Lächeln durch, richtet sich vor mir in seinem schwarzen Hemd und der dunklen Hose, die er nicht gewechselt hat, kerzengerade auf und geht an mir vorüber. »Dann kommen Sie mit. Wir sollten ein paar Dinge besprechen.«

Das hört sich interessant und irgendwie nicht gut an. Ist er immer noch unzufrieden mit mir? Aber wenn wir schon dabei sind, könnte ich das Thema Essensversorgung ansprechen. Kinder mit kalten Speisen aus Plastikverpackungen zu ernähren, halte ich für keine Dauerlösung.

In einem rot tapezierten Raum schaltet er das Licht an und hält mir gentlemanlike die Tür auf. Ich gehe an ihm vorüber, entdecke rechts von mir einen Kamin, in der Mitte des Raumes einen großen runden Mahagonitisch, an dem samtbezogene rote Stühle stehen. An den Wänden hängen Gemälde, die Vorhänge sind nicht zugezogen, sodass ich die Zweige eines halb verdorrten Strauches hinter der Scheibe entdecke. Es sieht aus, als würde er mit den dürren Zweigen am Glas kratzen.

»Suchen Sie sich einen Platz aus. Ist Ihnen kalt?«

»Ein wenig«, gebe ich zurück.

Er geht zur linken Seite des Raumes zum Kamin, während ich mich nicht entscheiden kann, welchen Stuhl ich von den dreizehn Sitzplätzen wählen soll. Der Tisch ist gewaltig groß und uralt. Ein großer Baum, über dem eine goldene Krone schwebt, ist als aufwendige Intarsienarbeit darauf abgebildet. Ich nehme mal an, auf den zwei Stühlen hinter der goldenen Krone sollte ich besser nicht Platz nehmen. Ich wähle die Seite, die sich näher am Kamin befindet. Senhor Almeida schichtet Holz auf, entzündet das Feuer im Kamin und schließt das Gitter.

Danach nimmt er aus einer Bar, die sich neben der Tür befindet, zwei Gläser, eine Whiskyflasche, ein ledergebundenes Notizbuch und einen Stapel bedruckter Papiere.

»Einen Drink?«, bietet er mir an, nachdem er alles akkurat zwischen uns auf dem Tisch platziert hat. Zwei Stühle weiter setzt er sich und starrt mich unverhohlen an. Mir wäre es lieber, würde er wie heute Nachmittag meinen Blicken ausweichen.

»Nein, danke.«

»Schade. Der Whisky würde die Spannung zwischen uns aufheben.«

»Ich finde nicht, dass eine Spannung zwischen —«.

Sein scharfer Seitenblick kreuzt meinen. »Ich kann es nicht leiden, wenn man mir widerspricht.«

Auweia, was ein autoritärer Arsch.

»Gut, ich nehme einen Drink. Nur einen klitzekleinen.« Mit Daumen und Zeigefinger deute ich eine kleine Spanne von nicht einmal einem Zentimeter an. Von Whisky bekomme ich jedes Mal Sodbrennen.

Er beachtet meinen Wunsch nicht, sondern kippt das Glas bis zur Hälfte voll. Das Etikett der Flasche löst sich bereits an den Ecken und ist leicht vergilbt. Der Whisky muss uralt sein.

»So etwas werden Sie nie wieder trinken, nur nicht so zurückhaltend.«

Vielleicht will ich das auch gar nicht.

Seine geschwungenen Lippen umspielt ein süffisantes Zucken. Wenn ich ihn mir genauer betrachte und mal den ungepflegten Bart, das wirre schwarze Haar und auch seine etwas zusammengesunkene Haltung anders vorstelle, erkenne ich einen ziemlich charismatischen einflussreichen Mann. Hin und wieder lässt er mich seine Strenge spüren. Er muss früher definitiv Leute befehligt haben. Denn er diskutiert nicht herum und scheint es nicht gewohnt zu sein, wenn jemand seine Bitte ausschlägt oder ihm widerspricht.

»Tchim-tchim«, spreche ich den Prostspruch auf Portugiesisch aus. Er stützt das Kinn auf seiner Handfläche ab, starrt auf mein Glas, das ich ihm entgegenhalte, und schwenkt seines zwischen den Fingern hin und her.

»Ich muss sagen, Ihr Portugiesisch ist wirklich beinahe perfekt.«

»Danke.«

»War wieder kein Kompliment. Somit weiß ich, dass Sie mich genaustens verstehen und es zu keinen Missverständnissen kommt.« *Was ein verdorbener Stratege.*

Mit unbeeindruckter Miene atme ich tief durch. Wenn er nicht anstoßen will, dann eben nicht. Ich hebe das Glas, das lächerlicherweise zwischen uns in der Luft schwebt, an meine Lippen.

»À tua saúde!«, prostet er mir zu und stößt unerwartet mit seinem Glas gegen meines, bevor ich einen Schluck nehmen konnte. Beide trinken wir und starren uns an. Und verdammt, der Whisky ist wirklich gut, aber scheiße scharf. Er brennt meine Speiseröhre hinab wie eine heiße Stichflamme, sodass ich mich räuspern muss, um nicht laut husten zu müssen.

»Gut, beginnen wir. Trinken Sie langsam, ich habe einiges mit Ihnen zu besprechen. Anscheinend mögen meine Kinder und mein Bruder Sie. Freut mich.« Seinen Sarkasmus kann er sich sparen. »Ich habe aus dem Grund ein Regelbuch für Sie. Das hat jedes Mädchen vor Ihnen erhalten und umfasst alles, was Sie wissen sollten. Eine nette Nachtlektüre für später«, fügt er hinzu und schiebt mir ein zusammengeheftetes Pamphlet zu. Ich blättere darin. Es umfasst über vierzig Seiten, auf denen wie in einem Gesetzbuch Regeln aufgeführt wurden, die durchnummeriert sind. Das Regelwerk ist in Themen aufgegliedert wie Tagesablauf, Nutzung der Räume, Verhalten außerhalb des Grundstückes, Notfälle und vieles mehr.

»Werden drei Regeln gebrochen, ob absichtlich oder nicht beabsichtigt, dann dürfen Sie Ihre Koffer packen.«

»Vielleicht packe ich Sie auch zuvor«, kontere ich mit einem lasziven Blick, um ihn aufzustacheln. »Ich muss mich nicht zu diesen Regeln verpflichten. Mir steht es frei, jederzeit zu gehen.«

»Das auf jeden Fall, aber dann erwarten Sie keine Bezahlung. Ich verlange von jedem Mitarbeiter Zuverlässigkeit und Disziplin.«

»Welche …«, wäre es mir beinahe rausgerutscht. Er hat doch kaum Mitarbeiter.

»Wirklich frech, mich das fragen zu wollen. Es gibt Au-Pairs wie Sand am Meer. Wenn Sie gehen wollen, gehen Sie.«

Mir ist bewusst, wie schnell ich ersetzt werden könnte, dennoch schmerzen diese Worte. Sie greifen mein Ehrgefühl an. Ich bin sicher kein Feigling und erst recht nicht unzuverlässig und undiszipliniert. »Aber ich will Ihnen nicht vorenthalten, dass, wenn

Sie die Probezeit bestehen und für mindestens zwölf Monate meine Kinder betreuen, ich Ihre Leistung großzügig bezahlen werde.«

Shit. Will er mich mit Geld ködern? Für Geld machen die Menschen ja bekanntlich fast alles. Eigentlich gehöre ich nicht zu der Sorte, wenn es da nicht meinen Bruder gäbe.

»Okay, von welcher großzügigen Bezahlung sprechen wir?«

Ich will wissen, ob es sich lohnt. Sonst reise ich noch morgen ab. Festgesetzt habe ich 3500 Euro pro Monat. Mit der Summe bin ich einverstanden. Denn nach Abzug der Steuern und Versicherung und so weiter blieben mir wenigstens 1500 Euro, die ich zur Seite legen könnte.

Ein Funkeln tritt in seine Augen, bevor er sich den Füllfederhalter greift, das schwarze Notizbuch zu sich zieht, es aufklappt und darin etwas notiert. Einen winzigen Moment überlegt er, schaut flüchtig zu mir und scheint zu überdenken, was ich wert bin.

»Ich habe die Summe notiert, die ich bereit bin, für ein Jahr zu zahlen. Welche Gehaltsvorstellung haben Sie?«

Ach Mist, im Verhandeln war ich nie gut.

Also 3500 Euro mal zwölf Monate. *Macht … la, la, la … ah!*

»Mein Mindestangebot läge bei 42.000 Euro. Brutto natürlich.« Das ist wirklich viel Geld.

Als er meinen Betrag hört, zuckt er nicht einmal zusammen, blinzelt nicht und zeigt auch sonst mit seiner kühlen wilden Schönheit keine Anzeichen, dass ihm der Preis zu hoch ist.

»42.000 Euro? Wollen Sie es sich nicht anders überlegen?« *Pokert er grade mit mir?*

Ich nehme einen Schluck von dem Whisky, was er auch macht. Mist, er imitiert mich, weil er weiß, wie es in meinem Inneren aussieht. Äußerlich gebe ich mich als die Coole, innerlich bin ich komplett nervös. Ist das jetzt zu viel oder zu wenig?

Wenn dort 50.000 Euro in seinem Buch steht, hätte ich 8.000 Euro zu wenig eingefordert. Wenn dort aber 37.000 Euro steht und er doch höher gehen würde, wäre das von Vorteil.

»Ich bleibe dabei«, sage ich entschieden.

»Sie sind ausgeschlossen schlecht im Verhandeln, wissen Sie das?«

»Sie hätten einen Gegenwert einwerfen sollen. So verhandelt man doch.«

»Richtig. Das ist mein Betrag, den ich bereit bin, zu zahlen. Netto natürlich«, benutzt er dieselben Worte wie ich zuvor.

Vor mir klappt er das Buch auf, auf dem ich eine Eins und fünf Nullen sehe. Mehr als das Doppelte, was ich verlangt habe, und das ist der Nettobetrag, der reine Gewinn, abzüglich der Steuern. Ich glaube, ich kippe vom Stuhl.

Verzieh jetzt nicht das Gesicht, Malady. Wirk nicht erstaunt, sondern souverän.

Ich gebe ein gepresstes »Hm« von mir, was eher daran erinnert, als hätte ich mit einem Kratzen im Hals zu kämpfen.

»Freut mich sehr, dass Sie so bescheiden sind. Ich bezahle Ihnen diese Summe, wenn Sie die Probezeit bestanden haben. Sie erhalten monatlich eine Auszahlung, damit Sie sich nicht ein Jahr lang als Sklavin verpflichtet fühlen. Sind Sie einverstanden?«

Meine Augen kleben immer noch an dem Betrag. Denn hinter diesen schwarzen dahingeschriebenen Zahlen verbirgt sich für mich eine hoffnungsvolle Zukunft für meinen Bruder.

»Ja, das bin ich.« Obwohl ich innerlich vor Euphorie eskaliere, bewahre ich meine kühle Miene.

»Sehr gut. Dann sind wir uns in dieser Sache einig.«

Ich muss mit dem Whisky meine Freude hinunterspülen. Zwar ist der Betrag wirklich mehr, als ich erhofft habe, jedoch sollte ich nicht vergessen, was damit verbunden ist. Ein ziemlich autoritärer Vater, Kinder, die jederzeit flüchten könnten, Nachbarn, die mich im Stall gefangen halten und töten könnten. Langweilig wird es sicher nicht.

»Zudem habe ich mir Ihre Vergangenheit genauer angeschaut und mir die Zeit genommen, mehr über Sie in Erfahrung zu bringen. Für gewöhnlich steht in Bewerbungen nur das, was der Auftraggeber lesen will. Bei mir ist es etwas anders. Ich interessiere mich sehr für die Dinge, die meine Bewerber bewusst außen vor lassen. Dabei bin ich bei Ihnen auf sehr interessante Sachen gestoßen.«

Augenblicklich verkrampft sich mein Magen. Als er mich mit diesem charmanten Lächeln, hinter dem sich das reine Böse sammelt, besieht, schlucke ich hart. »Sie haben in meinem Privatleben gewühlt?«, hake ich ihn finster anstarrend nach.

»Als Wühlen würde ich es nicht bezeichnen. Ich habe mich informiert. Das, was ich herausgefunden habe, hat mich nur wenige Anrufe gekostet. Ich will wissen, wen ich mir ins Haus hole, das verstehen Sie sicher.«

Eigentlich habe ich eine reine Weste. Ich wüsste nicht, was so interessant an meinem Leben in Nashville ist.

Doch er würde mir nicht diesen Blick schenken, wenn es nicht doch etwas gäbe, was er gegen mich verwenden kann. Er klappt eine schwarze Aktentasche auf, aus der er Bilder holt. Auf diesen bin ich im Nachtclub abgebildet. Mehr als fünf Bilder legt er vor mir aus, als würde ich den Anblick nicht ertragen und heulend den Raum verlassen. *Und?*

»Wollen Sie mich damit erpressen? Ich schäme mich ganz sicher nicht, im *Deeply Moved* gearbeitet zu haben.« Der Job wurde sehr gut bezahlt, die Mitarbeiter waren alle nett und locker drauf. Meine Sicherheit hatte oberste Priorität und gut verdient habe ich dort auch. Außerdem fand der Nebenjob statt, wenn ich nicht zur Uni musste, und hat mir Spaß gemacht.

»Nein, ganz und gar nicht. Es freut mich, wenn ich mir eine so aufgeschlossene Frau ins Haus geholt habe.«

Irgendwas hat er vor. Instinktiv versteife ich mich auf dem Stuhl und verschränke die Beine fester.

Gelassen nimmt er einen Schluck von seinem Whisky und schwenkt anschließend das Glas zwischen den Fingern.

»Ich weiß auch, dass Sie eine große Familie haben, einen kranken Bruder, hervorragende Noten in der Uni und Sie nicht verheiratet sind oder Kinder haben.«

Und ich weiß rein theoretisch sehr wenig über ihn. Bis vor wenigen Stunden wusste ich nicht einmal, wo sich das Haus befindet, wusste nicht, dass die Hausherrin gestorben ist, und auch nicht, dass das Anwesen weitab von meinen traumhaften Vorstellungen entfernt liegt.

»Wirklich großartig. Freut mich, wenn Sie jetzt informiert sind.«

Gerade stimmt er mich um.

Gerade sind mir die 100.000 Euro scheißegal.

Gerade würde ich den Raum, der immer düsterer und beengter wird, gerne verlassen.

»Ich möchte Ihnen wirklich keine Angst einjagen, Sie bedrohen oder dass Sie sich unwohl fühlen. Ich wollte Ihnen ein weiteres Angebot machen. Dieses wirkt sich nicht auf die Arbeit als Au-Pair aus, ganz gleich, wofür Sie sich entscheiden.«

Ach, wirklich …

»Wollen Sie es hören?«

Anhören kann ich es mir ja. »Okay, gut. Schießen Sie los. Ich ahne bereits, was das hier wird.« Denn Angebote, mit Männern eine Nacht gegen Bezahlung zu verbringen, bleiben in einem Nachtclub nicht aus. Genau das scheint ihn auch zu verlocken, weil er Bilder ausgewählt hat, die mich in Lederharnischen und Maske zeigen oder in sexy glitzernder Unterwäsche an einer Pole abbilden.

»Sie werden solch ein Angebot sicher nicht zum ersten Mal erhalten, oder doch? Ich weiß nicht, wie es in einem Nachtclub in Nashville abläuft. Neben dem Au-Pair-Job würde ich Ihnen anbieten, sich für Amilcar und mich zur Verfügung zu stellen.«

Für beide?

»Was genau verstehen Sie unter *sich zur Verfügung stellen*? Ich prostituiere mich nicht.«

»Prostitution ist solch ein hartes Wort. Es ist viel mehr als das. Seien Sie unsere Geliebte, unsere Freundin, unsere Frau, mit der wir Zeit verbringen, wenn die Kinder im Bett liegen oder beschäftigt sind.«

Verdammt, er hat kein Problem, klar zu formulieren, was er will. »Dafür wäre ich bereit, die doppelte Summe zu bezahlen. Insgesamt also, wenn Sie die Leistung erbringen, am Ende 300.000 Euro netto.«

Meine Augen weiten sich, während mein Mund offen steht. *Shit, so viel … so verdammt viel würde mir nicht einmal ein Scheich in Dubai zahlen.* »Dafür haben Sie sicher auch ein Regelwerk aufgesetzt?«

»Noch nicht. Sie erhalten es morgen. Zuvor will ich wissen, ob Sie an dem Angebot interessiert sind. Sollten Sie ablehnen, ist das kein Problem. Sie betreuen weiterhin die Kinder und werden weder von meinem Bruder noch mir belästigt.«

Seine Worte klingen aufrichtig. Ich entdecke keinen Funken Heimtücke in seinem Blick. Wenn er noch keinen Vertrag dazu entworfen hat, bedeutet das, es wurde bisher keiner Frau vor mir dieses Angebot unterbreitet. Das heißt, die Idee ist beiden spontan gekommen.

»Hat Amilcar zugestimmt?«, frage ich ihn.

»Bisher hat er nicht den Eindruck erweckt, als wüsste er davon.«

»Er hat zugestimmt. Wenn ich ehrlich bin, war es seine Idee.«

Ich kaue auf der Unterlippe und nicke zu mir selbst. »Ich möchte die Sache überdenken.«

»Kein Problem. Wir können das auch nach der Probezeit besprechen.« *So viel Bedenkzeit räumt er mir ein?*

Das erweckt einen ehrlichen Eindruck auf mich.

»Das wäre mir lieber. Zuvor habe ich ja genug Lesestoff.« Ich tippe auf die Ordnungsregeln vor mir.

Er lächelt knapp. »Das wäre dann alles.«

Erleichtert atme ich aus, bevor ich mich erheben will. Doch dann lasse ich mich wieder auf den Sitz fallen. »Es gibt da noch eine Sache, Senhor Almeida, die ich mit Ihnen besprechen wollte.«

Mein strenger Tonfall scheint ihm kurzzeitig zu missfallen, da seine Brauen zucken. »Gerne, welche?«

»Das Essen. Ich werde Ihren Kindern ab morgen selbst Mahlzeiten kochen. So schön die Verpackungs-Plastik-Boxen auch sind, das Essen ist …« Ich verziehe das Gesicht und male mit dem Zeigefinger einen Strich über meinen Hals, als würde ich mir die Kehle aufschlitzen. »… ungenießbar. Deswegen dachte ich, ich gehe morgen mit den Kindern ins Dorf Lebensmittel einkaufen.«

Während ich auf eine positive Reaktion von ihm warte, verdüstert sich seine Miene in Rekordzeit.

»Nein. Sie gehen nicht nach Arco de São Jorge.«

»Wieso nicht?«

»Steht im Regelwerk«, antwortet er gewieft grinsend und erhebt sich leicht schwankend. Dabei hat er bloß dieses eine Glas getrunken.

»Wenn Sie einkaufen wollen, fahren Sie nach Santa Cruz. Ich stelle Ihnen einen Wagen zur Verfügung. Aber Sie gehen nicht in das angrenzende Dorf. Niemals.«

Hört sich unheimlich an, als wäre es verflucht. »Und das Kochen?«

Er zuckt desinteressiert die Schultern. »Wenn Sie kochen wollen, kochen Sie. Ich lasse Ihnen freien Spielraum, solange es keine Instantprodukte sind oder ungesunde Speisen mit zu viel Zucker und Zusatzstoffen. Wissen Sie, was ich meine?«, hakt er nach, als wären mir diese Begriffe fremd.

»Sicher. Ich bin zwar in einer Großstadt aufgewachsen, trotzdem weiß ich, was Öko und Bio heißt. Ich achte darauf, wenn Sie mir das Haushaltsgeld dazu zur Verfügung stellen.«

»Für eine Stadtpflanze, die ständig Schadstoffen ausgesetzt ist, haben Sie sich gut gehalten«, stellt er leise lachend fest.

»Wieder kein Kompliment, oder?«, vergewissere ich mich vorsichtig.

»Doch. Das war eines. Ich wünsche Ihnen eine gute Nacht.«

Mittlerweile ist das Feuer im Kamin fast heruntergebrannt. Auf einer Wanduhr wird mir 23.18 Uhr angezeigt. Wir haben knapp eine Stunde im roten Salon verbracht und über das Finanzielle gesprochen. Es war ein spannendes Gespräch und lief besser, als ich gedacht hätte.

»Danke«, bringe ich freundlich hervor und kassiere mir von ihm einen spöttischen Seitenblick. Galant hält er mir wieder die Tür auf. Auf Anstand scheint er viel wert zu legen. Aber auf sein Äußeres aktuell eher weniger. Ich weiß nicht, ob ich das vereinbaren könnte. Mit ihm zu schlafen, während er mein Boss ist. Zwar sind die meisten Männer, die Nachtclubs betreten, nicht von Schönheit gesegnet, aber ich muss mich ja nicht auf jeden einlassen.

Zumindest ist er sehr clever und raffiniert. Er hat gut recherchiert, denn ich weiß es besser. An diese Information kommt man nicht so einfach heran. Wie zur Hölle ist es ihm gelungen, herauszufinden, wo ich arbeite? Es gibt nur einen Arbeitsvertrag, Bilder auf der Homepage, auf denen ich eine Maske trage und nicht so schnell zu erkennen bin. Und es gibt meine Lohnabrechnungen. Selbst meine Familie weiß nichts von meinem Nebenjob.

Irgendwie lässt mir das keine Ruhe. Senhor Almeida muss Leute haben, die diese Information für ihn beschaffen konnten.

Mit einem nachdenklichen Blick und das Regelwerk fest an die Brust drückend laufe ich durch das dunkle beinahe tote Gebäude. Das Haus macht auf mich den Eindruck, als wäre es innerlich hohl und leer. Als hätte es seine Glanzzeiten längst hinter sich und würde langsam sterben. So wie sein Bewohner.

Unheimlicher Gedanke.

❧ 8 ❧

MALADY

DREI TAGE SPÄTER

Auf einer alten Holzsonnenliege habe ich es mir mit staubigen Auflagen bequem gemacht und blättere in dem gefühlt Tausend-Seiten-Regel-Werk. Wer zum Teufel hat so viel Zeit, um diese idiotischen Gesetze festzulegen?

PUNKT 8.1.2.7. *KEIN WISSEN DARF NACH AUSSEN GETRAGEN WERDEN.*

PUNKT 4.2.3. DIE KINDER DÜRFEN NUR BEAUF-SICHTIGT DEN GARTEN NUTZEN.

PUNKT 3.1.1.3. DAS FLUCHEN, BENUTZEN VON SCHIMPFWÖRTERN UND DAS AUSSPRECHEN AN-DERWEITIGER BELEIDIGUNGEN IST VERBOTEN.

PUNKT 10.2.3.1. DIE VIERTE ETAGE DARF NICHT UNGEFRAGT AUFGESUCHT WERDEN.

PUNKT 1.2.1. BEVOR EIN RAUM BETRETEN WIRD, WIRD ZUVOR ANGEKLOPFT.

Warum steht nicht noch drin, wie oft ich die Toilettenspülung verwenden darf und an wen ich mich wende, wenn ich Menstruationsschmerzen habe? Was ist das für ein Blödsinn?

Wenn ich bloß drei dieser Regeln breche, fliege ich. Dieser Schwachsinn ist kaum einzuhalten.

Während Almira ihre Spielküche unter einem Baum aufgestellt hat und ihre Puppen bewirtet, ist Quino dabei, mit einem Ast auf einen Baumstamm einzuschlagen, als wäre er ein Ritter.

Nachdenklich blicke ich zum großen Loch vor mir, das mal ein Pool war. Mir schwirrt der Kopf von den vielen Regeln, sodass ich den Vertrag zur Seite lege.

»Grillen wir heute noch?«, fragt Quino, der den Stock direkt in den Pool befördert.

»Ja, wir können gleich alles vorbereiten. Warum funktioniert der Pool nicht?«, erkundige ich mich.

Während die Kinder im Schatten spielen, schmelze ich in der heißen Sonne dahin. Ich würde ja einen Bikini tragen, aber nicht vor den Kindern und erst recht nicht vor Amilcar, der mir bei jeder Gelegenheit auf den Arsch oder die Möpse glotzt. Er muss ja mächtig ausgehungert sein oder will mich absichtlich auf die Palme bringen.

»Um den kümmert sich keiner.«

Was für eine Verschwendung. Besäße ich einen Pool, würde ich jede freie Minute in ihm verbringen, ihn instand halten und reinigen. Bis zum Abendbrot haben wir noch zwei Stunden Zeit, wieso ändern wir den Zustand des Pools nicht einfach?

»Ich habe eine fabelhafte Idee«, verkünde ich aufgeregt und setze mich auf der Liege auf.

Die Kinder sind sofort Feuer und Flamme, als ich ihnen vorschlage, den Pool wieder instand zu setzen. Nachdem wir den Pool trocken gelegt haben, machen wir uns daran, das Laub, die Zweige und den Schlamm, der sich darin gesammelt hat, zu entfernen. Es ist anstrengender als gedacht. Aber die Kinder haben in ihren Gummistiefeln und mit dem Wasserschlauch einen Heidenspaß. So viel Spaß, dass ich bald in meinen schwarzen Hotpants und hochgeknotetem T-Shirt klitschnass bin. Ich schiebe die Sonnenbrille auf mein Haar, als ich die Wände mit einer Bürste schrubbe. Quino hält den Schlauch an die Mosaikfliesen, aber lässt es sich nicht nehmen, eiskaltes Wasser in meine Gummistiefel laufen zu lassen.

»Spinnst du! Ich bring dich um!«, schimpfe ich und quietsche auf. Schnell reiße ich ihm den Schlauch aus den Händen und spritze ihn von oben bis unten ab. Flink wie ein Wiesel rennt er im Pool vor mir weg.

»Hör auf, Malady! Es ist so kalt.«

»Ja, ist es! Dir war es auch egal, ob meine Füße abfrieren.«

»Was treibt ihr hier?« Unvermittelt ragt ein Gesicht mit dunklem Haar und Sonnenbrille über die Poolkante. Ich hebe instinktiv den Schlauch an, als ich den Sonnenhut höher schieben muss, als ich aufsehe. Augenblicklich trifft der kalte Wasserschwall Senhor Almeidas Gesicht.

»O shit.« Um nicht weiter zu fluchen, halte ich mir den Mund zu. *Shit, nicht fluchen.* »Ich meine. Sorry. Verzeihung.«

Quino lacht lauthals über mich, während ich peinlich berührt das Gesicht verziehe. »War keine Absicht. Wir wollten den Pool reinigen, um ihn zu benutzen.«

»Es leben sogar Würmer hier drin.« Almira hockt in ihrem weißen T-Shirt und violetten Rock von oben bis unten mit Schlamm bedeckt im Dreck und hält einen Regenwurm in die Höhe. Der Wurm kringelt sich um ihren Finger, woraufhin sie lacht.

Kurz sieht Senhor Almeida aus, als stände er zwischen der Entscheidung, zu explodieren oder zu lachen.

Mit der Hand wischt er sich das Wasser aus dem

Gesicht. Seit heute, das fällt mir erst jetzt auf, ist sein Bart ebenmäßig getrimmt.

»Wollten Sie nicht bereits Essen machen? Es ist kurz vor 19 Uhr.«

»Ja, grillen.« Quino verlässt als Erster den versifften Pool, weil er es kaum erwarten kann, bis wir den Grill anwerfen, den ich verstaubt in einem Geräteschuppen neben Grillkohle gefunden habe.

»So spät ist es schon?« Ich mache große Augen, drehe den Schlauch ab und schaue zu den Kindern.

»Ja, so spät ist es schon. Um 20 Uhr sollten die Kinder im Bett liegen.«

»Es ist Wochenende. Wenn sie eine halbe Stunde länger wach bleiben, ist das halb so wild«, antworte ich gelassen und winke ab.

Senhor Almeida scheint das anders zu sehen. Am Poolrand richtet er sich auf und verschränkt die Arme. »Wollen Sie einen Regelbruch riskieren?«

»Natürlich nicht«, gebe ich charmant lächelnd zurück. »Aber das Regelwerk ist unvollständig. Es steht nichts darüber darin, wie die Zubettgehzeiten am Wochenende geregelt sind.« Neckisch zwinkere ich ihm zu, und bevor er sich weiter aufplustern kann, wende ich mich von ihm ab und hebe Almira aus dem Schlamm. »Kommt, wir gehen duschen.«

»Mit dem Wurm? Ich will ihn mitnehmen.«

»Nein, er will lieber hier baden. Morgen machen wir weiter und du suchst ihn wieder.«

Sie nickt, schiebt den Wurm unter zwei Laubblätter und lässt sich von mir aufhelfen. Komplett durchnässt und verdreckt werden wir im Garten unsere Kleidung los, damit wir das Haus nicht verschmutzen.

Almira ziehe ich bis auf die Unterwäsche aus, Quino läuft in seiner Unterhose ins Haus. Als Senhor Almeida auf mich zukommt und ganz sicher etwas auszusetzen hat, streife ich mein zusammengeknotetes T-Shirt über den Kopf.

Abrupt bleibt er stehen. »Wir brauchen nicht lange«, erkläre ich ihm, während seine Blicke auf meinem Bikinioberteil kleben. Die Ablenkung ist mir gelungen, denn allmählich weichen seine finsteren Gesichtszüge ziemlich interessierten Blicken. Ich steige aus meinen Shorts, sammele die Kleidung und Gummistiefel ein und hebe anschließend im Bikini vor ihm stehend Almira auf die Hüfte.

»Zwanzig Minuten, danach sind Sie wieder im Garten.«

Ich lächele kichernd. »Wir sind sogar in siebzehn Minuten wieder im Garten. Knurrt etwa schon Ihr Magen?«

Er gibt ein wildes Knurren von sich. »Ich esse nicht mit. Das habe ich die letzten Male auch nicht gemacht.«

»Richtig, ich könnte Sie ja vergiften. Die Kinder sind Ihnen aber egal?«

»Sechzehn Minuten!«, verkürzt er die Zeit und tippt auf seine silberblaue Rolex Yachtmaster am Handgelenk.

»Wir müssen uns beeilen«, flüstert mir Almira ins Ohr.

Da passt ihm meine Antwort nicht, schon verschärft er die Regelung. Okay, kann er haben.

Im Badezimmer steht Quino unter der Dusche, der den Schlamm von seinem Körper spült, während ich Almira in der Wanne das Haar einschäume. Als beide nach zehn Minuten fertig sind und ihre Jogginghosen und Sweatjacken tragen, springe ich unter die Dusche und achte auf die Zeit. In meinem ganzen Leben habe ich mich nicht so sehr beeilen müssen wie jetzt. Dabei haben wir den verdreckten Pool gereinigt, was ja wohl seine Aufgabe wäre. Mit feuchtem Haar und in einem dunkelblauen Kleid betrete ich mit beiden Kindern an den Händen den Garten.

Senhor Almeida liegt nun entspannt auf der Liege, auf der ich es mir vor Stunden bequem gemacht habe, und liest eine Zeitung.

Als er uns entdeckt, wirft er einen Blick auf die Uhr. »Das waren 23 Minuten und 15 Sekunden.«

Unbeeindruckt von seiner Schikane gehe ich zum Holzkohlegrill. »Dann wollen wir mal den alten Kasten anwerfen.«

»Wie funktioniert das genau? Früher haben das Männer meines Vaters gemacht.«

»Weil er es selbst nicht kann?«, hake ich nach und werfe in der Hocke einen schneidigen Seitenblick in seine Richtung. Senhor Almeida öffnet die Lippen, bevor er sie schließt und ein verräterischer Muskel auf seiner Wange zuckt. Im selben Moment fährt ein schwarzer Wagen auf die Einfahrt. Amilcar scheint zurück zu sein. Als er in seinem Anzug, der ihm unglaublich gut steht, aussteigt, schiebt er die Sonnenbrille auf sein mittelblondes Haar zurück und kommt auf uns zu.

»Natürlich weiß ich, wie ein Grill funktioniert«, erklärt Senhor Almeida beleidigt.

Ja, klar. »Also aufpassen, Kinder. Man beginnt damit, die Kohle aufeinanderzustapeln. Das hat mir früher mein Vater gezeigt. Zuerst sollte der Grill gereinigt werden. Danach, wenn man …« Großzügig schütte ich einen Haufen Grillkohle in die runde Metallschale und beginne damit, sie mit einer Zange als Berg aufzutürmen.

»Ah, sieht ja sehr interessant aus. Grillen wir heute?«, erkundigt sich Amilcar und umfasst plötzlich hinter mir stehend meine Hüfte. Sofort versteife ich mich. Quino schaut interessiert zu der Kohle, zu der ich einen Kohleanzünder lege und ein Streichholz halte. Verdammt. Amilcar hat nicht vor, hinter mir Platz zu machen. Auch wenn seine Annäherungsversuche nicht aufdringlich sind, könnten es die Kinder sehen. Ohne mich ablenken zu lassen, schichte ich die Kohle über den Anzünder.

»So, das Wichtigste kommt noch«, erkläre ich den beiden.

»Ja, das denke ich auch. Ich kann es kaum erwarten, bis es kommt.« *Scheiße, Amilcar.*

Unauffällig schiebt er seine Finger über meinen rechten Oberschenkel, bis sie unter meinem Rock verschwinden.

»Und was ist das?«, fragt Quino.

»Wir müssen immer wieder pusten, damit das Feuer die Kohlen anzündet. Erst wenn sie rot glühen, können wir das Fleisch und den Fisch auf den Rost legen.«

Quino will anfangen mit pusten, als ich ihn

davon abhalte. »Schau erst mal nur zu. Das ist noch zu gefährlich.«

Senhor Almeida behält uns auf der Liege mit Argusaugen im Blick. Ihm entgeht auch nicht, dass sein Bruder anders als vereinbart an mir klebt wie ein rolliger Pavian.

Ich beuge mich vor, um zwischen die Kohlen zu pusten. »Das wird aber ganz schön heiß«, stößt Almira hervor und weicht schreckhaft vor den Aschelöckchen zurück. »Ich geh zu meinen Puppen. Ich mag kein Feuer.«

Quino steht weiterhin vor uns, als Amilcar seine warmen Finger höher zu meiner Hüfte schiebt. »Quino, kannst du kurz in die Küche gehen und den Rost in die Spüle legen? Den müssen wir noch sauber machen.« Ich reiche ihm den Rost, mit dem er ohne zu murren ins Haus spaziert.

Blitzschnell drehe ich mich zu Amilcar herum und schiebe ihn von mir. »Ich habe mich noch nicht entschieden«, sage ich zu ihm und hebe die linke Braue.

»Aber auch nicht Nein gesagt. Sorry, aber ich konnte dir in dem heißen Kleid nicht widerstehen.«

»Vorhin trug sie bloß einen Bikini und ich habe es auch geschafft, also reiß dich zusammen«, ruft Senhor Almeida zu uns. »Sie soll sich um das Abendessen kümmern.« Boah, kann der mal wieder den General heraushängen lassen.

»Im Bikini? Zu schade, dass ich den Anblick verpasst habe«, bringt Amilcar mit einem lüsternen Schnalzen hervor. »Ich würde sie gern sich um etwas anderes kümmern lassen als um den Grill.«

Amilcar starrt mit einem nonchalanten Grinsen in meinen Ausschnitt. Er spielt mit mir, das ist offensichtlich. Wahrscheinlich hat er sich die letzten Tage ausgemalt, wie es sein wird, wenn ich den Vertrag unterzeichne und ihre Geliebte abgebe. Aber so leicht mache ich es ihnen nicht. Ich werde beide noch etwas zappeln lassen. Außerdem habe ich erst einen Vertrag zur Hälfte gelesen. Den anderen hat mir Senhor Almeida gestern ausgehändigt, den wohl beide gemeinsam aufgesetzt haben. Bisher konnte ich noch keinen Blick reinwerfen, aber das Dokument umfasst über zehn Seiten. Ich will mir besser nicht vorstellen, was in ihm aufgeführt wurde.

»Das muss leider warten, mein lieber Amilcar.« Ich streiche über seine Wange und neige das Gesicht mit einem frechen Blick. »Du kannst dich aber nützlich machen und weiter pusten, damit das Feuer nicht ausgeht. Ich schau nach Quino.«

»Ich und pusten? Das Blasen sollte …« Ich halte ihm den Mund mit der Hand zu, bevor ihm etwas Unanständiges herausrutscht.

Senhor Almeida schüttelt den Kopf. »Ich kümmere mich um die Kohlen.«

»Nein, das mache ich«, beschließt Amilcar. *Was wird das hier?* Versuchen mir beide zu imponieren? Als Senhor Almeida bei uns ist, nimmt er mir die Zange aus der Hand. Zwischen beiden schaue ich hin und her.

»Sie hat mich zuerst gefragt.«

»Du hast gezögert, dein Pech.«

Bevor sich beide die Köpfe abreißen, denn sie

streiten sich sehr oft, weiche ich langsam rückwärts-gehend zum Haus zurück.

Besser, ich mache einen Abgang. In der kühlen Eingangshalle atme ich tief durch. Immer noch kann ich das zarte Kitzeln auf meinen Oberschenkeln spüren. Wie mich Amilcar berührt hat, ließ mein Herz einen winzigen Moment schneller schlagen. Auch wenn ich den Vertrag noch nicht gelesen habe, ertappe ich mich immer öfter dabei, wie ich mir in Gedanken ausmale, einen der beiden zu küssen, ihnen zu dienen, ihre Schlaf-zimmer zu betreten und unter ihnen zu liegen. Auch wenn mich der Gedanke etwas zweifeln lässt, da ich für Sex bezahlt werde, kann ich mir diese lukrative Chance nicht entgehen lassen. Mir ist egal, wer was über mich denken könnte. Es hat mich schon früher nicht interessiert. Außerdem würde alles, was in Madeira geschieht, auch auf Madeira bleiben. *Paragraph 8.1.2.7. Kein Wissen darf nach außen getragen werden.*

Diese verfluchte Chance wird mir kein zweites Mal geboten. Und ganz ehrlich, beide sind nicht ge-rade unansehnlich.

Amilcar ist voll mein Typ, was ich ihn ganz be-stimmt nicht wissen lassen werde. Mit seinen ver-steckten Tätowierungen, dem lässigen zerwühlten Haarschnitt und diesen tiefbraunen charismatischen Augen hat er mich zum ersten Mal an der Klippe hinter dem Anwesen beeindruckt. Außerdem scheint er sehr loyal, aufrichtig und unterhaltsam zu sein. Ihm fällt es erstaunlich leicht, mit Worten umzuge-hen, mit nur wenigen Blicken meine Aufmerksamkeit auf sich zu lenken und geschickten Berührungen mein Interesse zu wecken. Er ist ziemlich gebildet, intelligent, eloquent und sportlich. Meistens beschäftigt er sich häufiger mit mir und den Kindern, als es sein Bruder tut.

In der Küche würze ich den Stockfisch und hole die in Marinade eingelegten Spareribs aus dem Kühlschrank.

»Das sieht wirklich lecker aus.« Quino steht neben mir am Tresen, streckt die Nase über die Schüssel und betrachtet den Stockfisch.

»Besser als das fertige Essen in Plastikschachteln, richtig?«

»Ja.« In seinen Kinderaugen sammelt sich zum ersten Mal ein Sternenregen. Zum ersten Mal sehe ich echte Freude in seinen haselnussbraunen Iriden. Manchmal, das ist mir sogar selbst unangenehm, ist er mir unheimlich. Wenn er sich zurückzieht, leise vor sich hin murmelt oder er mich finster aus einer Ecke heraus anstarrt, verursacht er mehr als einmal eine Schockstarre bei mir. Wiederum gibt es seltene Momente, in denen Quino sich wie ein gewöhnlicher Achtjähriger verhält, er unbedarft lacht, sich über die kleinsten Dinge freuen kann und dazulernen will.

Als ich den Rost gereinigt habe, der gefühlt seit der Steinzeit vor sich hingegammelt hat, tragen Quino und ich die Speisen in den Garten.

Eine warme süße Brise weht über mein Gesicht. Dieser Abend verspricht, mild und sternenklar zu werden. Bereits jetzt ist die Sonne beinahe vom monumentalen Anwesen verschluckt worden und muss in einem spektakulären Abgang hinter dem Meer untergehen. Das will ich auf keinen Fall verpassen.

Nachdem der Tisch auf der Außenterrasse eingedeckt ist, sich mir Amilcar anbietet, das Grillen zu übernehmen, bereite ich in der Küche den Salat und die Muscheln zu, wie es im Kochbuch der portugiesischen Küche steht.

Nach zehn Minuten betritt Senhor Almeida die Küche, öffnet den Kühlschrank und wirft einen überraschten Blick ins Innere.

Ja, so sollte ein gefüllter Kühlschrank aussehen. Auf sein Geheiß hin bin ich gestern mit beiden Kindern nach Santa Cruz gefahren. Das Haushaltsgeld, das mir überlassen wurde, hätte mich sogar zwei volle Einkaufswagen für eine Woche aus dem großen Supermarkt schieben lassen können. Geizig ist er zumindest nicht.

Fragt sich nur, ob ihm auch passt, was ich eingekauft habe. Bisher hat er mir keine Vorhaltungen gemacht. Ich habe mich genaustens an das dritte Kapitel Verpflegung und Besorgung von Lebensmittel gehalten. Denn dieses absurde Kapitel habe ich genaustens studiert, bevor ich mit dem Mercedes, den er mir zur Verfügung stellte, losgetuckert bin. Bis jetzt beherrsche ich die Gangschaltung noch nicht. Quino kam aus dem Lachen nicht heraus, als ich den horrend teuren Wagen immer wieder abgewürgt habe oder zum Vorwärtsruckeln brachte. Hoffentlich ist das Getriebe nicht im Eimer.

Ohne mir anmerken zu lassen, dass er mich aus den Augenwinkeln beobachtet, während er Eiswürfel in sein Glas schüttet, schneide ich die Tomaten weiter in Würfel.

»Konnten Sie sich schon etwas einleben?« Seine raue, sonore Stimme verursacht ein leichtes Magenziehen. Es ist nicht unangenehm, jedoch funktioniert es wie ein Warnsignal. Jeden Moment könnte ich etwas Falsches sagen.

Um ehrlich zu sein, nein. Ich bemühe mich, mich einzuleben, allerdings kann ich ziemlich schlecht schlafen. So war es schon immer bei mir. An anderen Orten komme ich selten zur Ruhe. Das Gebäude verströmt eine so unfassbar unheimliche Stimmung, dass es mir vorkommt, als würden Gespenster zwischen den Zimmern umherwandeln.

Dabei bilde ich mir das bloß ein.

»Ja, etwas«, antworte ich knapp, ohne vom Schneidebrett aufzusehen. Ich gebe die Tomaten in die Schüssel, bevor ich mich der Gurke widme. Als ich sie in Scheiben schneide, steht er unerwartet hinter mir, greift um mich herum und umfasst meine Handgelenke.

»Was …«

»Immer ruhig bleiben. Ich will dich ja nicht schneiden«, haucht er in mein Ohr, während mich seine dunkle Präsenz umgibt.

Ich will dich ja nicht schneiden? Dich? Zum ersten Mal siezt er mich nicht? Er führt mit seinen Händen ruhig meine Gelenke, um gleich darauf vier Gurkenscheiben zu schneiden und sie in zwei vorbereitete Gläser zu geben.

»Sie duzen mich?«

»Mir unterlaufen auch Fehler«, antwortet er ironisch. Bevor ich die Sekunden herunterzähle, bis er sich von mir entfernt hat, greift er eine meiner Haarsträhnen und scheint an ihr zu riechen. Das war kein Fehler. Er hat mich absichtlich geduzt.

»Sie sagten, Sie würden nicht aufdringlich werden.«

»Fühlst du dich von mir bedrängt?« Ein schwaches Zupfen an meiner Haarsträhne wird zu meiner Kopfhaut weitergeleitet, was ein angenehmes Kribbeln verursacht. Nein, auf bizarre Art und Weise finde ich es gar nicht bedrängend. Obwohl ich es sollte, denn er ist locker über zehn Jahre älter als ich.

»Etwas«, gebe ich zurück, umfasse den Griff des Messers und drehe mich vor ihm geschickt um. Obwohl es keine gute Idee ist, halte ich ihm die Klinge entgegen. Er soll nicht glauben, mich mit Annäherungsversuchen sofort um den Finger wickeln zu können.

»Ah, mutig bist du auch. Das würden die meisten nicht einmal in Gedanken durchspielen.« Auffordernd senkt er seinen Blick. Er ist um über einen Kopf größer als ich. Im Gegensatz zu ihm wirke ich schwacher und schmaler. Sein kompletter Körper könnte meinen verschlucken.

»Ich weiß«, gebe ich zurück. »Ich habe gelernt, wie ich Männer auf Abstand halten muss. Im Notfall natürlich.«

Unbeeindruckt von der Klinge, von der er zu mir schaut, umfasst er mit seiner Hand meine Finger und schiebt die Spitze des Messers näher an seinen Hals. Nein, so nah wollte ich ihm die Schneide nicht an den Körper halten.

Leise keuchend starre ich auf seine Kehle, gegen die das kühle Metall drückt. »Wie sieht es jetzt aus? Deine Überzeugung, es durchzuziehen, fällt gerade wie ein Kartenhaus in sich zusammen, nicht wahr?«

Natürlich fällt sie in sich zusammen, da ich nur demonstrieren wollte, dass ich ihn auf Abstand halten kann, nicht verletzen will.

»Was soll das?«, frage ich ihn mit einem giftigen Blick.

»Du solltest lernen, anderen nicht bloß zu drohen, sondern es im Notfall, wie du es nanntest, wirklich durchziehen. Vielleicht klappt deine Einschüchterung einige Male, aber irgendwann triffst du auf Personen, die sich nicht von einer leeren Drohung abschrecken lassen, Malady.« Wieder duzt er mich.

Zwar zittern meine Finger nicht, trotzdem wird meine Hand schwitzig und mein Puls beschleunigt sich. Ich will aus dieser Situation raus. Wieso schneidet er dieses Thema an? Ich bin doch keiner Gefahr ausgesetzt. Bisher musste ich niemanden mit einem Gemüsemesser bedrohen.

»Klingt so, als wüssten Sie, wovon Sie reden«, bringe ich entschlossen über die Lippen und ziehe die Klinge mit einem Ruck von seinem Hals zurück. Ich will ihm nicht länger das Messer an die Halsschlagader halten. Allerdings bin ich zu schnell. So schnell, dass ich mit dem Zurückziehen der Klinge durch seine Hand fahre. Nicht einmal für den Bruchteil einer Sekunde lässt er sich anmerken, ihn verletzt zu haben. Nur das feine Rinnsal tiefroten

Blutes, das über seinen Handballen läuft, zeigt mir, ihn geschnitten zu haben.

Er schnaubt leise und wendet sich von mir ab.

»Glaub mir, mir wäre es lieber, wenn ich diese Unterhaltung nicht führen müsste. Wenn du aus freiwilligen Stücken hierbleiben wirst, werden Amilcar und ich dich nicht ständig beschützen können. Mir ist es schon bei Raica nicht gelungen …« *Raica?*

Etwas wie Bedauern schwingt in seiner rauen Stimme mit. Mit dem Rücken zu mir gewandt schnappt er sich zwei Tücher der Küchenrolle, presst sie auf seine verletzte Hand und beginnt danach, den Gin in die zwei Gläser zu schütten.

Um nicht zu wissbegierig zu wirken, frage ich nicht, von wem er redet und wer eine Gefahr darstellen könnte. Wobei ich ahne, von wem die Rede sein könnte. Ganz sicher von dem aufgeblasenen Vogel Belisario.

»Das Glas ist für dich. Du hast es dir verdient. Ich bin mit deiner Leistung die letzten zwei Tage zufrieden.« Als hätte er die Sätze mehrmals vor dem Spiegel stehend aufgesagt, rattert er sie herunter und verlässt mit großen Schritten die Küche.

Ein beklemmendes Gefühl schwebt in der Luft. Es schnürt mir, obwohl ich diesen Mann schlecht einschätzen kann, das Herz zusammen. Senhor Almeida scheint von einem wichtigen Menschen gesprochen zu haben, den er verloren hat.

Meine Augen huschen zu dem Gin, in dem zwei Gurkenscheiben zwischen Eiswürfeln schwimmen. Um das kaum beschreibbare Gefühl abzuschütteln, spüle ich es mit zwei großen Schlucken Gin hinunter. Jedoch hilft er nicht.

Der restliche Abend verläuft relativ friedvoll. Amilcar stellt sich als großartiger Grillmeister heraus, die Kinder haben ihre wahre Freude am Essen im Freien und die Sonne hält einen überwältigenden Sonnenuntergang für uns bereit. Eine Weile stehe ich an der steil abfallenden Felsenklippe, um das Farbenspiel zu betrachten. Die Sonnenuntergänge in Nashville sind halb so faszinierend wie dieser, da Hochhäuser sie meistens verschlucken.

Ich schließe die Augen, atme die frische salzige Seeluft ein, lausche dem Tosen des Meeres und dem Zirpen der Zikaden.

Auch wenn ich gerade in diesem Moment zum ersten Mal Madeira genieße, weiß ich noch nicht, ob ich bleiben werde. Alles ist so fremd. Hin und wieder überkommt mich ein schreckliches Heimweh. Zwar telefoniere ich täglich mit meiner Familie, dennoch erreicht mich ihre Wärme nicht. Auf rätselhafte Weise fühle ich mich einsam.

❦ 9 ❦

MALADY

Den Montagabend hocke ich über dem Vertrag. Ich lasse den Kugelschreiber locker zwischen meinen Fingern auf und ab wippen.

Es stehen die skurrilsten Dinge auf diesen zwölf Seiten. Es mögen zwar skurrile Regeln aufgeführt worden sein, doch in mir dehnt sich eine unsagbare Neugier aus. Die zwei Männer scheinen genau zu wissen, was sie wollen.

So sind zum Beispiel die Vorlieben aufgeführt. Und Gott, sie gehören zur Sorte, die gern die Führung übernimmt. Für beide scheint Sex nicht nur eine Art Befriedung der Lust zu sein, sondern viel mehr. Sie erwarten richtige Spiele, bei denen nur sie das Sagen und die Kontrolle haben. Wirklich spannend.

Gefangen von den Regeln kaue ich auf dem Kuliende herum.

Du stehst uns jederzeit zur Verfügung. Wenn die Betreuung der Kinder als Au-Pair damit behindert wird, wird das keine Konsequenzen nach sich ziehen.

Wie gütig. Bedeutet, sie reduzieren die gemeinsame Zeit nicht bloß auf die Abende, wenn die Kinder im Bett liegen.

Sobald du diesen Vertrag unterzeichnet hast, überträgst du uns die komplette Kontrolle über deinen Körper. Wir werden diese Regel nicht ausnutzen, bei dir keine bleibenden Schäden hinterlassen, dir weder psychisch noch physisch schaden. Jedoch hast du dich unseren Anweisungen zu beugen.

Ich blättere weiter.

WÄHREND DIESER VERTRAGSLAUFZEIT VON ZWÖLF MONATEN WIRST DU KEINE ANDEREN MÄNNER DATEN, TREFFEN, DICH MIT IHNEN VERGNÜGEN UND AUCH NICHT AMÜSIEREN. EINE BEZIEHUNG, EINE LIAISON, EIN SEXDATE, JEDE FORM VON ANNÄHERUNG DES ANDEREN GESCHLECHTS IST UNTERSAGT. (WOBEI WIR DIR KAUM DIE MÖGLICHKEIT EINRÄUMEN, DASS DU SO VIEL ZEIT HABEN SOLLTEST, JEMAND NEUEN KENNENZULERNEN :)

Frecherweise ist wirklich ein Smiley per Hand hinter dem Punkt vermerkt worden. Das hat sicher Amilcar dort platziert. Und irgendwie lockert es diese harten Bestimmungen auf.

DIESER VERTRAG WIRD UNTER UNS GESCHLOSSEN. KEIN AUSSENSTEHENDER SOLL JEMALS VON IHM ERFAHREN. FALLS DU JE DARÜBER BEFRAGT WIRST, WIRST DU LEUGNEN, DASS ES DIESEN VERTRAG GEGEBEN HAT.

WIR WERDEN UNS TÄGLICH DARUM BEMÜHEN, AUF DEIN WOHL ZU ACHTEN. DAS BETRIFFT AUCH, AUSSERHALB DES GRUNDSTÜCKES UND DER QUINTA DA CRESCENTE VERMELHO FÜR DEINE SICHERHEIT ZU SORGEN.

Du bist mit der Unterschrift, die du unter diesen Vertrag setzt, mit sofortiger Wirkung unsere Gespielin. Es gibt kein Widerrufsrecht, du hast keine Möglichkeit, diesen netten Knebelvertrag rückgängig zu machen.

Was für Fieslinge. Zumindest geben sie zu, dass dieser Vertrag alles andere als moralisch vertretbar ist. Aber sie scheinen sich um meine Sicherheit zu sorgen, was mir schmeichelt. Irgendwas Mysteriöses umgibt diese Gegend um São Jorge. Und vor dem scheinen sie mich beschützen zu wollen.

Solltest du krank werden, werden wir selbst einschätzen, ob deine Pflichten pausieren und wann du deinen Teil der Vereinbarung wieder fortführen kannst.

Es folgen weitere ziemlich knallhart formulierte Vereinbarungen, bevor ich zu den Ansprüchen übergehe.

Wir erwarten, dass du uns eine unvergessliche Zeit schenkst. Das bedeutet, wir werden all unsere Wünsche und Fantasien uneingeschränkt ausleben. Natürlich werden wir auch auf deine Bedürfnisse achten. Gleichwohl stehen unsere Forde-

RUNGEN AN DICH AN OBERSTER STELLE. DIESE FORDERUNGEN SIND OHNE AUSFLÜCHTE ODER DISKUSSIONEN SOFORT ZU VERRICHTEN.

Nun folgen die Vorlieben. Oder zumindest wird grob angerissen, was mich in etwa erwarten wird, da beide anscheinend nicht zu viel preisgeben wollen.

UNS GEHÖRT ALLES VON DIR. DU WIRST UNS FÜR ORALSEX, ANALSEX, DOMINANZSPIELE UND WEITERE FORMEN DER EXPERIMENTELLEN SPIELARTEN ZUR VERFÜGUNG STEHEN. AUCH WENN WIR KEINE BLEIBENDEN SCHÄDEN HINTERLASSEN WERDEN, WERDEN WIR DICH AN DEINE GRENZEN BRINGEN. ES IST JEDE ART VON FESSELUNG, SPANKING UND KNEBELUNG ERLAUBT. EGAL IN WELCHER AUSFÜHRUNG UND MIT WELCHEN MATERIALIEN.

Kurz muss ich tief durchatmen, da mir dieser Punkt etwas Magenschmerzen bereitet. Schön und gut, dass sie gerne den Ton angeben und die Führung übernehmen wollen, aber BDSM-Spiele sollten so geregelt sein, dass man jederzeit aus dem Spiel aussteigen kann. Doch davon steht hier nichts.

WENN UNS DANACH IST, KÖNNEN WIR DICH AN ANDERE MÄNNER ODER FRAUEN VERLEIHEN. JE-

DOCH WERDEN WIR IMMER ANWESEND SEIN UND DICH NIEMANDEM AUSLIEFERN, UNS AN DIR FINANZIELL BEREICHERN, DICH AUSBEUTEN ODER DIR DAMIT SCHADEN. WIR SIND KEINE ZUHÄLTER.

What? Gänsehaut breitet sich auf meinen Unterarmen aus. Sie wollen mich teilen, wenn ihnen danach ist? Im Prinzip ist das kein Problem, da ich im Nachtclub für andere Männer tanzen, sie bespaßen und unterhalten sollte. Meistens im Auftrag eines Freundes.

Ich kenne Amilcar und seinen Bruder zu wenig, um abzuschätzen, ob sie diese Regelung nicht missbrauchen. Würde mir mein bester Freund Johnny das vorschlagen, wäre ich sofort dabei. Er würde auf mich aufpassen und mich keinem schmierigen Typen ausliefern.

Allerdings steht auch dabei, dass sie anwesend sein werden. Sie schicken mich also zu keiner fremden Person nach Hause, die mit mir machen kann, was sie will.

Nachdem ich weitere Regelungen durchgelesen habe, baue ich mir auf dem Schreibtisch einen Joint. Ich brauche etwas, um runterzukommen und meine Nerven zu beruhigen. Denn die letzten Nächte schlief ich grauenhaft. Das Gras habe ich heimlich mitgenommen, falls hier eine wilde Party in der Nachbarschaft steigen sollte. Doch mit dieser Nachbarschaft werde ich meinen Joint sicher nicht teilen.

Es ist kurz nach zwei Uhr nachts, als ich das

halbrunde Sprossenfenster öffne, den Joint zwischen die Lippen schiebe und anzünde. Ich nehme einen tiefen Zug und schließe genüsslich die Augen. Nachdem der Rauch geschmeidig meine Lungen füllt, fällt jeder Zweifel, jede Sorge von mir ab.

Das Heimweh habe ich immer noch nicht ganz überwunden. Am liebsten säße ich jetzt mit meinem Dad auf der Veranda von Grandmas Haus am Stadtrand und würde mir mit ihm den Joint teilen. Ich liebe meinen Vater über alles. Gerade jetzt sehe ich ihn vor mir. Seine faltige, ledrige Haut. Sein grau meliertes Haar, das sich um seine Ohren kräuselt, worüber er sich jeden Morgen vor dem Spiegel aufregt. Seinen Schnauzer in Form eines Hufeisens, der als breiter Streifen über den Kiefer verläuft. Seine verblichenen alten Tätowierungen an den Unterarmen, auf die er sehr stolz ist. Seine gelben Nägel und rauen Hände, die viele Möbel für mich hergestellt haben. Auf den ersten Blick könnte man ihn für das Mitglied eines Bikerclubs halten. Früher war er auch ein Bandenmitglied und hat ziemlich viel Scheiße, wie er selbst sagt, gebaut, ehe er meine Mutter traf. Ab da wollte er ein anständiges Leben führen und Vorbild für seine Kinder sein und seine Frau glücklich machen. Und genau das hat er getan. Meine Eltern sah ich selten streiten. Mein Vater ist die Ruhe in Person, schmunzelt öfter geheimnisvoll in seinen Bart hinein und hat immer ein offenes Ohr für uns Kinder. Für ihn ist jedes Problem lösbar.

Er liebt seine Familie und würde alles für sie tun. Am meisten trifft es ihn, dass wir uns so lange nicht mehr sehen werden.

Meine Mutter ist die fürsorglichste Frau, die ich kenne. Trotz meiner vielen Geschwister hatte sie immer alles unter Kontrolle, wirkte nie genervt von uns oder schrie uns an. Meine Brüder Randy und Owen konnten so ziemlich jeden Bockmist veranstalten, sie hätte sie niemals bestraft.

Außenstehende würden die Erziehung meiner Eltern als antiautoritär, zu lasch und nachlässig bezeichnen. Wenn man Kindern keine Struktur gibt oder sie nicht streng genug erzieht, kann aus ihnen nichts werden, mussten sie sich öfter anhören. Doch aus jedem von uns ist etwas Großartiges geworden, da unsere Eltern uns jeden Freiraum ließen, uns auszutesten und frei zu entwickeln. Mein großer Bruder Owen hat Medizin studiert und ist im größten Krankenhaus Nashvilles angestellt. Randy hat seine Donutladenkette aus dem Boden gestampft. Mit viel Unterstützung meines Vaters. Meine Schwester Ilynoi ist freie Künstlerin und gerade in Italien unterwegs, um ihre zehnte Ausstellung vorzubereiten. Und ich studiere Jura, habe Bestnoten und mache genau das, was mich glücklich macht. Niemand redete mir ins Gewissen, als ich bekannt gab, eine Auszeit als Au-Pair anzutreten. Kein einziges Mal musste ich mir anhören, dass diese Entscheidung falsch ist oder ich zuerst mein Studium beenden soll.

Nein, jeder aus meiner Familie befürwortete meine Entscheidung. Und nun stehe ich am Gaubenfenster und habe schreckliches Heimweh. Ich vermisse jeden von ihnen. Randy, Owen, Ilynoi, Daphne, Wayne. Beinahe jedes Wochenende verbringt meine Familie Zeit auf dem Landsitz meiner

Grandma miteinander. Das ist uns immer wichtig. Jetzt bin ich Tausende Kilometer von ihnen entfernt, sehe sie bloß über Facetime und kann nicht einmal meinen kranken Bruder Wayne besuchen.

Dennoch weiß ich, wofür ich das mache. Schon jetzt kann ich mir vorstellen, wie gerührt alle sein werden, wenn sie erfahren, dass ich für Waynes Behandlung jeden Cent gespart habe. Und das werde ich. Meine Familie ist reich an Liebe, Verständnis und Vertrauen, leider besitzt sie wenig Geld. Meine Brüder müssen ihre Kredite tilgen und meine Schwestern ihre eigenen Familien versorgen. Zwar hat jeder einen Teil zurücklegen können, um für die OP anzusparen, doch mehr als 20.000 Dollar kamen bisher nicht zusammen.

Ich war die Einzige, die am wenigsten beisteuern konnte. Gerade mal 2000 Dollar. Und jetzt bietet sich mir diese kaum ausschlagbare Möglichkeit. Egal wie hart es wird, egal wie viel ich durchstehen muss, ich werde den Vertrag schließen. Für Wayne. Für meine Familie.

Direkt vor mir schält sich das Gesicht meines Vaters zwischen den Rauchschwaden, die ich ausstoße, heraus. Er blinzelt mir mit seinen warmen halbmondförmigen Augen entgegen.

Plötzlich klopft es hinter mir an der Tür.

»Malady, kiffst du gerade?«

Lügen ist nicht mein Ding, daher drehe ich mich um und halte die Hand mit dem Joint aus dem Fenster, damit der Qualm nicht reinzieht. Amilcar betritt das Zimmer, sieht sich knapp um und schüttelt anschließend den Kopf.

»Kleine Rebellin. Gib mir einen Zug.«

»Nein, das ist mein Vorrat, den ich über die Kontinente geschmuggelt habe.«

Ein Laut, der beeindruckt und amüsiert zugleich ist, verlässt seine Lippen. Er tritt an mich heran, um sich den Joint aus meinen Fingern zu nehmen. »Mal sehen, ob das Zeug aus den Staaten besser ist als unseres.«

»Glaub mir, es ist viel besser. Schwarzer Afghane«, versichere ich ihm und überlasse ihm den Joint einen Zug lang.

Am breiten Fenster, das Platz für uns beide bietet, lehnt er sich lässig mit dem Rücken zurück. So weit, dass ich glaube, er würde jeden Moment hinausfallen. Er nimmt den Joint zwischen Daumen und Zeigefinger und hebt ihn an seine geschwungenen Lippen. In seinem schwarzen lockeren Muskelshirt, dunklen Hosen und breitem Ledergürtel gibt er eine coole Figur ab. An seinem Ringfinger der rechten Hand blitzt ein in Gelbgold eingefasster schwarzer Onyx auf. Sein Dreitagebart zieht sich bis zu seinem ausgeprägten Adamsapfel, der sich bewegt, als er an dem Joint zieht. Wie eine verdorbene Gottheit mit dem Gesicht einer griechischen Schönheit stößt er den Qualm aus. Dabei entgehen ihm meine Blicke nicht, die auf ihm ruhen.

Ich weiß nicht, wie es ihm geht, aber manchmal würde ich ihn gern berühren. Er verströmt eine vertraute Aura, scheint mich zu verstehen, mag es, mit mir Zeit zu verbringen. Wir beide gehören zu den Menschen, die gern Spaß haben, über dieselben schwarzen Witze lachen und zwanglos über fast alles reden können.

»Nicht übel, dein Afghane. Aber ich will dir nicht noch mehr wegnehmen.« Er händigt mir den Joint wieder aus. Neben ihm beuge ich mich wieder aus dem Fenster.

»Ihn teilen macht mehr Spaß, findest du nicht?«

»Es machen sehr viele Dinge gemeinsam mehr Spaß.« Mit dem Handrücken fährt er über meinen Oberarm. »Und Spaß scheint dieses Haus lange nicht mehr gehabt zu haben. Zumindest bevor du eingezogen bist, Melody«, neckt er mich. Wann immer er kann, spricht er meinen Namen absichtlich falsch aus. Ich nehme einen Zug und spüre die pure Losgelöstheit in mir aufkeimen. Blinzelnd schaue ich zum sternenklaren Nachthimmel, als Amilcar seine linke Hand hebt und mit den Fingerkuppen über meine Kehle gleitet.

»Hast du dich schon entschieden? Der Vertrag liegt auf deinem Schreibtisch.«

Ich lächele zart. »Ja, ich habe mich entschieden.«

Überrascht hebt er seine Augenbrauen, was seine azurblauen Augen, die vom Nachtschatten umgeben sind, aufleuchten lassen.

»Du freust dich ja so, dabei kennst du meine Antwort noch gar nicht.«

»Ich weiß, dass du dich dafür entschieden hast. Wer würde das nicht tun bei so attraktiven Männern wie uns. Ich verspreche dir, es wird nicht einfach, aber dir wird es gut gehen. Sehr gut.«

Seine Blicke wandern von meinen Lippen über meine Kehle, weiter zu meinem weißen Tanktop.

»Habt ihr schon einmal solch einen Vertrag geschlossen?«

»Nein. Das macht es ja so aufregend. Es soll nicht falsch rüberkommen, aber du bist seit Langem die schönste Frau, die ich getroffen habe.«

Was ein Schleimer. »Du scheinst nicht viele zu treffen, wenn du das Anwesen nur zweimal die Woche verlässt.«

»Das ist nicht ganz richtig.«

Seine Finger wandern von meiner Kehle zu meinen Schlüsselbeinen.

»Ich will dir mal etwas verraten. Etwas, was du nicht wissen kannst. Mein Bruder war ein sehr angesehener Mann in Madeira. Früher war dieses Haus voller Leben. Er hatte dreißig Mitarbeiter und elf loyale Partner, mich eingeschlossen natürlich. Er besaß alles. Geld, eine Familie und Einfluss.«

Ah, dann ergeben die dreizehn Stühle, die im roten Salon um den großen Tisch standen, einen Sinn.

»Wir haben die ausschweifendsten Partys gefeiert, hatten immens viel Spaß. Es gab nie Regeln. Raica war seine große Liebe.« Kurz scheint er in seinen glücklichen Gedanken festzuhängen.

»Wie war sie?« *Und was ist mit ihr passiert?* Aber die Frage will ich ihm nicht stellen.

»Sie war großartig. Ein Mensch, den es unter Millionen nur einmal gibt. Sie hatte kastanienbraunes Haar, trug so viel Lebensfreude in sich und war mit Abstand die schönste Frau, die ich je gesehen habe. Sie war wie ein Segen für diese Familie.«

Zärtlich streicht er weiter über mein rechtes

Schlüsselbein. Während mich seine Worte fesseln und mein Herz berühren, lösen seine sanften Berührungen in mir ein unermessliches Verlangen aus. Was werden diese Hände noch von mir berühren? Werden seine Lippen jemals genauso schöne Worte über mich sagen?

Er nannte mich ebenfalls schön, aber Raica scheint wie ein Engel gewesen zu sein. Im Eingangsbereich hängt ein großes Gemälde, das abgedeckt wurde. Als ich heimlich einen Blick unter das weiße Laken warf, sah ich eine brünette Frau in einem schwarzen Abendkleid. Sie sah atemberaubend schön aus. Dabei war es nicht ihr Aussehen, das mich beeindruckt hat, sondern ihr Gesichtsausdruck. Er verbarg sehr viel Sanftheit, Mut und Aufrichtigkeit.

»Sie wurde vor neuneinhalb Monaten ermordet. Von einer Sekunde auf die andere war sie verschwunden. Sie wollte ins Dorf nach Arco de São Jorge fahren und kam nie wieder mit dem Fahrer zurück. Eine Woche später fand man ihre nackte Leiche aufs Bestialischste zugerichtet im Süden Madeiras in einem Feld. Ihr Körper war übersät mit grauenvollen Schnittwunden. Ihr Kopf wurde abgetrennt und befand sich auf dem Pfahl direkt neben ihrem Körper. Es waren drei Buchstaben in ihre Stirn geritzt worden. Die Obduktion konnte feststellen, dass man sie tagelang gefoltert hat … man hat mit ihr Waterboarding gemacht, damit sie redet.«

Ein kühler Schattenstreifen legt sich um seine Augen, während er weiterhin zu den Sternen aufblickt, als würde er dort oben ihr Gesicht sehen. Als ich aufmerksam zuhöre, schnürt sich mir die Kehle zu. »So viel Grausamkeit habe ich in meinem ganzen Leben nicht gesehen. Und das will etwas heißen. Mein Bruder war am Boden zerstört, als er sie so sehen und identifizieren musste. Raica war alles für ihn. Sie war sein Leben. Und mit einem Schlag wurde ihm das genommen. Seitdem redet er kaum noch, hat sich stark verändert, ist in sich gekehrt, trinkt viel zu viel, vernachlässigt sich und die Kinder und hat alle Leute gefeuert. Selbst seine engsten ergebensten Freunde hat er fortgeschickt. Er wollte sie nicht mehr um sich haben und ertrug ihre Anwesenheit nicht. Ich denke, er wollte sie beschützen, damit ihnen nicht dasselbe passiert wie Raica.«

Ein eiskalter Schauer rieselt mein Rückgrat hinab, als ich seine grauenhafte Geschichte höre. Einerseits brennen mir so viele Fragen auf der Zunge, andererseits will ich Amilcar nicht unterbrechen.

»Ich will, dass du erfährst, was wirklich vor sich geht, Malady. Ich will, dass du eine Chance bekommst und weißt, worauf du dich einlässt. Wenn sie es auf dich abgesehen haben, werden wir alles unternehmen, was nötig ist, aber dieser Ort, der einst ein Paradies war, ist zur Hölle geworden.«

Unerwartet schaut er mir mit seinem undurchdringlichen Blick entgegen, ohne zu blinzeln. In seinen Iriden steht die Warnung, dass ich jetzt noch zurückkann. Dass ich jetzt die Möglichkeit habe, zu gehen.

»Warum bist du geblieben?«, frage ich ihn, nachdem wir bloß Blicke ausgetauscht haben, aber er keinen Ton mehr gesagt hat. Seine Mundwinkel zucken.

»Warum wohl? Ich bleibe an der Seite meines Bruders, bis zum Schluss. Ich helfe ihm, wieder aufzustehen und neu anzufangen und seine Stärke wiederzuerlangen. Oder sollten wir uns geschlagen geben? Einfach so aufgeben und daran zerbrechen? Ich denke nicht. Aus dem Grund …« Er richtet sich im Fenster tief seufzend auf, umfasst meine Schultern und schiebt sich vor mich. »Bist du hier. Du bringst etwas Leben zurück. Wenn Júpiter endlich seine Trauerphase überwunden hat und wieder der Mann ist, der er war, wird er mit voller Stärke diejenigen zur Rechenschaft ziehen, die das Raica angetan haben. Dafür brauche ich dich, Malady. Ich weiß, was ich von dir verlange, ist absolut verwerflich, egotistisch und auf jeden Fall sehr gefährlich, aber du bist die erste Person von über fünf, die ihn kurzzeitig aus seiner Depression holen konnte. Er hat Interesse an dir und will dich unbedingt hier haben.«

»Nun ja, so ein großes Interesse zeigt er nicht. Klar tauschen wir am Essenstisch knappe Floskeln aus oder er steht plötzlich im Garten hinter mir, aber …«

»Er hat den Garten erst wieder betreten, seit du da bist«, unterbricht mich Amilcar und hebt die rechte Braue. »Er hat mit dir über die Strafe der Kinder verhandelt. Glaub mir, wenn ich dir sage, dass er früher niemals nachgegeben hätte. Nicht mal bei mir. Aus irgendeinem Grund hat er Interesse an dir. Du siehst es nicht, aber ich. Ich wäre dir unendlich dankbar, wenn du mir hilfst.« Unvorhergesehen hebt er seine Hände, die mich nicht entkommen lassen, zu meinen Wangen. Er forscht in meinen Augen, während ich in seinem Gesicht die eindringliche Bitte ablese, zu bleiben, egal, was mich eventuell erwarten wird. Zumindest hat er mir von dem Vorfall mit Raica erzählt und es nicht verschwiegen. Das hätte er tun können, um mich leichter umzustimmen.

»Bleib hier«, flüstert er leise. »Wenn nicht für Júpiter, dann für mich.« Seine Daumen streicheln über meine Wangen.

Mein Herz schlägt schneller, als seine Lippen diese Bitte verlässt. Verdammt. Ausgerechnet jetzt muss ich an die Worte meines Vaters denken. *Man sollte immer den Menschen helfen, die einen brauchen. Darüber muss man nicht diskutieren.*

Wie er mich ansieht, erweicht mein Herz.

Um nicht länger in seine glänzenden Iriden zu blicken, in denen ich gnadenlos untergehe, senke ich die Augenlider und atme tief durch.

»Wer hat das Raica angetan?« Ich will wissen, wer der Feind ist, der es auf die Familie Almeida abgesehen hat.

Amilcar stöhnt gequält, bevor er leise lacht. »Du standest ihm schon einmal gegenüber.«

»Belisario?«, frage ich ihn und schaue schlagartig auf.

Amilcar nickt. »Ja. Die Familie Cardoso hat Raica ermordet. Sie ist der Feind unserer Familie.«

Ich war einem Mörder so nah. Wenn ich zuvor davon gewusst hätte, wüsste ich nicht, ob ich genauso entschlossen gewesen wäre, diesem Schwein mein Knie zwischen die Beine zu rammen. Mittlerweile ist sein Andenken auf meiner Schulter fast abgeheilt. Aber wenn ich mir vorstelle, was Raica durchleiden musste, ist ein harter Schlag auf die Schulter nichts im Vergleich.

»Du hast sogar den alten Cleto getroffen, den sieht man selten. Diese Familie ist die wahre Konstellation des Bösen, Malady. Du kannst von Glück reden, dass ich dich gefunden habe. Er hätte alles mit dir gemacht, nachdem du ihm erzählt hast, dass du Júpiters Kinder suchst.«

Das ergibt Sinn. Denn noch jetzt sehe ich die Reaktionen der Cardoso, als ich vor ihrer Tür stehend gefragt habe, ob sie Quino und Almira gesehen haben. Auf einmal war Belisario so aufgesetzt freundlich, und das nur, um mich in den Stall zu locken.

Als ich in meine Erinnerungen vertieft bin, umfasst er mein Kinn und hebt es an. »Hilfst du mir? Hilfst du mir dabei, dass die Familie Almeida wieder an Stärke gewinnt und wir die Cardoso zur Rechenschaft ziehen?«

»Was ist mit der Polizei?«

Amilcar verzieht das Gesicht, als hätte er auf eine saure Zitrone gebissen. »Vergiss diesen Weg. Es ist zwecklos. Die Cardoso haben ihre Handlanger alles erledigen und Beweise verschwinden lassen. Obwohl es offensichtlich ist, dass die Familie Cardoso dahintersteckt, führte keine Spur zu ihnen. Sie machen ihre Sache gut und bestechen zur Not die Leute, die reden könnten.«

Ich nicke, da ich mir so etwas in der Art gedacht habe. Mit den Fingern umschließe ich seinen Unterarm, auf dem ich schwarze Ranken und Mosaike abgebildet sehe. Er trägt Maori-Tätowierungen und davon sehr viele. Sie ragen sogar über seine ausgeprägten Schlüsselbeine empor.

»Einverstanden«, antworte ich ihm selbstsicher. Jetzt weiß ich, worauf ich mich einlasse. Und ich werde ihnen helfen. Natürlich nur gegen Bezahlung. Freiwillig würde ich das sicher nicht tun, da ich weder Amilcar noch seinen Bruder lang genug kenne.

Verblüfft über meine rasche Antwort zucken seine dunklen Brauen. »Wirklich?«

»Ich bin mir sicher«, sage ich lächelnd und gleite mit den Fingern über seine Unterarme, auf denen seine Sehnen hervortreten.

»Ich liebe deinen Mut. Das würde keine andere Frau tun. Also dann, Miss Malady Wayward. Kleine eigenwillige Krankheit, herzlich willkommen auf der finsteren Seite der Familie Almeida.«

Nachdem er mich freigegeben hat, streckt er mir galant seine Hand entgegen und macht eine einstudierte Verbeugung. »Wir werden gemeinsam viel Spaß haben und zurückholen, was uns gehört.«

Dieses dunkle Höllenfeuer, das in seinen Augen auflodert, sehe ich zum ersten Mal. Auch in ihm scheint ein Teil gestorben zu sein, der nun zum Leben erwacht ist.

Ich weiß, dass ich womöglich den Fehler meines Lebens begehe, trotzdem reiche ich ihm meine Hand. Nur Menschen, die bereit sind, etwas zu riskieren, erreichen auch etwas. Ich zähle mich nicht zu den schwachen, feigen und ängstlichen Menschen, sondern zu denen, die etwas bewirken und Spuren hinterlassen wollen.

Nachdem ich meine Finger in seine lege, umfasst er sie mit beiden Händen. »Du bist wie Raica, weißt du das? Sie war auch entschlossen, für das zu kämpfen, was andere abgeschreckt hätte. Als ich dich das erste Mal triefend nass an der Bushaltestelle auf deinem Koffer hockend gesehen habe, wusste ich, dass du die Richtige bist.«

»Ach, wusstest du das?«, hake ich nach und hebe provokant die rechte Braue. »Du hast mich nur böse angeglotzt, als hättest du Verdauungsstörungen. Einen Moment dachte ich, du lässt mich am Friedhof raus und mich dort mein eigenes Grab schaufeln.«

Er grinst schief und neigt den Kopf. »Misstrauen gehört zum Geschäft.«

Welches Geschäft das ist, hat mir noch keiner erklärt. Aber ich werde es herausfinden. Bald erfahren, wer Júpiter Almeida wirklich ist und wieso diese Blutfehde zwischen beiden Familien existiert.

»Küss mich, Malady«, fordert er mich danach unerwartet auf, zieht mich auf das Bett und hebt mich auf seine Hüfte.

»Ich habe den Vertrag noch nicht unterzeichnet.«

Er leckt sich über die Lippen, während er auf meinen Mund blickt und eine Haarsträhne hinter mein Ohr schiebt. »Vielleicht überlege ich es mir nach dem Kuss anders. Vielleicht küsst du miserabel und …«

Bevor er weiterhin solch einen Blödsinn von sich geben kann, stütze ich mich mit der rechten Hand neben seinem Kopf ab, umfasse mit der anderen seinen Unterkiefer und hauche: »Sei still, du Idiot.«

Ein belustigtes Zucken umspielt seine Mundwinkel, sodass sich zwei Grübchen, eines auf seiner rechten Wange und eines auf seinem Kinn, abbilden. Einen winzigen Moment schaue ich auf seine ebenmäßigen Lippen, die leicht befeuchtet und von dem kratzigen männlichen Bart umgeben sind.

Um ihn zu necken, schaue ich zu seinen Augen auf, die von dichten dunklen Wimpern umrahmt sind. Langsam beuge ich mich zu seinem Gesicht hinab, streife mit meinen Lippen seine Unterlippe und lasse ihn meine Zähne spüren.

Er lächelt, woraufhin ich seine geraden, perfekt weißen Zähne sehe. Gott, ich kann mich nicht länger zurückhalten. Der schmeichelnde Duft, der mich an einen kühlen Sommerregen, abgeriebenes Leder und würzigen Amber erinnert, zieht mich magisch an. Sein Duft ist schon mal perfekt. Nicht jeder Mann riecht so gut.

Er schiebt seine Finger in mein Haar und kommt mir mit seiner Hüfte etwas entgegen. Dabei spüre ich unter dem dünnen Stoff der Pyjamashorts, wie hart sein Schwanz ist.

»Na, dann übernehme ich das«, beschließt er und zieht mein Gesicht weiter herab. Seine Lippen treffen meine, bevor ich ihm entkommen kann. Was ich nicht will. Mein Stolz lässt es nicht zu, dass er mir zuvorgekommen ist, aus dem Grund drehe ich das Gesicht zur Seite. Bisher lagen seine Lippen nur auf meinem Mund, aber seine Zunge konnte meine noch nicht berühren.

»Du scheinst zur ungeduldigen Sorte zu gehören?«

»Und du zur romantischen?«

»Im Leben nicht«, gebe ich zurück.

»Gut zu wissen, dann spare ich mir das Geld für Blumen.«

Ich blinzele feindselig. »Hör auf, solch einen Blödsinn zu reden. Ich liebe Blumen.«

»Ah, wusste ich es doch. Jede Frau ist mit etwas Grünzeug zu beeindrucken.«

»Es liegt an der Geste. Der Aufmerksamkeit.«

»O Hübsche, die schenke ich dir auf ganz andere Art und Weise.«

Bevor ich über seine Worte lache, will ich ihm seine Überlegenheit für diesen Moment rauben und presse meine Lippen auf seine. Obwohl ich es langsam angehen wollte, treibt mich die Gier an, ihn sofort schmecken und spüren zu wollen.

Als ich die Lippen öffne, um mit meiner Zunge seine zu suchen, kommt er mir entgegen. Und, Himmel, der Kuss ist höllisch gut, zumindest für mich. Es fühlt sich an, als hätten wir uns schon unzählige Male zuvor geküsst. Seine Zunge umschlingt meine in einem angenehmen Tempo, wie ich es liebe. In Abständen beiße ich in seine Unterlippe, zieht er mich näher zu sich hinab und lässt mich seine Härte spüren.

Das Blut rauscht in meinen Ohren. Mit jeder Sekunde, die verstreicht, werde ich feuchter, spüre ich, dass ich weitergehen will. Hier und jetzt. Wir sind schon seit Tagen umeinander herumgeschlichen, und jetzt ist der erste Moment eingetreten, in dem ich ihn überall berühren und schmecken kann. Ich gehöre nicht nur ihm, sondern er auch mir.

10

AMILCAR

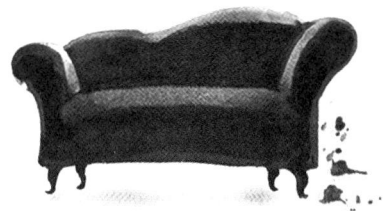

Nachdem ich das Zimmer verlasse und die Tür hinter mir zuziehe, schwebt immer noch der kühle Grasgeruch in der Luft. Auf dem Gang stehend schlage ich mir gegen die Stirn. Ich wünschte, ich hätte ihr die komplette Wahrheit erzählen können, nicht alles häppchenweise.

Vorerst wird es genügen. Genügen müssen.

Dass sie zwar weitergegangen wäre, wenn ich gewollt hätte, aber sie dennoch rechtzeitig die Zügel zog, wird das letzte Mal gewesen sein. Die nächsten Male, sobald sie ihre Unterschrift unter den Vertrag gesetzt hat, entkommt sie mir nicht. Dann bettele ich nicht nach einem Kuss. *Nein, kleine Malady, wenn es so weit ist, werde ich endlich auskosten, was mir schon so viele Tage durch den Kopf geht.* Ich werde deine Laute genießen, wenn ich dich vögele, deinen Geruch an mir tragen, wenn ich dein Zimmer verlasse, und dir der Zuhörer sein, den du brauchst.

Ich gebe dir alles und nehme mir sehr viel.

Es war gut, einen kurzen Abstecher in ihr Zimmer gemacht zu haben. Jetzt, da ich sie dort habe, wo ich sie hinkriegen wollte, kann ich entspannt schlafen gehen.

Während ich über die dunklen verlassenen Gänge laufe, entgeht mir ein Knarren eine Etage über mir nicht. Als ich die Treppe erreiche, kann ich am Kronleuchter vorbei Júpiter am Geländer stehen sehen. Er besieht mich mit einem misstrauischen Blick, dem ich ausweiche.

Von ihm höre ich mir sicher keine Ansprache an. Lieber gehe ich zurück zu dem Mädchen, das mein Bett aufwärmt.

Ich betrete den Westflügel, der seinen Glanz nicht verloren hat. Die vertäfelten Wände sind fast wie neu, schwarzer Teppich liegt aus, Kristallkronleuchter reihen sich über mir an der Decke. Bevor ich die zweite Treppe hochsteige, versperrt mir Júpiter den Weg.

»Was wolltest du von ihr?«, will er wissen.

»Nichts. Ich hab nur nachgesehen, warum sie nicht schläft. Das Licht ihres Fensters war von meinem aus zu sehen und …«

»Belüg mich nicht, Amilcar.«

»Sag mir nicht, dass ich lüge, und mach mir den Weg frei. Ich will ins Bett.«

»Zu deiner Hure?«

»Nenn sie nicht so!«

»Wie soll ich sie dann bezeichnen? Deine Freundin ist sie nicht. Du bezahlst sie dafür, dass sie mit dir schläft.«

Richtig bezahlen, tue ich sie nicht. Ich schenke ihr andere Aufmerksamkeiten.

»Du wirst dasselbe morgen mit Malady tun. Und weißt du was, großer Bruder? Sie hat bereits zugestimmt und wird morgen den Vertrag unterschreiben. Ich würde dann sagen, die 20.000 Euro gehören mir. Ich habe die Wette gewonnen und sie vor deiner gesetzten Frist rumgekriegt.«

Diese Wette war ein Kinderspiel. Nichts gegen Malady, aber ich wusste, ich würde ihr Herz erweichen, sie mit ein paar netten Schmeicheleien um den Finger wickeln und … Júpiter grinst plötzlich so verdammt ekelhaft. *Wieso?*

Als ich perplex seinem Blick folge, weiß ich wieso. Denn unerwartet steht Malady hinter mir, die mich mit Zornestränen in den Augen anstarrt und ein Handy hochhält. Mein Handy.

»Ist dir aus der Hosentasche gerutscht, als du auf dem Bett gelegen hast, du Scheißkerl!« Statt mir das iPhone zu übergeben, knallt sie es vor mir auf den Boden. »Ich wechsel mit dir nie wieder ein Wort! Verstanden! Nie wieder!«

Vor meinen Augen sehe ich, wie der Spaß wie ein Sektglasturm in sich zusammenkracht. *Scheiße! So sollte sie es nicht erfahren.*

»Warte mal, Mal.«

»Fick dich, Amilcar!« Sie streckt mir ihren Mittelfinger entgegen, als sie auf Englisch fluchend um die Ecke biegt.

Lange habe ich Júpiter nicht mehr so selbstgefällig grinsen gesehen wie in diesem Moment. Gerade jetzt sieht er seinem alten einflussreichen Ego verdammt ähnlich.

»Damit wäre dann der Vertrag hinfällig, mein lieber Amilcar. Vielen Dank auch. Wenn sie wegen dir die Probezeit als Au-Pair vorzeitig beendet, wirst du ab sofort auf die Kinder aufpassen!«

Wie lachhaft, das würde er nie verlangen. Ich will Malady folgen, als mich Júpiter davon abhält.

»Du hast sie gehört. Lass sie in Ruhe. Sie will dich nicht sehen.«

»Ich bügele das wieder glatt«, gebe ich zurück und schiebe seine Hand von meiner Schulter. Doch er lässt mich nicht frei, sondern stößt mich hart gegen die Wand und presst seinen Unterarm gegen meine Kehle. Knurrend recke ich das Kinn vor und funkele ihm finster entgegen.

»Lass. Sie. In. Ruhe!«, warnt er mich eindringlich. »Wenn du sie aufsuchst, stopfe ich dich in einen Sack und werfe dich vor die Tür der Cardoso.«

»Wag es ja nicht«, gebe ich zurück, umfasse seinen Unterarm, presse die angestaute Luft hervor und drücke ihn von mir. Da er sein Training die letzten Wochen, nein, Monate vernachlässigt hat, gewinne ich die Oberhand. Ich versuche erneut, die Verfolgung aufzunehmen, um die Angelegenheit mit Malady zu klären. Meine Worte, die sie belauschen konnte, kamen ziemlich hart und unverschämt aus meinem Mund. So war es nicht gemeint. Klar gab es diese Wette und ja, ich habe etwas nachgeholfen, um sie umzustimmen, trotzdem hatte ich nie die Absicht, sie auszubeuten oder zu hintergehen.

Bevor ich um die Ecke biegen kann, verpasst mir Júpiter seit Ewigkeiten einen Faustschlag ins Gesicht, sodass Sterne vor meinem Sichtfeld aufblitzen. Seine Miene ist fest entschlossen, weiterzugehen, falls ich auf die blöde Idee kommen sollte, Malady zu folgen.

Mein Gesicht fliegt von der Wucht seines Schlags zur Seite. Ich reibe über meinen pochenden Kiefer, während ich ihn finster anstarre.

»Du gehst in deine Etage! Beweg dich!«

Ich hasse es, von ihm herumkommandiert zu werden wie ein Bengel.

Obwohl in mir die Wut tobt, schnaube ich kurz und wende mich ab. Da ich aus den Augenwinkeln Adora sehe. Ihr dunkelbraunes Haar wellt sich über ein helles durchscheinendes Negligé. Ihre großen Augen sind vor Schreck geweitet.

Trotzdem sagt sie keinen Ton. Wieso auch, sie würde sich nicht einmischen. Dafür ist sie nicht mutig genug.

»Mach schon, Amilcar!«, setzt mein Bruder nach und stößt mich zur Treppe.

Aufgebracht knurrend wende ich mich von ihm ab. Ich muss mich für heute geschlagen geben. Nur für heute. Seit Ewigkeiten hat er die Partie gewonnen, aber bloß, weil ich einen gewaltigen Fehler gemacht habe. Ich bügele das wieder glatt. Malady wird nicht gehen. Das werde ich verhindern. Zuvor sollte ich ihr Zeit geben, um sich zu beruhigen. Deshalb überwinde ich immer zwei Stufen auf einmal nehmend die Treppe zum Absatz, auf dem Adora steht und mich von oben bis unten betrachtet. Ich schnappe ihre rechte Hand und führe sie eine Treppe höher. Gerade sammelt sich so viel Zorn in mir, den ich irgendwie loswerden muss, bevor er mich zerreißt.

In meinen herrschaftlichen Räumen angekommen, lasse ich Adoras los und balle die Hände zu Fäusten. Unkontrolliert schlage ich mit ihnen auf einen in die Wand eingelassenen gigantischen Spiegel ein. Das Glas bricht in tausend Stücke, fällt in kleineren Splittern von der Wand und landet auf dem palisanderfarbenen Parkettboden.

»Amilcar«, spricht mich Adora an. »Beruhige dich wieder.«

»Lass mich in Ruhe!«, fahre ich sie an, ziehe mein Muskelshirt aus und wickele meine pochende Hand darin ein. Das Scheißblut rinnt meine Knöchel entlang, die ich mir am Spiegel aufgerissen habe. Jetzt pocht nicht nur mein Kiefer, sondern brennen auch meine Fingerknöchel. »Caceta!« *Scheiße, verdammt.*

Aufgewühlt raufe ich mein Haar und gebe ein Knurren von mir.

»Bitte, Amilcar«, redet sie auf mich ein. »Ich weiß nicht, was vorgefallen ist, aber du machst es auf diese Art nicht besser.«

Hat sie einen Schatten? »Lass das dumme Gerede!«

Ich brauche immer einige Minuten, um mich abzureagieren. Dabei ist ihr Gequassel nicht gerade förderlich. Es sei denn, sie hat es darauf angelegt, dass ich sie zum Schweigen bringe.

Wütend stampfe ich nur in meinen schwarzen Hosen durch den Wohnbereich, der mit zwei weiß gepolsterten Ottomanen, teuren Teppichen, einem großen weißen Wandkamin und funkelnden Kronleuchtern eingerichtet ist. Ich bewege mich zu den Fenstern. Im Gehen presse ich mein Shirt enger um meine Knöchel und schließe die Augen.

»Ich will dir bloß helfen«, höre ich sie hinter mir sprechen. Mit beiden Händen stemme ich mich am Fensterglas ab, atme aufgebracht aus und ein. Murmelnd lasse ich den Kopf zwischen den Schultern sinken. *Fuck, fuck, fuck!*

Beinahe hätte ich Malady so weit gehabt. Nein, ich hatte sie so weit. Sie hätte heute Nacht mit mir geschlafen, wenn ich bloß etwas nachgeholfen hätte. Nur etwas. Sie war dermaßen scharf auf mich und jetzt habe ich es vergeigt.

Foda-sé! Verdammt! Ich muss mir etwas einfallen lassen. Denn ich will sie unbedingt hierbehalten. Dieser Kuss … Sie küsst so unglaublich gut. Wenn ich mir vorstelle, wie sich ihre vollen Lippen um meinen Schwanz schmiegen und sie ihn vor mir kniend bläst … *Denk nicht daran!*

Obwohl ich an nichts anderes denken kann. Was es auch ist, aber diese Frau will ich unbedingt in meinem Bett haben. Und wenn ich mir etwas in den Kopf gesetzt habe, bekomme ich es auch. Immer.

Aber gerade sollte ich einsehen, dass ich nichts ausrichten kann. Aus dem Grund drehe ich mit einem tödlichen Blick das Gesicht zur Seite und entdecke Adora. Sie hat auch schöne Lippen, ist zwar etwas ruhiger, weniger stürmisch und stärker als Malady. Aber im Gegensatz zu Malady ist sie hier.

»Zieh das Negligé aus«, fordere ich von ihr. Ich muss irgendwie diesen Druck, der sich zwischen meinen Rippen aufgebaut hat, ablassen. Und dabei kann sie mir helfen. Ich werde sie die halbe Nacht vögeln, wenn es sein muss, damit ich zur Ruhe komme.

Adora lächelt, während sie meiner Anweisung folgt. Sie schiebt die dünnen Träger des Negligés über die gebräunten Schultern, bevor das Kleidungsstück über ihre weiblichen Kurven rutscht. Ohne sich vor mir zu schämen oder nervös zu wirken, steigt sie aus dem Stoff, der sich um ihre Füße wallt, und streichelt über ihren Bauch, höher zu ihren Brüsten. Sie hat zwar nicht ganz so volle Brüste wie Malady und ist auch nicht so schlank wie sie, dafür besitzt sie einen runden Arsch, der mich am meisten anturnt. Den ich ständig vor mir sehen will, wenn ich sie von hinten nehme.

Ungefragt tritt sie an mich heran, als ich mich ihr zuwende. Adora ist die Tochter eines Mitglieds niederen Ranges. Ihr Vater Adelar war ein guter Untergebener, der jederzeit zurückkommen würde, wenn Júpiter ihn rufen würde. Ein Fingerschnippen würde genügen und er würde Adora an uns verkaufen. Er würde alles tun, damit Júpiter ihn wieder aufnimmt.

Ich greife nach Adoras Kinn, so wie ich vorhin Maladys umfasst habe, ziehe sie zu mir und senke das Gesicht. Ohne Reue oder Mitgefühl küsse ich sie hart und fordernd. Ich brauche gerade Ablenkung, etwas, um runterzukommen.

Je bedrängender ich sie küsse, desto mehr seufzt sie. Denn ich presse meine Finger immer fester um ihr Kinn. Mit der anderen Hand fixiere ich sie an der Mitte und führe sie rückwärtsgehend zu den Ottomanen. Sie versteht sofort, was ich will und brauche. Im Gehen öffnet sie meinen Gürtel, folgt im einstudierten Takt mit ihren Schritten meinen und lässt sich zwischen meinen Beinen gehorsam auf die Knie sinken. Ich reibe mit dem Daumen über ihre feuchten Lippen, betrachte ihr engelsgleiches unschuldiges Gesicht und greife anschließend in ihr hüftlanges Haar. Mit Schwung zerre ich es über ihren Rücken, um vollen Einblick auf ihren Körper zu haben.

Sie öffnet den Reißverschluss meiner Jeans, holt meinen halb erigierten Schwanz hervor und schaut auf. Ich umfasse meinen Schwanz, um ihn zu massieren und ihn ihr nach wenigen Augenblicken, ohne sie auffordern zu müssen, in den Mund zu schieben. Sie beugt sich über meine Hüfte herab, während ich mich schräg nach hinten auf der niedrigen Lehne der Ottomane abstütze und sie ihre Arbeit verrichten lasse.

Ihre vollen Lippen umschließen meine Härte, nehmen sie zu zwei Drittel auf und lutschen an ihm. In Gedanken blinzele ich zu den funkelnden Kristallen des Kronleuchters auf. Nur das Licht des angrenzenden Schlafzimmers erhellt durch einen Türspalt den Wohnbereich. Ansonsten liegt der Raum beinahe im Dunkeln. Was gut so ist, denn so kann ich meiner Fantasie freien Lauf lassen und mir vorstellen, dass nicht Adora meinen Schwanz bläst, sondern Malady. Und gerade will ich, dass sie es perfekt macht, mich tief in ihren Rachen stoßen lässt und schneller bewegt.

Aus dem Grund greife ich in ihr Haar und dirigiere ihren Kopf. »Noch schneller und tiefer. Nimm ihn komplett in deinen geilen Mund auf.«

Zwar höre ich Adora bereits röcheln und würgen, dennoch will ich, dass sie es richtig macht. So macht, wie ich es mir vorstelle. Wie es ein Clubgirl tun würde, das darin erfahren ist. Zwar ist Adora erst neunzehn, aber fuck, sie soll sich nicht so anstellen. Sie hat sich mir praktisch aufgedrängt.

Ich dominiere ihre Bewegungen, spanne mein Becken an und spüre, wie mein Schwanz heißer wird. Es würde Ewigkeiten dauern, bis ich komme. Sie gibt sich zwar Mühe, dennoch switchen meine Gedanken zwischen ihr und Malady unkontrollierbar hin und her.

Nach über zehn Minuten, in denen sie sich anstrengt, schiebe ich sie von mir. Erleichtert atmet sie aus und wieder ein.

»Sorry, Amilcar. Heute bin ich …«

»Du bist nicht schlecht, mach dir keine Gedanken, Schätzchen.« Ich richte mich vor ihr auf, streichele über ihre Kehle, tiefer zu ihren Brüsten hinab und massiere sie mit beiden Händen. Dabei umkreise ich mit dem Daumen in Abständen ihre Brustwarzen, die sich fest zusammenziehen. Ohne Unterlass schaue ich in ihr junges niedliches Gesicht, das kaum markante Züge aufweist. Sie hat weiche Haut, volle

Lippen, wobei ihre Oberlippe etwas schmaler ist als die Unterlippe. Eine gerade kleine Nase und diese Rehkitzaugen. Ihre perfekt gezupften Augenbrauen geben diesen weichen Gesichtszügen etwas Charakter.

Ihre Augenlider flattern, als ich ihre Brüste massiere und dann mit einer Hand zwischen ihre Beine gleite. Sie ist nicht sehr feucht, aber es wird für den Anfang genügen, sobald ich nachgeholfen habe.

Ob Malady schnell feucht wird? Ob sie feucht war, als sie über mir kniete und mich verwegen küsste? So verflucht sinnlich und verdorben. Mit Bissen und Neckereien. Verdammt, dieser Kuss war schon Sex pur. Wie wird es wohl sein, wenn sie sich nackt unter mir rekelt? Wie wird sich ihr Stöhnen anhören?

Kurz in Gedanken versunken merke ich nicht, wie Adora leise keucht, als ich mit meinen Fingern, ohne es beabsichtigt zu haben, in sie eingedrungen bin und sie fingere. Dabei massiere ich ihre Perle und sehe trotz der schwachen Lichtverhältnisse, wie ihre Wangen erröten.

»Amilcar«, seufzt sie und ihr Körper zittert etwas. Bevor sie mir abspringt und vor mir kommt, stehe ich von der Ottomane auf, lege sie vornüber auf das Polster und hebe ihren runden Arsch an. Sie kniet sich vor mich, wie ich es liebe. Ergeben, devot und so, dass ich vollen Zugang zu ihrer kleinen Pussy und ihrem Arsch habe.

Einen Moment nehme ich mir die Zeit, um durch ihre Schamlippen zu lecken. Zwar ist ihr Geschmack nicht übel, aber es gibt Pussys, die besser schmecken. Sie stöhnt genüsslich, wobei ich nicht mal ihre Klit geleckt habe. War klar, dass sie mir etwas vormacht. Ist mir egal. Ich ficke sie, danach gehe ich pennen.

Wie Malady schmeckt? *Hör auf, daran zu denken!*

Vögel Adora und dann geh schlafen – wiederhole ich meine Gedanken wie einen Befehl.

Ich massiere kurz meinen Schwanz, damit er wieder hart wird, streife einen Gummi über, stelle ein Bein neben Adoras Knien auf dem Polster ab und dringe hart in sie ein. Ein Schrei verlässt ihre Lippen, der nicht ausklingt, sondern von ihrem zusammengepressten Mund in ein Wimmern übergeht. Ich bin heute sicher nicht schonungsvoll oder zurückhaltend. Gerade will ich einfach nur diesen inneren, außer Kontrolle geratenen Zorn bändigen. Am meisten hasse ich mich dafür, es vermasselt zu haben. Malady ist keine Frau, die ich so leicht besänftigen kann. Sie lebt intensiv. Deswegen wird sie mich auch längere Zeit hassen, mich meiden wie die Pest und mit bösen Blicken strafen.

Mit einem zweiten Stoß bin ich komplett in Adora, umfasse ihre Hüfte und ignoriere ihr hohes Keuchen. Ich nehme sie mit jedem Stoß härter, sodass sich die Ottomane mitbewegt und Zentimeter für Zentimeter über den Parkettboden schabt.

Schneller. Es reicht noch nicht, um diese Wut abzuschütteln. Adora will sich mir entziehen, was ich nicht zulasse. »Halt noch etwas durch.«

Ich weiß, dass sie eher auf softeren Sex steht. Aber gerade brauche ich es hart. Adora wusste, worauf sie sich mit mir einließ, nachdem sie mich nicht in Ruhe ließ und sich mir anbot.

»Kein Problem. Ist okay«, keucht sie wimmernd. Weitere Male dringe ich verdammt tief und schnell in sie. So lange, bis endlich mein Schwanz schwerer und heißer wird, meine Hoden sich zusammenziehen und ich in den Gummi abspritze. Zur selben Zeit werde ich von einem Teil der angestauten Wut befreit, jedoch nicht komplett. Drei weitere Male dringe ich in Adoras enge Pussy, bevor ich mich aus ihr zurückziehe.

Sie bettet ihre Wange auf das Polster und atmet irgendwie erleichtert durch. Tut mir leid, dass sie für meinen Fehler herhalten musste. Aus dem Grund ist Adora längerfristig nicht dafür geeignet. Sie lässt sich zwar vögeln, aber sie hat nicht viel Freude dabei. Irgendwie kann sie sich nicht fallen lassen. Ständig ist ihr Kopf hellwach und sie denkt über alles nach, statt sich einfach hinzugeben. Egal, was ich mit ihr versucht habe. Über kurz oder lang befriedigt mich das nicht. Vielleicht braucht sie einfach einen Kerl, den sie liebt und der sie liebt, oder sie legt weniger Wert auf Sex als andere Menschen.

Wie dem auch sei, es reicht für heute Nacht … Muss es einfach. Ich schließe meine Hose wieder, nachdem ich das Kondom losgeworden bin, um mich anschließend am halbrunden Bartisch zu bedienen. Zwischen meinen sieben Spirituosen wähle ich den Wodka. Ein Drink geht immer. Ich kippe mir den puren Wodka in das geschliffene Kristallglas und exe es. Kurz schüttelt es mich.

»Möchtest du auch einen Drink?«, biete ich

Adora an, die ihr Negligé wieder überstreift und danach ihr Haar zusammenbindet.

»Nein. Ich mag keinen Alkohol, das weißt du.«

Ja, richtig, sie mag nichts, was Spaß macht. Warum ist sie also hier? Nur weil es ihr Vater befohlen hat? Mach dich an den Bruder des Bosses ran, gewinne ihn für dich und du wirst irgendwann aufsteigen, wenn unser Boss wieder zurück ist. Möglicherweise heiratest du in die Familie ein. Solch ein Gefasel kann ich mir gut vorstellen.

Aber was soll ich mit einer Frau, der es an Leidenschaft, Stolz und Mut fehlt? Diese Familie ist reich, aber braucht starke Personen, von denen sie geführt wird, keine Duckmäuschen wie sie. Aus dem Grund wird Adora immer Untergebene bleiben, weil sie nicht das Zeug hat, das Sagen zu übernehmen.

»Geh ruhig ins Bad, falls du eine Dusche nehmen willst«, lasse ich sie wissen, weil sie wie bestellt und nicht abgeholt im Raum steht und zur Badezimmertür blickt.

»Danke. Mache ich.«

Danke, danke, danke. Wie höflich kann man sein? Nichts gegen Adora, sie ist einfach nur gut erzogen und hilfsbereit, aber ein leichtes Opfer.

Ich genehmige mir noch einen Drink.

Wenn schon, denn schon.

11

MALADY

In Rage reiße ich die weißen Flügeltüren des Ankleideraums auf. Reiße so fest an ihnen, dass ich sie beinahe aus den Schanieren hebe. Wenn die Kinder nicht schlafen würden, hätte ich sogar die Tür hinter mir zugeknallt. So viel angestaute Wut hatte ich lange nicht mehr in mir, da ich bisher nie so behandelt und verletzt wurde.

Wieso macht er das? Was hat er davon? Will er mich demütigen? Oder reizt ihn die Vorstellung, ein Preisgeld von 20.000 Euro einzukassieren und mich zugleich vögeln zu können?

Was bildet sich dieser Blödmann ein! Klaut mir

erst meinen halben Joint, labert etwas über die traurige Vergangenheit dieser kranken Familie, um mein Mitleid zu gewinnen, küsst mich anschließend und lässt dann protzig vor seinem Bruder verlauten, wie leicht es war, mich rumzukriegen! Als ob ich jetzt noch diese Verträge unterschreiben würde! Im Leben nicht! Was ein Riesenarsch!

Er war verdammt gut, das muss ich ihm lassen. Denn alles wirkte authentisch und nicht gespielt. Aber es reicht! Ich bin heilfroh, dass ich jetzt von dieser Wette erfahren habe, bevor ich nicht mehr von dem Vertrag zurücktreten kann und für zwölf Monate an dieses Teufelshaus gefesselt bin.

Mit so viel Wut im Bauch räume ich die Regalbretter leer, werfe alle Kleidungsstücke kreuz und quer in den geöffneten Koffer und stoße mir dabei den Kopf an einem Brett. Vor Schmerz fluche ich: »Scheißdreck! Muss das sein!«

Während ich mir die Stirn reibe, laufe ich zurück in das Badezimmer, um meine Kosmetikartikel einzusammeln. Jedoch komme ich nicht weit, da Senhor Almeida vor der Tür des Ankleidezimmers steht und meine stürmische Aktion stillschweigend beobachtet. Seine Gesichtszüge sind gefasst, auch wenn in seinem Blick Ärger und Reue zu gleichen Teilen zu erkennen sind.

»Was soll das hier werden, Malady?«

Was für eine dumme Frage. Dabei hielt ich ihn für einen studierten, intelligenten und belesenen Menschen.

»Ich packe und reise ab«, antworte ich kurz angebunden, schiebe mich schnell an ihm vorbei und betrete das Badezimmer in meinem knappen weißen Seidenpyjama. Eilig öffne ich den Kosmetikkoffer, stopfe meine Mascara, Lidschatten, Make-up und Tagescreme hinein. Wie ein Wiesel husche ich zur Dusche und Wanne, um die restlichen Produkte auf den Arm zu stapeln und zum Koffer zu tragen.

Er steht da wie ein unerbittliches Monument. Blöderweise steht er mitten in der Badezimmertür.

»Tut mir leid, Malady, aber das kommt nicht infrage.«

»Wieso nicht? Ich gebe das Geld zurück, rufe ein Taxi und tschüss. Was soll daran nicht gehen? Ich lasse mich nicht verarschen. Nicht nur, dass dieses Haus einfach nur höllisch unheimlich ist und Mörder gleich um die Ecke wohnen, werde ich als Wettobjekt eingesetzt. Das ist … So etwas hat nie zuvor jemand mit mir gemacht.«

Die pure Demütigung bricht wieder bitter in mir hervor. Ich will nicht länger an diesem Ort bleiben.

Er wird mich nicht umstimmen können, egal, was er unternimmt! Besser wäre es, er würde mir nicht länger wie eine Litfaßsäule im Weg stehen.

Ich gehe mit dem vollgestapelten Arm und dem Kosmetikkoffer in der Hand zur Tür und will mich an ihm vorbeischieben. Er ist schneller und hebt seine rechte Hand zum Türrahmen, um mir den Weg zu versperren. Sein düsterer Blick sucht meinen, dem ich ausweiche.

»Du kannst nicht gehen, nicht jetzt. Es ist mitten in der Nacht. Kein Taxi wird dich von hier abholen.«

Dann laufe ich, ist mir egal.

»Keine Sorge, das ist mein Problem.« Ich will

mich unter seinem Arm wegducken, als er die Hand am Türrahmen tiefer rutschen lässt. Mehrmals betreibt er dieses alberne Spiel mit mir, ohne mich anzufassen.

»Ich kann mich zwar nur für die Aktion meines Bruders entschuldigen, aber überleg genau, was du machst. Verzichte meinetwegen auf den Zweitvertrag und arbeite weiterhin als Au-Pair für mich. Du hast deinen Job bisher besser als alle anderen ausgeführt. Ich will dich ungern gehen lassen, weil mein Bruder es vermasselt hat und dieser Spaß nach hinten losgegangen ist.«

»Sie sind doch genauso daran beteiligt gewesen. Er hat die Wette mit Ihnen abgeschlossen. Wenn er darum gewettet hat, dass ich bleibe, müssen Sie dagegen gewettet haben. Somit wollten Sie, dass ich gehe. Also wieso juckt es Sie, wenn ich jetzt die Koffer packe?«

»Weil es am Anfang war, Malady! Wir hatten ganz andere Voraussetzungen. Zu Beginn dachte Amilcar, du würdest nicht einmal eine Woche durchhalten.«

»Dann – Applaus – sind es statt sieben Tagen neun geworden. Ich bin ja ein richtiger Glückspilz, es so lange durchgehalten zu haben.« Flink husche ich unter seinem Arm hindurch, um ihm zu entkommen und meine Sachen auf dem Arm im Koffer abzulegen.

»Könntest du aufhören, so zynisch zu sein!«, wird er lauter.

»Duzen Sie mich nicht! Verdammt. Ich kann sehr wohl zynisch sein. Sie wären es ebenfalls an meiner

Stelle.« Vor dem Koffer gehe ich in die Hocke und sortiere alles etwas um.

»Nenn mich Júpiter.«

»Nein. Sie waren mein Boss und wir sind nicht befreundet. Ich will Sie wie Ihren Bruder schnellstens vergessen. Es gibt andere Familien, die Au-Pairs nicht wie Dreck behandeln und die ihnen kein Sexangebot unterbreiten.«

»Tu doch nicht so, als wäre dir das fremd. Du hast in einem Nachtclub gearbeitet, und das freiwillig. Wenn man den Bewertungen glauben kann, warst du die Beste in dem Club, den …«

»Hören Sie auf!«, fahre ich ihn an, erhebe mich und gehe auf ihn zu. »Die Männer dort waren anders. Sie waren ehrlich und freundlich.«

Nun dreht er das Gesicht zur Seite und schnaubt abfällig. »Tut mir leid, dass ich mich gerade so verhalte, aber ernsthaft. Glaubst du wirklich, was du da sagst? Sie waren freundlich, weil sie was von dir wollten.«

Er hat ja recht, das war ein Scheißvergleich. »Zumindest seid ihr unfreundlich und wollt auch was von mir. Lieber sage ich jetzt Nein, als mich zwölf Monate zu verpflichten und verarschen zu lassen. Dann nehme ich lieber die Männer, die tun, als wären sie freundlich!«

Von meinen Worten wirkt er sprachlos, fährt sich über das Gesicht und scheint nicht zu wissen, ob er lachen oder beleidigt sein soll.

»Hier … Wir sind fertig miteinander.« Ich werfe ihm die dreitausend Euro vor die Füße. Diese Geste scheint er jedoch nicht witzig zu finden. Sein Blick ist mörderisch, als hätte ich ihn zutiefst beleidigt. Fühlt sich mies an, ich weiß. Dann weiß er, wie es gerade in mir aussieht. Wieder wende ich mich dem Koffer zu, um ihn zu schließen.

»So amüsant dein netter Auftritt auch ist, er imponiert mir nicht im Geringsten. Hättest du diesen Vertrag unterzeichnet, würde ich dir keine Minute Zeit geben, dich so aufzuspielen.«

»Schade, dass es nicht so gekommen ist. Ich spiele mich nicht auf!«, schreie ich ihn an.

»Doch!«, brüllt er zurück. »Du benimmst dich wie ein trotziges Kind. Statt die Angelegenheit sachlich und vernünftig zu klären, willst du alles in einer Kurzschlussreaktion hinwerfen. Ja, es war ein Fehler von Amilcar, eine Wette abgeschlossen zu haben. Ja, wir haben dich anfangs falsch eingeschätzt und ja, zur Hölle, Amilcar hätte damit nicht im Gang prahlen sollen, aber sei dir sicher, dass diese Wette vor dem Zweitvertrag entstand. Er schlug es, keine zehn Minuten nachdem du angekommen bist, vor. In der Zwischenzeit hat sich viel geändert. Ich brauche dich hier. Wenn du den …« Abrupt halte ich in meiner Bewegung inne, da es die meisten Worte am Stück sind, die er je mit mir gesprochen hat, und sie ehrlich klingen. »Wenn du den Zweitvertrag nicht unterschreiben willst, ist das dein gutes Recht. Aber bleib als Au-Pair. Meide meinetwegen Amilcar, beleidige ihn oder mach ihm das Leben zur Hölle, doch bleib für Quino und Almira. Ich hab gesehen, wie sie seit Langem wieder lächeln und wie sehr ich sie vernachlässigt habe.«

Fleht er mich gerade an? Er? So hätte ich ihn

nicht eingeschätzt. Ich dachte, er wäre unerbittlich, stur und würde schnell Ersatz suchen. Allerdings weiß er zu genau, dass er mich mit Strenge in Rekordzeit aus dem Haus jagen würde. Das scheint er zu wissen. Denn er droht mir nicht.

Langsam drehe ich den Kopf über die Schulter. Meine Blicke wandern über seine schwarze Anzughose, höher zu seinem halb offenen Hemd, unter dem ich gebräunte bronzefarbene Haut und definierte Brustmuskeln erkenne. Seine Halssehnen stechen etwas hervor, seine Schultern wirken – anders als sonst – leicht gesenkt. Sein nachtschwarzes Haar steht ab der oberen Hälfte zerwühlt ab. Einige Strähnen sind sogar in seine Stirn gefallen. Er wirkt zum ersten Mal, seit ich ihn kenne, irgendwie … verzweifelt. *Und wenn es auch nur ein Trick ist?*

Anfangs ging es darum, dass *ich* die Probezeit bestehe. Jetzt scheint es darum zu gehen, ob ich sie überhaupt bestehen *will.*

»Stimmt es, was Amilcar gesagt hat?«, frage ich ihn ruhig und distanziert. Legen wir alle Karten auf den Tisch. Ich muss wissen, ob er mich nicht belogen hat. »Dass … man Ihre Frau Raica geköpft auf einem Feld im Süden Madeiras fand?«

Als er meine schonungslose Frage hört, mit der er nicht gerechnet hat und die absolut unbarmherzig auf ihn einprasselt, spannt sich sein Unterkiefer an. Seine Narbe, die über sein Kinn verläuft, sieht noch gefährlicher im Licht der Ankleide aus als sonst.

»Ja, es stimmt.«

Zu mir selbst nickend senke ich das Gesicht. Gerade komme ich mir ziemlich mies vor, ihn danach gefragt zu haben.

»Amilcar wird dich niemals belügen. Er lässt nur gern Details aus.«

Ja, habe ich gemerkt. »Er hat sehr viel ausgelassen«, wispere ich und drehe mich wieder dem Kofferinhalt zu. »Ich habe keine Ahnung, wer Sie sind, was hier früher alles passiert ist, wie Ihre Frau so furchtbar aufgefunden werden konnte, wieso die Nachbarn mich so hasserfüllt angesehen haben, als ich den Namen dieser Quinta aussprach. Und genau das ist mir unheimlich. Es tut mir wirklich sehr leid für die Kinder, aber ich kann nicht bleiben. Mir ist das alles zu …«

»Ich mache es ungern, Malady, wirklich sehr ungern, aber …« *Was meint er?* »Denk an deinen jüngeren Bruder. Du würdest nie wieder solch eine Chance bekommen.«

Er bringt wirklich meinen Bruder ins Spiel? Wieso weiß er so viel über mich? Sofort springe ich auf die Füße und will auf ihn zustürmen. Bevor ich ihn erreiche, breitet er die Arme aus. »Du bleibst hier und gehst nicht weg.«

»Das haben Sie nicht zu entscheiden!«

»Doch, im Moment könnte ich dich hier einsperren und rauslassen, wenn du dich beruhigt hast. Du lässt dich viel zu sehr von deinen Gefühlen lenken, statt das Wesentliche zu sehen. Wir haben dich nicht belogen. Wir haben dir aus gewissen Gründen nicht alles erzählt.«

»Ist praktisch dasselbe.« Ich stoße mit der Schulter gegen seine Brust, um mich an ihm vorbeizuschieben, doch er weicht keinen Millimeter zurück.

»Ist es nicht. Glaubst du, ich will jedem Neuankömmling unter die Nase reiben, dass ich der Präsident der Regionalregierung Madeiras war?«

Jetzt setzt es bei mir aus. Der was?

»Freu dich nicht zu früh, Malady, der bin ich nicht mehr, nachdem – nennen wir es – der Vorfall vor vier Jahren eingetreten ist, den ich den Cardoso zu verdanken habe.« Den Familiennamen spuckt er aus, als läge ihm ein ekelhaftes Haar auf der Zunge.

Nun ja, jetzt erklärt sich mir ein Teil. Was Amilcar damit meinte, als er davon sprach, dass sein Bruder wieder an Stärke zurückgewinnen soll. Senhor Almeida scheint ein echt hohes Tier gewesen zu sein.

»Was war das für ein Vorfall?«, hake ich nach. Ich will alles wissen, nicht bloß Häppchen vorgeworfen bekommen.

Es muss etwas Furchtbares passiert sein, wenn seine Karriere vor vier Jahren zum Stillstand kam. Seine Frau wurde schließlich erst vor knapp zehn Monaten ermordet aufgefunden.

»Das, Malady.« Vor mir geht er geschmeidig auf die Knie, während ich auf dem flauschigen hellen Teppich hocke. »Verrate ich dir nur, wenn du hierbleibst.«

Ein berechenbares Funkeln, das ich nie zuvor gesehen habe, tritt in seine durch und durch verboten schwarzen Iriden. Ganz sicher ist es etwas Düsteres. Etwas so Gefährliches oder Böses, über das man lieber schweigt, als es weiterzuerzählen.

Zum ersten Mal hebt er die Finger zu meinem Gesicht. Er streckt sie zu meinem Kinn aus, das er umfassen will. Ich halte die Luft an und weiche wenige Zentimeter zurück. Dabei rutschen lange Haarsträhnen über meine Schultern nach vorn.

Kurz bevor er mein Kinn erreicht hat, senkt er seine Hand. Für Außenstehende dürfte es aussehen, als würde er mir wie einem eingeschüchterten Tier etwas zu fressen hinhalten.

Ich schlucke hart und weiche seinem Blick aus, der sich bis tief in meine Seele gegraben hat. Bisher konnte mich niemand so ansehen, dass ich im selben Moment geglaubt habe, mein Innerstes läge blank und nackt vor ihm.

»Ich –«, setze ich an.

»Du brauchst das Geld für deinen kranken Bruder. Ich könnte sogar dabei helfen, dass er vorgezogen wird und die Behandlung eher erhält, bevor du das Au-Pair-Jahr beendet hast.«

So bitternötig braucht er meine Hilfe?

»Sei nicht dumm, Malady, du hast dich mittlerweile eingelebt, magst meine Kinder und warst nie abgeneigt, die beiden Verträge zu unterzeichnen.« Bis Amilcar die Bombe platzen ließ.

»Wenn du Hilfe in der Küche brauchst oder ein Gärtner euer Poolprojekt unterstützen soll, musst du es mir nur sagen.«

In seinem wirklich gut gespielten, freundlichen Blick kann ich versteckt ablesen, dass es seinen Preis hat.

»Das Poolprojekt gehört den Kindern und mir. Wenn er gesäubert ist, die Filteranlagen funktionieren und er mit frischem Wasser befüllt wurde, dürfen Sie am Beckenrand zusehen, wie wir darin schwimmen.«

»Wenn … bedeutet …?« Mit einem charismatischen Lächeln hebt er die linke Braue.

»Ich möchte zuvor drei Sachen wissen. Drei.«

»Gut, welche?« Vor mir erhebt er sich, während ich die Beine nach vorn drehe, um bequemer zu sitzen. Ich halte ihm den Zeigefinger entgegen.

»Was für Spiele plant ihr? Welche Vorlieben sind genau gemeint?« Es gibt Dinge, da steige ich aus.

Er greift sich in den Nacken, um ihn zu massieren. Einen winzigen Augenblick sieht es aus, als hätte er meine Frage nicht gehört.

»So, wie es im Vertrag steht, Malady. Wir werden das ausleben, wonach uns ist. Es gibt keine Tabus. Du hast die Möglichkeit, ein Veto einzulegen, damit wir wissen, dass es dir nicht gefällt, was wir tun. Aber letztendlich entscheiden Amilcar und ich gemeinsam, ob wir fortführen, was wir begonnen haben, ganz egal, ob du gerade keine Lust hast, dich unwohl fühlst, etwas anderes geplant hast oder sauer auf uns bist.« Das sind deutliche Worte. Seine Augen umgeben strenge Fältchen. »Uns liegt nichts daran, dich zu entwürdigen, zu foltern, zu brechen oder zu missbrauchen.«

»Okay …« Zwar hört sich alles noch etwas vage an, aber damit kann ich leben. Sie wollen Sessions, und zwar richtige. Fesslungen, Machtspielchen, absolute Hingabe und die Kontrolle über meinen Körper. Bisher gab es nur einen Mann, mit dem ich das gemacht habe. Allerdings kannte ich ihn ein Jahr lang.

Trotzdem war es das berauschendste Erlebnis meines Lebens. Denn obwohl sie einem alles nehmen, geben sie einem so viel zurück.

»Zweitens.« Ich strecke meinen Mittelfinger in die Höhe.

»Bedeutet, du akzeptierst meine Antwort auf deine Frage?«

Ich nicke, woraufhin er zwischen geöffneten Lippen Luft holt und sogar irgendwie glücklich aussieht. »Ich wusste, du würdest nicht zurückschrecken wie viele andere.«

»Zweitens«, unterbreche ich seine Euphorie. »Ich will die nächsten zwei Tage freihaben.«

»Wieso?«

»Um Amilcar aus dem Weg zu gehen. Ich unterzeichne die Verträge erst am dreizehnten Tag. Wenn irgendwas passieren sollte, egal was, bin ich endgültig weg.«

»Ich werde dafür sorgen, dass er sich benimmt. Die zwei Tage räume ich dir ein. Es wird das letzte Mal gewesen sein, dass ich diesen Sonderwünschen zustimme. Vergiss das nicht.«

»Nein, ist mir bewusst.«

»Gut. Und drittens?«

»Drittens, wenn Sie mit meiner Leistung zufrieden sind, dann überweisen Sie das Geld auf ein Konto und vereinbaren einen Termin bei dem Arzt in der Schweiz. Er ist sehr gefragt und teuer. Ich würde es ja selbst machen, aber sie wollen nur mit den Erziehungsberechtigten sprechen. Wenn ich meine Eltern frage, ob sie anrufen könnten, da ich das Geld aufbringen kann, würden sie wissen wollen, woher ich es habe. Ich möchte eher eine Spendenaktion oder so draus machen, damit …«

Ich schlucke hart.

»Sie nicht herausfinden, dass du dafür mit uns Zeit verbringst. Kommt mir sehr entgegen. Versprochen. In zwölf Wochen, wenn ich sehe, dass es zwischen uns funktioniert und du nicht doch flüchtest, rufe ich bei dem Arzt an und vereinbare einen Termin.«

Für einen Mann in seiner Position dürfte es kein Problem sein, auch wenn er nicht mehr der Präsident der Blumeninsel ist. Er war es. Und der Titel reicht, um eine Sonderbehandlung zu genießen. Hoffe ich zumindest.

»Okay, das war alles.«

»Freut mich. Dann sammel das Geld auf, verwahre es sicher und geh ins Bett. Du siehst vollkommen übermüdet aus.«

Aye, Sir. Ich verdrehe heimlich die Augen, als ich die grünen und goldenen Scheine einsammele. Einer liegt direkt zwischen seinen Füßen, sodass ich auf allen vieren die Hand ausstrecke. Als ich aufsehe, grinst er mich kopfschüttelnd an. »Wir werden eine Menge Spaß haben. Ab sofort nennst du mich beim Vornamen, es sei denn, ich befehle dir, mich zu siezen.«

»Verstanden.«

»Verstanden, Júpiter. Sprich es aus.«

»Noch habe ich den Vertrag nicht unterzeichnet.« Er tritt auf die Geldnote, die ich einsammeln will. »Sag es.«

»Verstanden, Júpiter«, murmele ich.

»Lauter.«

Um mir mein Lachen zu verkneifen, schaue ich zu den leeren Regalfächern. *Mann, er steht echt drauf, den Ton anzugeben.* Dabei habe ich einige Männer kennengelernt, die gern in ihrer Freizeit die Kontrolle abgeben. Ich befürchte, bei ihm wird das nicht der Fall sein.

»Verstanden, Júpiter«, bringe ich klar und deutlich über die Lippen. Nun gibt er den Geldschein mit seinem Schuh frei und setzt zwei Schritte zurück.

»Sehr gut. In drei Tagen geht es los. Studiere am besten schon deine gehorsamen Antworten vor dem Spiegel«, amüsiert er sich über mich.

»Dann benutz du einen Kamm«, rutscht es mir raus. Sofort dreht er sich zu mir um, besieht mich mit einem harten Blick, der mich in den Boden rammen soll. Seine rechte Hand zuckt, aber er weiß, dass er nichts ausrichten kann.

»Genieß es, solange du kannst.«

Ich schenke ihm einen Blick, in dem steht: Werde ich. Jede Sekunde.

Als er gegangen ist, schwirrt mir der Kopf. Ich lehne mich mit dem Rücken gegen den rechten Schrank und lege den Kopf in den Nacken. »Gott, warum habe ich nachgegeben? Wie konnte das passieren?«

»Geh schlafen, Malady«, höre ich ihn vom Gang zu mir rufen.

Mir das Hirn zermartern wird nichts bringen. Ich will es. Vor allem will ich Amilcar für diese Wette bluten lassen. Er kann ruhig leiden. Schade nur, dass ich den Moment verpasst habe, um zu erfahren, was vor vier Jahren passiert ist.

Er wollte es mir sagen, sobald ich mich abreagiert habe.

Jetzt ist es zu spät.

MALADY

Meine freien Tage werde ich dafür nutzen, Madeira zu erkunden. Für gewöhnlich stehe ich jeden Morgen um 6.30 Uhr auf, um vor den Kindern wach zu sein, mit ihnen zu frühstücken, sie anzuziehen, danach Quino zur Schule zu fahren, die in einem fünfzehn Kilometer entfernten Nachbarort liegt, und Almira im Kindergarten abzugeben.

Heute kann ich zum ersten Mal ausschlafen. Zumindest dachte ich das. Meine innere Uhr hat etwas gegen meinen Faulenzertag. Denn Schlag 6.30 Uhr bin ich hellwach und kann nicht mehr einschlafen.

Dabei war ich gestern Nacht bis kurz nach drei Uhr auf. Solch ein Mist.

Grummelnd beiße ich ins Kopfkissen und rolle mich auf die Seite. *Schlaf wieder ein, schlaf wenigstens bis neun Uhr. Bitte ...* Aber es hilft nichts. Unten höre ich Reifen über Kies fahren. Ein Auto nähert sich. Wetten, Júpiter hat Soraia herzitiert, damit sie sich um die Kinder kümmert? Denn heute ist Samstag. Nun bin ich fast zwei Wochen auf dieser Insel. Die Zeit ist wie im Fluge vergangen, was ich anfangs kaum für möglich gehalten hätte.

Wenn ich schon mal wach bin, kann ich die Zeit wenigstens nutzen, um mit meiner Familie zu facetimen. Die letzten Tage war es durch die Zeitverschiebung kaum mit der Kinderbetreuung vereinbar. Hatte ich Feierabend, schliefen meine Eltern noch.

Ich strecke die Hand zum Nachttisch. Ohne hinzusehen, taste ich nach dem runden Messingknauf und ziehe die Schublade auf. In ihr wühle ich nach dem iPad, das unter meinem Notizbuch und dem Roman liegt. Mit dem neusten Buch von Sky Silverclark »Blutrote Begierde« werde ich es mir später im Garten gemütlich machen oder ich suche die Bucht unterhalb der Klippe auf. Das klingt nach einem super Plan.

Als ich mein iPad ins Bett gehoben habe, richte ich mich am Kopfteil auf und tippe den Kontakt meiner Eltern an. Bei ihnen ist es gerade spätabends. Um genau zu sein, kurz vor Mitternacht. Wie ich meinen Vater kenne, brütet er um diese Zeit über irgendwelchen Bestelllisten für das Café oder genehmigt sich mit meiner Mutter im Arm einen Film. Es dauert eine Weile, bis mein Facetime-Anruf angenommen und die Verbindung aufgebaut wird.

»Ich sprach gerade noch von dir, verrücktes Huhn«, höre ich die Stimme meines Vaters, bevor ich ihn zu Gesicht bekomme. Flüchtig fahre ich durch mein zerwühltes Haar und glätte es mit den Händen.

»Aus dem Grund bin ich an meinem freien Tag schon kurz vor sieben Uhr wach«, antworte ich müde lächelnd.

»Oh, du hast dein erstes freies Wochenende. Sind wilde Saufgelage und Lagerfeuer am Strand geplant?« Nun erkenne ich das große Gesicht meines Vaters. Da der Raum, in dem er sich befindet, im Dunkeln liegt, wird sein Gesicht vom Display angestrahlt und spiegelt sich in seiner Brille wider. Schmunzelnd streicht er sich über seinen Bart.

»Nein, aktuell stehen keine Partys an. Wobei …« Ich könnte heute Nacht ausgehen. Es spräche nichts dagegen.

»Hast du keine Freunde kennengelernt? Liegt das Haus so abgeschieden?«

»Ja, sehr abgeschieden. Es ist schon eine Katastrophe, ein Taxi zu bestellen. Ich werde heute die Insel erkunden und euch später Fotos schicken. Und wer weiß, vielleicht bleibe ich bis abends weg.«

»Treib es nicht zu wild, damit deine Gastfamilie keinen schlechten Eindruck von dir bekommt.«

Ich senke den Blick und verdrehe gespielt genervt die Augen. Wenn jemand einen schlechten Eindruck von jemand anderem bekommt, dann wohl ich von den Almeidas.

»Keine Sorge, ich bin anständig. Aber …« Ich

beuge mich zum Display vor und flüstere: »Das Gras war spitze.«

»Gras?«, höre ich die Stimme meiner Mutter im Hintergrund.

»Du hast dich verhört, Mary.« Er deutet mir an, nicht weiter darüber zu reden, obwohl er längst weiß, dass sie gleich angerauscht kommt. Mein Vater liebt es, meine Mum aufzuziehen, wann immer er kann.

»Sag nicht, du hast ihr was mitgegeben. Sie hätte deswegen am Flughafen verhaftet werden können.«

»Ist ja nicht passiert. Alles halb so wild. Wo willst du später genau hin, Mal?«

»In die Hauptstadt. In Santa Cruz ist wenigstens was los. Die Einsamkeit ist zwar nicht schlecht, aber irgendwie vermisse ich das Stadtleben. Später werde ich mich an den Strand legen und ein Buch lesen.«

Meine Mutter schaut über die Schulter meines Vaters und umfasst sein schwarzes T-Shirt.

»Du hast frei?«, fragt sie.

»Das mit dem Gras hast du wahrscheinlich bis aufs Klo gehört, dass sie freihat, nicht.«

»Sei nicht albern. Ich war in der Küche beschäftigt und hab den Geschirrspüler angestellt. Darum solltest du dich kümmern und hast es vergessen.«

Es tut gut, beide wiederzusehen und so zu erleben, wie ich sie vor zwei Wochen verlassen habe. Aber irgendwie sieht meine Mutter abgeschlagener aus als sonst. Das blauweiße Displaylicht offenbart jede Sorgenfalte in ihrem weichen Gesicht. Mascara ist etwas um ihre Augen verschmiert, einige blonde Strähnen stehen von ihrer Stirn ab, als wäre sie gerade aufgestanden.

»Ich hätte es noch gemacht. Willst du eigentlich Mal sagen, was wir uns überlegt haben, oder soll ich?« Erwartungsvoll schaut er zu ihr.

»Dein Dad kam auf die Idee, dich in drei Monaten zu besuchen. Der Sommer soll sehr schön auf Madeira sein. Wir haben schon nach günstigen Hotels gesucht.« *Sie haben was?*

Auch wenn ich meine Augen vor Freude weite, da ich kein Jahr lang verbringen müsste, bis ich sie wiedersehe, trübt der Gedanke, ihnen dieses Anwesen zu zeigen, meine Stimmung. Sie müssen dieses Haus, die Männer und die Gegend ja nicht kennenlernen. Aber sie würden wissen wollen, wo ich lebe. Ihre Neugierde würde irgendwann überwiegen, und dann würden sie sehen, wo ich wirklich untergekommen bin.

»Das ist eine fabelhafte Idee. Das wäre so toll. Aber ...« Ich reibe die Lippen aufeinander und blinzele. »Wollt ihr das Geld nicht lieber für Wayne aufheben?«

Mein Vater senkt den Blick, hebt die buschigen silbergrauen Brauen und kratzt sich an der Schläfe, während meine Mutter seufzt. »Er will nicht, dass wir dich nicht besuchen. Aktuell weiß er überhaupt nicht, was er will. Mal redet er von letzten Wünschen, dann will er sofort nach Hause. Die Chemo macht ihm sehr zu schaffen. Er sprach auch davon, dass er dich besuchen will. Delton hat versucht, es ihm auszureden, mehrmals. Doch Wayne will es nicht verstehen.«

Weil Delton immer mit seinem Fachwissen als Arzt rumblubbert und nicht sieht, was der Patient will. »Ihr müsst es ja nicht sofort entscheiden. Mir wäre es lieber, wenn ihr das Geld sparen würdet. Vielleicht kann ich für ein paar Tage nach Nashville reisen und euch besuchen. Urlaub steht mir zu, somit wäre das auch eine Möglichkeit.«

Fragt sich bloß, ob Júpiter und Amilcar das genehmigen. Auf die Idee bin ich blöderweise zuvor nicht gekommen.

»Ja, ja … lass uns das in Ruhe überlegen. Grüß mir die nette Familie. Sie sollen dich ja gut behandeln«, sagt meine Mum und küsst das Display.

»Falls nicht, komm ich rum«, fügt mein Dad grummelnd hinzu, sodass ich lachen muss. »Ich muss jetzt den Geschirrspüler anstellen, Mal. Außerdem gehts früh aus den Federn. Eine *Semmel* vom Gesundheitsamt kommt ins Café.«

Mein Vater nennt seit Jahren jeden Angestellten einer Behörde eine Semmel.

»Ruf an, wenn du später Zeit hast. Falls wir den Anruf verpassen, rufen wir zurück«, sagt meine Mum hinter meinem Dad stehend und lächelt warmherzig. Die Tränen, die in ihren Augenwinkeln schimmern, sorgen dafür, dass ich ebenfalls gleich weinen muss.

»Grüßt mir die anderen, Delton, Ilynoi, Sory, Marvel, Wayne, okay?«

»Jeden Einzelnen. Schick die Bilder von der Insel in den Gruppenchat. Dann sieht sie Wayne auch im Krankenhaus.«

»Mache ich. Ich habe euch lieb und vermisse euch.«

»Wir vermissen dich auch, mein Baby. Aber wir denken in jeder Minute an dich. Pass auf dich auf.«

Nachdem ich mich von ihnen verabschiedet habe, starre ich dem finsteren Display entgegen.

Wayne will wieder aufgeben und alles hinwerfen … Aus dem Grund sah meine Mum so mitgenommen aus. Es ist nicht bloß ein Kampf mit dem Tumor, sondern auch einer um Waynes Stimmungsschwankungen. Er ist seit den Chemos so unausgeglichen, mal müde und abgeschlagen, am nächsten Tag deprimiert, am übernächsten so am Boden, dass er alles beenden will. Er hält die Chemo für schlimmer als den Tumor, der ihn von innen auffrisst.

Außerdem stehen die Erfolgschancen schlecht und das weiß Wayne. Daher kann ich verstehen, dass er lieber seine restliche Zeit ohne diese Quälerei verbringen will, als ständig mit Übelkeit, Erbrechen, Haarausfall und Schwächeanfällen leben zu müssen.

Ein Klopfen an meiner Schlafzimmertür reißt mich aus meinen Gedanken.

»Ich hab gehört, dass du wach bist und telefonierst. Also dachte ich, ich schau vorbei und bring dir was mit.« *Amilcar. Er hat echt Nerven, aufzukreuzen!*

»Verzieh dich!«

Da ich meine Schlafzimmertür gestern Nacht nicht wie sonst abgeschlossen habe, senkt sich die Klinke und Amilcar steht mit einem Tablett auf der Hand in der Tür. Er schaut von der Kaffeetasse, deren Inhalt fast überschwappt, zu meinem verheulten Gesicht.

Scheißtiming.

»Was ist passiert?« Kurz sieht er aus, als würde er

das komplette Tablett fallen lassen, um zu mir ans Bett zu sprinten.

»Spar dir deine Anteilnahme. Die Nummer zieht nicht mehr. Geh einfach aus meinem Zimmer.«

»Aber … Ich habe dir etwas mitgebracht und dir sogar deinen Bagel getoastet und fett mit Frischkäse bestrichen. So wie du es magst. Und Grünzeug aufgetrieben.« Er deutet auf eine mickrige Magritte.

Ich schenke ihm einen Blick, in dem steht: *Ernsthaft und deswegen ist alles vergessen?*

Wobei ich leider nicht lange nachtragend sein kann. Die Geste ist wirklich nett. Das würde nicht jeder tun.

»Stell es dort drüben auf dem Tisch ab.« Ich deute auf den Schreibtisch, auf dem immer noch die Verträge liegen.

»Klaro.«

»Origada«, nuschele ich. Anstatt zu gehen, zieht er den royalblau gepolsterten Stuhl vom Schreibtisch an mein Bett und platziert sich direkt vor mir. Eingeschnappt zerre ich die Decke über meinen Kopf. »Ich hab heute frei, hat dir das dein Bruder nicht gesagt?«

»Er ist noch in seinen Räumen. Seit gestern Nacht hab ich ihn nicht gesehen. Hast du mit ihm gesprochen?«

»Frag ihn. Ich bin nicht die Auskunft.«

Er stöhnt gequält. »Dann mache ich das. Iss etwas, okay?«

Als Antwort erhält er meine Hand, die ich zur Faust geballt in die Luft strecke, um dann den Mittelfinger zu heben. Hoffentlich checkt er, dass ich noch nicht für eine Aussprache bereit bin.

»Muss das sein?«, stöhnt er genervt.

»Das habe ich mich gestern Nacht auch gefragt. Komm mit einer schriftlichen Entschuldigung wieder, dann reden wir weiter.«

»Du kannst ein echt fies Miststück sein.«

»Und du ein rücksichtsloser, selbstverliebter Arsch.«

»Wenn du eine Scheißentschuldigung brauchst, bekommst du eine. Später … ich muss erst mal zu einem Termin.«

»Schön für dich.«

»Was bist du für eine Kratzbürste.«

Ich reiße die Decke von meinem Körper. »Statt einer Entschuldigung wirfst du mir weitere Beleidigungen an den Kopf. Hoffst du, dass sich so etwas ändert? Geh einfach, Amilcar.«

»Ist das ein Frauending? Wenn ich gehe, wirst du noch böser auf mich, oder meinst du es ernst?« *Mir reichts.* Ich schnappe ein Kissen und werfe es ihm an den Kopf. Bevor es auf den Boden fällt, fängt er es auf und wirft es auf mich.

»Schon gut, verstanden. Dann geh ich. Nächstes Mal bekommst du kein Frühstück mehr von mir. Das war das letzte Mal.«

Jetzt wirkt er plötzlich angegriffen.

»Es hat dich auch niemand darum gebeten, mir Frühstück zu bringen.« Okay, das war unfair.

Er springt vom Stuhl auf, der krachend rückwärts umkippt.

»Werd erwachsen!«

»Sagt der Richtige!«, gebe ich zurück, als ich

mich aus dem Deckenberg aufgerichtet habe und ihm giftige Blicke zuwerfe.

Jedes Widerwort von mir treibt ihn bloß noch mehr auf die Palme. Ein animalisches Knurren verlässt seine Lippen, bevor er endlich eine Kehrtwende einlegt und mein Schlafzimmer verlässt. Mit Schwung wirft er die Tür zu, aber bekommt sie grade noch so zu fassen, um sie leise und vorbildhaft zu schließen. Durch den Türspalt schenkt er mir noch einen süffisanten Blick.

Was ein Trottel.

Kopfschüttelnd sinke ich zurück in die Kissen. Mein freier Tag fängt ja grandios an.

Zügig laufe ich die Serpentinen, gewappnet mit einem Fotoapparat um den Hals, meiner Handtasche über der Schulter, in der sich mein aufgeladenes Handy, eine Wasserflasche, Cracker, mein erotischer Roman, Bargeld und ein Schokoriegel befinden, entlang zum Dorf.

Der Tag verspricht, warm und sonnig zu werden. Die Vögel zwitschern aufgeregt in den Baumkronen der Lorbeerbäume, kein Wölkchen ist am azurblauen Himmel zu entdecken. Es ist kurz vor elf Uhr und die Luft flimmert bereits jetzt in der Hitze.

In meinen neuen Sandalen, die einen perfekten Absatz haben, und dem dunkelblauen, dünnen Kleid, das um meine Beine im Gehen schwingt, erreiche ich nach wenigen Kilometern die erste Aussichtsplattform.

Dummerweise sind die Wege hier ziemlich steinig und nicht gepflastert wie in Nashville. Absatzschuhe, so toll sie auch aussehen mögen, sind an diesem Ort leider ziemlich unpraktisch. Aber da ich ins Dorf will, um mir ein Taxi zu bestellen, wird es dort sicher keine Schotterwege mehr geben.

Ich pule die Steine aus meiner Fußsohle, bevor ich mich an der kleinen Steinmauer aufrichte und den atemberaubenden Ausblick auf das Meer genieße. Einen Bikini trage ich unter dem Kleid. Somit kann ich mich jederzeit an den Strand legen und im Meer baden.

Ich schieße ein paar Bilder mit der Kamera und zwei mit dem Handy, um sie im Familienchat hochzuladen. Hoffentlich lenken Wayne die Fotos ab. Meine anderen Geschwister werden sicher neidisch sein, wenn sie sehen, wie schön das Meer in der Mittagssonne funkelt.

Auf der Mauer nehme ich Platz, trinke einen Schluck Wasser und schreibe Júpiter eine Nachricht, dass ich das Anwesen verlassen habe. Nicht, dass ich mir wieder Ärger einfange.

Danach laufe ich weiter zum Dorf, das ich ja eigentlich nicht betreten darf. Aber mich kennt dort keiner. Mir die Straßen und Gebäude anschauen, kann nicht schaden. Zu meinem Glück findet ein Wochenmarkt statt. Die Bauern in der Umgebung bieten frisches Obst und Gemüse an. Zwischen den Einheimischen falle ich mit meiner modernen Kleidung sofort auf. Aber ich entdecke unter den Bewohnern weitere Touristen, die über den Wochenmarkt spazieren.

Wieso kaufen wir das frische Gemüse nicht hier? Es ist viel gesünder als das im Supermarkt. Ich betrachte die Zucchini und Tomaten genauer. Der Händler kommt prompt auf mich zu.

»Kann ich Ihnen helfen?«

»Wie lange hat der Markt geöffnet?« Da ich weiterreisen will, kann ich das frische Gemüse nicht den ganzen Tag mit mir herumschleppen.

Aus den Augenwinkeln entdecke ich drei jüngere Frauen mit brünetten, zusammengebundenen Haaren, die auf Portugiesisch Worte austauschen, aber mich nicht anstarren.

»Bis sechzehn Uhr. Jeden Samstag von acht bis sechzehn Uhr.«

»Super. Ich werde sicher öfter vorbeischauen. Gerade ist es ungünstig, da ich an den Strand will, aber nächstes Mal werde ich Ihren halben Stand leer kaufen«, scherze ich, woraufhin der Mann mit der Raspelfrisur, verschwitztem Gesicht und einem ausladenden Bauch herzlich lacht.

»Bleiben Sie länger in der Gegend?«

»Ja«, antworte ich ihm. »Ich wohne ganz in der Nähe.«

Neben den Verkäufer tritt eine dunkelhaarige Latina in einem weißen Kostüm und riesiger Sonnenbrille, die ihr halbes Gesicht verdeckt. Das Haar streng und glänzend zu einem Knoten zusammengebunden, lächelt sie säuerlich, als sie zu unserer Unterhaltung dazustößt. Meine Augen wandern zu ihrem freizügigen tiefen Ausschnitt.

»Sieh einer an, hat Senhor Almeida seiner Angestellten Ausgang erteilt?«, fragt sie mich und neigt ihr

Gesicht. Dabei schwingen ihre schweren Kreolen hin und her. Woher kennt sie mich? Während ich fieberhaft überlege, wann ich diese Frau gesehen habe, tritt der Händler zurück und starrt verdutzt zu der fremden Frau. »Sie wohnt in der Quinta da Crescente Vermelho?«

Als wäre das bloße Aussprechen des Namens der Villa schon ein Fehler, schüttelt er sich.

»Ja, ganz richtig, mein lieber Fernando. Sie ist das neue Au-Pair, das sich um die Kinder des ehemaligen Ministers kümmert. Wir werden sehen, wie oft wir sie noch zu Gesicht bekommen werden.«

»Was hat das zu bedeuten?«, frage ich sie, während es im selben Moment klick macht, als sie ihre teure Prada-Brille abnimmt. Sie war eine der beiden Frauen, die hinter Belisario stand, als ich im Anwesen der Cardoso geklingelt habe. »Ah, jetzt fällt es mir ein. Sie wohnen in der Nachbarschaft. Bei diesem aufdringlichen Widerling Belisario, der mich fast umgebracht hätte.«

Der Verkäufer schaut alarmiert zwischen mir und der zänkischen Kuh hin und her.

»Wenn jemand andere umbringt, dann ist es wohl Júpiter Almeida«, spuckt sie mir die Worte mit ihrem kirschroten Mund vor die Füße. »Erst ermordet er seine Frau, danach verschwinden die Kindermädchen. Jede vor dir ist spurlos verschwunden. Findest du das nicht auch verdächtig?«

Was? Davon höre ich zum ersten Mal. Ungläubig zucken meine Augenbrauen, bevor ich realisiere, dass uns weitere Einheimische anstarren. Jeder in unserer unmittelbaren Umgebung verfolgt aufmerksam unsere Unterhaltung, selbst die Touristen, die in ihren Wörterbüchern blättern, um dem Gespräch zu folgen. Mir dreht sich der Magen um, als ich ihre Anschuldigen höre und keiner der Bewohner eingreift. Was für Schwachsinnsgerüchte gehen denn in diesem Dorf herum?

»Sicher wusste ich von diesem blödsinnigen Gerücht«, lüge ich, damit ich nicht dumm dastehe, verschränke die Arme vor der Brust und recke das Kinn vor.

»Es ist kein Gerücht«, wirft ungefragt ein junger schlaksiger Mann ein, der an den aufgestellten Tomatenstiegen vorbeigeht. »Es ist wahr. Die fünf Frauen sind spurlos verschwunden. Die Eltern haben die gesamte Insel nach ihnen abgesucht und sie nicht gefunden. Jeder weiß davon«, klärt er mich auf.

Wow, dann bin ich wohl die Einzige, die nichts davon weiß.

»Du hörst es, Neue«, führt die Fremde das Gespräch fort. »An deiner Stelle würde ich meine Koffer packen und die Insel verlassen, solange ich noch kann. Denn das Anwesen ist verflucht. Es wird von einem Mörder bewohnt. Keiner gibt sich mit dieser Familie ab, seit Raica Almeidas Leiche im Feld gefunden wurde.«

Mir verschaffen ihre Worte Gänsehaut. Auch wenn mich Menschen selten schockieren können, ist es ihr für einen Sekundenbruchteil gelungen. Júpiter soll ein Mörder sein? Er soll seine Frau und die anderen Au-Pairs ermordet und ihre Leichen versteckt haben, damit sie nie gefunden werden? Wollen mir die Bewohner von Arco de São Jorge das damit sagen?

Das ist doch albern. Zwar würde ich für die Brüder sicher nicht durchs Feuer gehen, wenn es hart auf hart kommt, aber ich kann mir kaum vorstellen, dass ein Mann wie Júpiter so leiden würde, wenn er seine Frau auf diese brutale Art und Weise umgebracht hätte. Ein Mörder würde sich in meinen Augen anders verhalten. Wer jedoch von Anfang an ziemlich aufdringlich, verdächtig und gewalttätig war, ist Belisario. Dieser Frau käme es also sehr gelegen, über Belisarios Straftaten hinwegzutäuschen, wenn sie Júpiter als einen skrupellosen Killer darstellt.

»Schön, dass Sie sich an meiner Stelle als ein Feigling entpuppen würden, Senhora. Ich bin keiner. Mir hat bisher keiner der Familienmitglieder etwas getan. Mir ist auch nichts Verdächtiges während der vierzehn Tage aufgefallen. Das Einzige …« Ich mache eine gekünstelte Pause, reibe mir nachdenklich über das Kinn und schaue zum Himmel auf. »Was wirklich sehr unangenehm war, war, als ich auf Belisario Cardoso traf, der mich in seinem Stall gefangen hielt, mir erst an die Wäsche und mich danach ermorden wollte, als ich mich zur Wehr setzte.«

Die Leute um uns herum tauschen merkwürdige, teilweise entsetzte Blicke aus. Die kirschroten Lippen der Frau in ihrem weißen Versace-Kostüm mit den goldenen Knöpfen, auf denen ein V zu lesen ist, beben vor Zorn. Ihre Nasenflügel weiten sich wie Blasebälge. Außerdem erkenne ich feine Schweißperlen unterhalb ihres Haaransatzes, die ihr Make-up zum Schmelzen bringen.

»Er würde sich niemals die Finger an so einer widerwärtigen Person wie dir schmutzig machen.«

»Hat er aber. Amilcar Almeida kann es bezeugen.«

Ihre Augen sprühen vor Wut, während ich ihr feindselig entgegenblicke. »Außerdem!« Mit einer stolzen Haltung gehe ich näher auf die Frau zu und stupse sie mit dem Zeigefinger an, um sie noch mehr aufzustacheln. »Wer hat Ihnen erlaubt, mich die gesamte Zeit zu duzen? Wir kennen uns überhaupt nicht. Es zeugt von Anstand, wenn man jemanden respektiert, was Sie nicht tun. Somit ist Ihre Sorge um mich bloß vorgeheuchelt. Duzen Sie mich nie wieder, verstanden, *Villageslut*!«

Für gewöhnlich reiße ich mich zusammen, bleibe gelassen und kann mit aufdringlichen Gestalten umgehen. Aber diese Planschkuh ist maßlos unverschämt und aufdringlich. Während sie nach Worten sucht, um es mir so richtig zu zeigen, wende ich mich von ihr ab. Schade, dass ich sie nicht in ihrem weißen Kostüm mitten in die Erdbeeren gestoßen habe.

Das nächste Mal, Malady.

»Ich schaue nächste Woche wieder vorbei«, verkünde ich lautstark über das Getuschel der Marktbesucher hinweg. »Vielleicht komme ich wöchentlich, damit sich jeder davon überzeugen kann, dass ich noch lebe«, füge ich lächelnd hinzu. Keiner erwidert mein Lächeln. Ich ernte stattdessen böse Blicke.

Sieht ganz danach aus, als würde mir keiner glauben.

»Tut mir leid, Señorita. Ich werde Ihnen nichts verkaufen«, erklärt der Verkäufer, nachdem ihn die Frau beinahe zu auffällig auf den Fuß getreten ist. Auch andere Verkäufer in unmittelbarer Nähe wenden sich von mir ab, schütteln den Kopf und fügen leise hinzu: »Ich auch nicht.«

»Kommen Sie nicht wieder.«

»Hier will Sie keiner haben.«

Ist das ihr verdammter Ernst?

Fragend blicke ich mich um. Wie können Menschen so stur und dumm sein? Andere ausgrenzen bloß wegen eines haltlosen Gerüchts.

Nie in meinem Leben habe ich mich so ausgeschlossen und verstoßen gefühlt wie jetzt. Ich war nie ein Mobbingopfer oder habe mich von anderen niedermachen lassen. Aber gerade weiß ich nicht weiter. Egal, was ich sagen würde, sie wollen es mir ohnehin nicht glauben. Mit diesen Menschen will ich nichts mehr zu tun haben. In diesem Moment frage ich mich, wie ich in diesen Schlamassel geraten konnte. Doch bloß wegen der Almeidabrüder, über die diese kuriosen Gerüchte ranken.

Keuchend und mit einer so unfassbar brennenden Wut in meinem Bauch verlasse ich den dämlichen Gemüsestand.

Eine Hand greift nach meiner Schulter.

»Geh besser, Malady. Das wird nicht gut für dich enden«, säuselt mir die Frau ins Ohr. Ihr süßes, nach Blumen duftendes Parfüm drängt sich meiner Nase auf.

Ruppig werde ich ihre Hand los. *Sie duzt mich wieder ungefragt! Rafft sie es nicht!* Ich stürme wie ein Orkan der Windstärke 100 durch die Menschentraube, die sich um den Stand gebildet hat. Ein ausgestreckter tätowierter Arm fängt mich ab und zieht mich zu sich. Als ich aufsehe, blicke ich direkt in Belisarios hämisch grinsendes Gesicht.

»Es ist wirklich unschön, wie du über mich gesprochen hast. Dabei wollte ich dir bloß helfen, die Kinder von Almeida zu finden. Hat er dir aufgetragen, diese Lügen über mich zu verbreiten?«

Okay, es reicht. Meine Sicherungen brennen endgültig durch, da ich mir diese Ungerechtigkeit nicht gefallen lasse. Bevor meine Vernunft mich wieder einholt, schlage ich ihm fest mit der rechten Faust in seine schief grinsende Visage.

»Anscheinend haben deine Eier noch nicht stark genug geschmerzt, du ekelhafter Bastard!«

Er taumelt zurück in die Menge und hält sich seine blutende Nase. Kurzzeitig funkelt der blanke Zorn in seinen verdorbenen Augen auf. Er würde mich am liebsten hier und jetzt zur Rechenschaft ziehen, mir ebenfalls die Faust ins Gesicht schlagen und mich verprügeln, bis ich nicht mehr gehen kann, wenn er könnte. Doch nach nur zwei Sekunden blinzelt er, hebt seine blutende Hand vor sein Gesicht und senkt die Brauen wehleidig. Er wirkt ernsthaft bestürzt.

»Mein Gott, was ist aus dir geworden? So viel Wut. Was habe ich dir getan?«

Sein vorgetäuschtes Gejammer kann er sich in den Arsch schieben. Ich besehe ihn mit einem finsteren Blick, bevor ich meine Sonnenbrille aufsetze und mit erhobenem Kopf davonspaziere.

»Tut es sehr weh, Belisario?«, höre ich das geheuchelte Mitgefühl dieser schönen Frau mit der Seele eines Teufels.

»Keine Sorge, ich kaufe nichts in diesem Dorf. Nie mehr!«, lasse ich die beknackten Bewohner wissen. Ich schaue kein einziges Mal zu diesen unterbelichteten, uneinsichtigen Menschen zurück, weil es mein Stolz nicht zulässt. Und vor allem, weil sich Tränen in meinen Augenwinkeln gebildet haben, die niemand sehen soll. Meine Lippen zittern. Ich presse sie fest aufeinander und senke hinter meiner dunkel getönten Sonnenbrille kein einziges Mal den Blick oder reibe mir über die Augen, obwohl ich den Tränen nah bin. Ich hasse diese Reaktionen meines Körpers, die ich einfach nicht kontrollieren kann. Genauso wenig wie meine aufbrausenden Gefühle, denen ich irgendwann nachgebe.

Als ich weit genug entfernt bin, hole ich mein Handy hervor. Auf dem Display leuchtet eine Nachricht vom Taxifahrer. »Stehe an der Haltestelle.« *Gott sei Dank. Ich will einfach bloß weg.*

Immer schneller werdend laufe ich zur Bushaltestelle, um diesem scheußlichen Dorf zu entfliehen. Als ich sie erreicht habe, wartet neben dem Taxi mit heruntergelassener Scheibe ein schwarzer SUV. Amilcars Mercedes. Lässig aus dem Fenster gebeugt, den Arm im Türrahmen herunterbaumelnd und mit einer Sonnenbrille auf der Nase unterhält er sich mit dem Fahrer, bevor er mich entdeckt und einmal winkt.

»Hey! Da bist du ja!«

Mist. Er hat mich gefunden. Wobei es mir gerade egal ist. Ehrlich gesagt bin ich froh, ihn zu sehen.

»Hallo, Schönheit. Du siehst etwas geknickt aus.« Amilcar sieht die Tränen, die über meine Wange laufen. Er weiß genau, was Sache ist, das erkenne ich an seinen leicht geöffneten Lippen, die sich weder zu einem Grinsen noch zu einem Lächeln verziehen.

»Willst du mit dem Taxi weiterfahren oder darf ich heute wieder dein Chauffeur sein?«

»Du hast … doch einen Termin.« Ich drehe mich zur Seite, nehme die Brille ab und wische mir mit dem Handrücken die Tränen fort, sodass er sie nicht sieht.

»Ist bereits erledigt. Ich stehe dir also heute voll und ganz zu Diensten. Vorausgesetzt, wir legen unseren kleinen Streit bei und du möchtest das überhaupt?«

Nachdenklich beiße ich auf meine Wangeninnenseite, bevor ich auf den Mercedes zugehe und die hintere Tür öffne.

»Kumpel, sieht aus, als würde sie bei mir mitfahren. Das ist für dich. Wenn wir dich brauchen, melden wir uns.« Amilcar schiebt dem Mann zwei Zwanzig-Euro-Scheine zu, die er ihm dankbar abnimmt.

Ich schnalle mich auf der Rückbank an, reibe mir über die Fingerknöchel der rechten Hand und starre auf die Lehne des Beifahrersitzes.

»Wohin möchtest du, Melody?« *Nicht komisch.*

Amilcar legt den Arm um die Rücklehne des Beifahrersitzes und beugt sich zu mir nach hinten.

»Oh, deine Fingerknöchel sind gerötet. Hast du dich verletzt?«

»Ich habe Belisario ins Gesicht geschlagen«, antworte ich wahrheitsgemäß. Amilcar holt zischend Luft. Ich schaue zu ihm, und zum allerersten Mal wirkt er beeindruckt und geschockt in einem.

»Du hast was?«

»Ja. Ich habe ihm mit sehr viel Kraft in sein schäbig grinsendes Gesicht geschlagen. Seine Nase blutet. Können wir jetzt nach Santa Cruz fahren? Ich will die Insel erkunden. In dieses verdammte Dorf setze ich keinen Fuß mehr!«, nuschele ich verärgert den letzten Satz vor mich hin.

»Ich will ja nicht den Lehrmeister heraushängen lassen, Malady, aber ich könnte jetzt sagen, wir haben es dir gesagt. Wir haben dich davor gewarnt, ins Dorf zu gehen.«

»Ihr habt aber nicht gesagt, wieso ich das nicht tun soll. Es hätte mir etwas geholfen, zu wissen, was sie über euch denken, Amilcar. Ich hätte niemals gedacht, wie verbohrt diese Menschen sind, wie dumm, wie … Sie schlucken jede Lüge der Cardoso.«

Amilcar hebt seine Hand auf meinen Kopf und streicht behutsam über meinen Pferdeschwanz, bevor er an meiner losen Strähne zupft.

»Vergiss die Leute ganz schnell wieder. Sie sind es nicht wert. Eigentlich können sie einem leidtun, weil die Cardosos sie hinters Licht führen.«

Leidtun? Nein, sie tun mir sicher nicht leid. Man sollte im Leben alles hinterfragen und nicht sofort anderen alles abkaufen, ohne den Verstand zu benutzen. »Lass mich heute dein Tourguide sein. Ich zeige dir die wahren Schönheiten dieser Insel. Du wirst sie lieben. Vergiss diesen Schandfleck hier ganz schnell wieder.«

Sagt er so leicht.

Wieder zupft er an meiner Strähne, als wäre ich ein bockiges Schulkind.

»Hey.«

»Was?«

»Du hast mich wirklich stolz gemacht. Belisario eine reinzuhauen, Mann, Mädel, du hast echt Mumm. Das hätte nicht mal Raica gebracht. Hatte er Schmerzen?«

Ich kann mir mein diabolisches, schadenfrohes Schmunzeln nicht verkneifen, als ich über meine aufgeriebenen Knöchel reibe.

»Ja, er hat Schmerzen. Es tut sicher jetzt noch weh.«

Zärtlich umfasst er mein Kinn, hebt es an und zieht es zu sich. Für drei Sekunden forscht er in meinem Blick.

»Versprich mir, mich zu verschonen, wenn ich dir verspreche, dir meine Entschuldigung heute Abend schriftlich vorzulegen.«

»Sag nicht, du hast Angst vor mir?«, scherze ich, hebe die rechte Braue und lache leise. Genau das hat er gewollt, mich zum Lachen zu bringen. *Glückwunsch, das ist dir wirklich gelungen, Amilcar.* Allmählich verpufft die angestaute Wut und vom Orkan bleibt nur ein schwacher Windsturm übrig.

13

AMILCAR

L os, zieh dich aus, oder schämst du dich vor mir?«

»Ich mich vor dir schämen? Nein, sicher nicht. Aber fang du zuerst an, oder traust du dich nicht?«, provoziert sie mich und geht rückwärts tiefer ins Wasser.

»Ich mich nicht trauen? Albern. Vollkommen lächerlich.« Ich will bloß nicht, dass sie die Waffe sieht, die ich mit mir führe.

Malady zeigt mir einen Vogel, bevor sie sich zum Meer umdreht und ihr Kleid in einer fließenden Bewegung über ihren Kopf zieht. Den Moment nutze ich, um mein Shirt loszuwerden und die Pistole aus meinem Hosenbund zu ziehen. Die Bucht ist menschenleer. Kaum einer kennt diese abgelegene kleine Oase, mit der ich Malady wie erwartet beeindrucken kann.

Sie kehrt mit ihrem ausgezogenen Kleid auf den Armen an den Sandstrand zurück, als ich das Shirt mit der Waffe hinter einem Felsen ablege.

»Wow, du hast ja mehr Muskeln, als ich gedacht habe«, stellt sie fest, stemmt die linke Hand in ihre Hüfte und betrachtet meinen Adoniskörper, in den ich viel Zeit investiere, von oben bis unten.

»Gefällt dir, was du siehst? Das gehört bald dir«, ziehe ich sie auf, damit sie bis zu den Ohrenspitzen rot anläuft. Aber als wäre sie solche Anmachen gewohnt, schüttelt sie den Kopf und schaut anschließend zu mir auf. Die gesamte Zeit hält sie ihr zusammengelegtes Kleid vor die Brust gepresst. Ich würde gerade verdammt gerne einen Blick auf ihre Brüste erhaschen, erfahren wollen, wie sie in dem Bikini aussehen. Mittlerweile ist es schon ein paar Tage her, seit ich sie in der Wanne schlafend beobachtet habe.

»Ich kann es kaum erwarten, Amilcar. Aber offiziell bin ich weiterhin sauer auf dich.« *Wie oft will sie mir das noch unter die Nase reiben? Allmählich nervt es.*

»Nein, bist du nicht. Sonst würdest du nicht mit mir reden und erst recht nicht jeden Moment sabbern.« Was gelogen ist. Sie sabbert nicht, sie schenkt mir nicht einmal diesen verträumten Blick wie Adora, wenn sie meinen Oberkörper betrachtet.

Stattdessen leckt sie über ihre vollen Lippen und geht an mir vorüber, um ihr Kleid abzulegen.

»Ich werd gleich feucht, Amilcar«, bringt sie kichernd hervor, stößt mich kräftig zur Seite und rennt ins Meer. *Das hat sie nicht laut ausgesprochen?*

Sofort hat sie meine Aufmerksamkeit geweckt und mein Schwanz zuckt allein bei der Vorstellung, wie feucht sie sein muss. Ist zwar gelogen, trotzdem werde ich ihr noch zeigen, wie sehr sie ausläuft, wenn ich es ihr besorge.

Sie wird von den funkelnden Meereswellen verschlungen, als sie in ihrem weißen Bikini untertaucht. *Okay, sie will es so. Dann jage ich ihr hinterher und schnappe sie mir. Die Gelegenheit bekomme ich heute sicher nicht noch einmal.*

Ich werde gelassen, obwohl ich innerlich an diesen perfekten Körper denken muss, meine schwarzen Hosen los, lege mein Lederarmband ab und ziehe meine Breitling vom Handgelenk. Während ich zu Malady blicke, richte ich mich auf und fahre mir durchs Haar.

Einige Meter im Meer taucht ihr Kopf wieder zwischen den Wellen auf und sie schreit aus Leibeskräften: »Hilf mir! Irgendwas ist unter mir! Es zieht mich …« Mit einem Mal geht sie unter. Was für ein lächerlicher Trick, um mich ins Wasser zu locken. Darauf falle ich nicht rein. Das Meer ist um diese Jahreszeit noch verflucht kalt. Es gibt nichts, was sie hinunterziehen könnte, weder Haie noch Schlingpflanzen.

Wieder taucht ihr Kopf an der Oberfläche auf und sie rudert mit den Händen in der Luft.

»Ich komm ja schon, Weichei.«

In meinen dunkelblauen Shorts nähere ich mich dem Wasser, das, so wie ich es gewusst habe, arschkalt ist. Am besten, ich warte, bis sie einen dritten Versuch unternimmt, um mich zu ködern. Jedoch kommt der nicht.

Mit verschränkten Armen betrete ich knöcheltief das Wasser und suche die Wellen ab, die an den dunklen Felsen ganz in Maladys Nähe branden. Es vergehen gefühlt zwanzig Sekunden, in denen sie nicht auftaucht. Entweder ist sie verdammt gut im Luftanhalten oder ... *Oder!*

»Poça! Scheiße! Sag doch gleich, dass es ernst gemeint war!«, fluche ich laut und stürze mich, ohne noch länger zu zögern, ins Meer. Das kalte Wasser lässt mich einige Sekunden kaum tief einatmen. Meine Lungen schnüren sich zusammen, während die Kälte wie spitze Eisnadeln in meinen Gliedmaßen sticht. Jede Erregung von vorhin ist schlagartig wie weggeblasen.

Doch nach ein paar Schwimmzügen spüre ich die Temperatur nicht mehr, sondern kreist bloß noch der Gedanke in meinem Kopf, Malady zu retten. Ein Großstadtkind, das selten am Meer war, wird hoffentlich nicht von einer Strömung mitgerissen worden sein. Sie weiß sicher, wie man im Meer schwimmt, oder?

Als ich sie auch nach weiteren zehn Sekunden nicht entdecke, beschleunige ich das Kraulen und schwimme zu der Stelle, an der ich sie zuletzt gesehen habe.

»Wo steckst du?«, rufe ich lautstark über das Rauschen der Wellen hinweg, die gegen den nächsten Felsen donnern. »MAAA-LADY!«

Ich bekomme es selten mit der Angst zu tun oder werde von Panik ergriffen, aber gerade sprengen Millionen Horrorszenarien meinen Kopf.

Mittlerweile habe ich keinen Halt mehr unter den Füßen, es dürfte um die vier Meter in die Tiefe gehen. Ohne noch mehr kostbare Zeit zu vergeuden, tauche ich ab und weiß, dass es wenig bringen wird. Das Salz brennt in meinen Augen, was es mir fast unmöglich macht, etwas unter Wasser zu erkennen. Trotzdem kann ich unweit unter mir etwas Schimmerndes sehen. Etwas, was hin und her schwingt wie lose Fäden …

Eilig tauche ich tiefer und entdecke Malady, die wild zappelt und sich in einer Art Fischernetz verfangen hat. Sie befindet sich bloß zwei Meter unter der Wasseroberfläche. Ich greife nach ihrer Hand, ziehe sie zu mir, aber bekomme sie keinen Meter bewegt. Immer hektischer zerrt sie an dem Netz. Luftblasen steigen auf und ihr helles Haar wirbelt um ihren Kopf, sodass es mir kurzzeitig die Sicht versperrt.

Als ich mit den Fingern ihren rechten Fuß abtaste, spüre ich kein Netz um ihren Knöchel. Im nächsten Moment verpasst sie mir einen Tritt auf die Schulter und taucht auf.

Was …! Ein Trick?

Hat sie bloß vorgegeben, zu ertrinken? Und ich Blödmann hatte kurz einen Herzinfarkt!

Neben ihr tauche ich auf. Sie ringt heftig nach

Atem und prustet los, bevor sie mir einen lockeren Klaps auf die Wange gibt.

»Revanche. Das war dafür, dass du mich mit der Wette verarscht hast. Jetzt sind wir quitt.«

»Du kleines Biest«, knurre ich, schüttele mein Haar und schnappe mir danach ihr Handgelenk. »Du kommst jetzt raus.«

»Vergiss es. Es hat doch gerade so viel Spaß gemacht.«

»Hast du sie noch alle? Ich dachte, du brauchtest wirklich Hilfe! Das ist nicht komisch gewesen«, falte ich sie zusammen. »Mich so aufs Kreuz zu legen, ist bisher sehr wenigen Menschen gelungen.«

Aufgebracht zerre ich sie hinter mir her. Sie zappelt wie ein Fisch im Netz, was ich komplett ignoriere. Wie es aussieht, ist sie eine verdammt gute Schwimmerin und Taucherin, wenn sie so lange die Luft anhalten konnte. Kaum dass ich Sandboden unter meinen Füßen spüre, drehe ich mich schnell zu ihr um.

»Komm schon, Amilcar. Du bist mir doch nicht böse?« Weiterhin wehrt sie sich gegen meinen Griff.

»Ich filetiere dich gleich!«, bringe ich wütend über die Lippen und führe sie weiterhin zum Strand, ohne ihr auch nur einmal die Möglichkeit zu geben, abzuhauen.

»In den Shorts gibst du wirklich einen heißen Lifeguard ab.«

»Lass den Blödsinn!«

»Das war ernst gemeint.« Sie stolpert kichernd hinter mir her. Nachdem wir das Wasser verlassen haben, ziehe ich sie mit Schwung vor mein Gesicht und umfasse ihre Schultern. Sie hebt die linke Braue und keucht immer noch angestrengt. Dabei hebt und senkt sich ihr Brustkorb, sodass ich unweigerlich zu ihren Brüsten schaue.

»Wieder beruhigt?«, hakt sie nach, berührt mit ihrer rechten Hand meine Brust und gleitet einen Moment zögernd über meine Haut.

»Nicht im Geringsten. Wenn du die letzten Jahre solch einen kranken Scheiß durchgemacht hättest wie ich, würdest du dir nicht diese albernen Späße erlauben.«

»Dachtest du, Belisario hätte mir dort unten im Taucheranzug aufgelauert und den passenden Moment abgewartet, um mich zu töten?«

Jetzt macht sie Witze drüber, aber als ich sie im Stall vor ihm gerettet habe, war ihr nicht zum Lachen zumute.

»Nicht komisch«, knurre ich und trcibc sie weiterhin wie meine Beute vor mir her. »Bei Júpiter dürftest du dir solche Witze erst recht nicht erlauben.«

»Er ist nicht hier.«

»Dein Glück.«

Sie lächelt provokant, aber verliert plötzlich den Halt unter ihren nackten Füßen. Ihr rechter Fuß rutscht im Sand ab, sodass sie rücklings auf den Boden fällt. Rechtzeitig bekomme ich sie zu fassen und will sie aufrichten, als sie versehentlich gegen meinen Fußknöchel tritt und ich auf ihr lande.

»Nicht …!«, ruft sie noch, als ich auf ihr lande und mich nicht mehr abfangen kann.

»Was machst du?«, frage ich sie. »Du hast meinen Fuß weggetreten.«

»War keine Absicht. Wirklich nicht«, erwidert sie rasch und windet sich unter mir. »Gott, du erdrückst mich.« Wild rudert sie mit ihrer rechten Hand in der Luft.

»Tja, das glaube ich dir jetzt nach deinem letzten Trick nicht mehr. Du kennst doch das Sprichwort, wer einmal lügt, dem glaubt man nicht …«

»Es ist die Wahrheit. Geh runter von mir, du wiegst sicher hundert Kilo.«

»Ist doch egal, wie viel ich wiege. Jetzt liegst du unter mir, komplett hilflos in einer abgelegenen Bucht.« *Sie will spielen?* Das kann sie haben.

Bevor sie mich mit ihren Fäusten bearbeitet, schnappe ich ihre Handgelenke und drücke sie links und rechts von ihrem Gesicht in den Sand. Ihre manikürten Nägel bohren sich in meine Haut, während sie ihre Beine anwinkelt und sich unter mir wegschieben will. Verbissen kneift sie die Augen zusammen, während ich ihr einen unbeeindruckten Blick schenke.

»Du weißt schon, dass du kräftemäßig keine Chance hast, Malady?«

»Ich will dir nicht in die Eier treten, das ist alles.«

»Wie rücksichtsvoll. Aber das würde dir in dieser Position eh nicht gelingen.«

»Wetten?«

»Tob dich ruhig aus. Probier es«, fordere ich sie auf, aber rutsche mit meiner Hüfte zwischen ihre Beine. Fuck, ihr jetzt mit meinem Schwanz so nah zu sein, macht mich unglaublich an. Erst recht, als sie sich weiterhin gegen mich wehrt wie eine fauchende Wildkatze, ihr Rückgrat durchdrückt und alle Kraft aufwendet, um sich zu befreien. Sie dabei zu beobachten, erregt mich umso mehr. Wir werden so viel Spaß haben.

»Scheiße, Amilcar! Mach schon.«

»Was? Dich vögeln?«

»Nein!«

»Mach schon, kann sehr viel bedeuten, aber ich denke, machen wir dort weiter, wo wir gestern Nacht aufgehört haben.«

Noch bevor sie mir weitere Widerworte an den Kopf werfen kann, denn darin ist sie verdammt gut, presse ich meinen Mund auf ihren. Zwar stellt sie nicht sofort ihre Gegenwehr ein, dafür wird sie schwächer. Sie will ihren Kopf wegdrehen und zugleich wölbt sie sich mir mit ihrem schlanken Körper entgegen. Ich lasse sie spüren, wie sehr ich sie will. Ein Wort von ihr und ich würde sie hier und jetzt nehmen. Da der Vertrag erst übermorgen in Kraft tritt, werde ich mich noch in Geduld üben. Lange dauert es nicht mehr, dann muss ich mich nicht mehr zurückhalten.

Nach der kurzen Gegenwehr gibt sie endlich auf und erwidert den Kuss. Ihre Zunge umkreist stürmisch meine, fährt meine Zahnreihen entlang und leckt über meine Lippen. Allmählich verkrampft sie ihre Hände nicht mehr, sodass ich meine Griffe lockere.

Ein leises lustvolles Keuchen verlässt ihren Mund, während ich den Kuss führe und ihre harten

Brustwarzen durch den Bikinistoff auf meine Haut drücken.

Doch gerade als ich glaube, sie gebändigt zu haben, beißt sie in meine Unterlippe, was höllisch ziept.

Sie reißt sich aus meinen Griffen los und schiebt sich unter mir wie eine auf dem Rücken gelandete Eidechse auf den Ellenbogen weg.

»Nicht so schnell.« Ich bekomme sie an den Fußgelenken zu fassen und ziehe sie zu mir.

»Autsch, das tut weh. Der Sand reibt über meine Haut.«

»Du wirst bald sehen, was noch wo in dir reibt.«

»Perverser Sack.«

»In den du nicht treten wolltest.«

Sie verdreht die Augen und gibt nach. Langsam steige ich wieder auf meine Beute, die sich mit einem funkelnden fordernden Blick nicht mehr zur Wehr setzt.

»Nein. Dafür müsstest du schlimmere Dinge tun«, antwortet sie flüsternd.

»Wirklich?«

»Ja, wirklich. Außerdem hast du mich vor Belisario gerettet, du würdest nicht dasselbe machen wie er. So bist du nicht.«

Verblüfft hebe ich beide Brauen in die Stirn. Bisher hat sie sich kein einziges Mal wirklich dafür bedankt, dass ich sie vor ihm gerettet habe.

Sie schiebt zwei Strähnen aus meiner Stirn und schmunzelt weich.

»Du kannst dich gern bei mir bedanken«, schlage ich anzüglich grinsend vor.

Wir stehen kurz davor, weiterzugehen. Ich müsste bloß meine Shorts hinunterziehen, die Schleife des weißen Bikinihöschens auf ihrer Hüfte lösen und wäre in wenigen Sekunden in ihr.

Flach zwischen den Lippen atmend beuge ich mich zu ihrem Hals hinab, um ihn zu küssen. Genau die Stelle, die bei Frauen immer ein Seufzen auslöst. Ihre Hände gleiten über meinen Rücken, während sie ihre Hüfte auf und ab bewegt. Sie sich an meinem Schwanz reibt und anschließend in mein feuchtes Haar greift.

»Amilcar?«

»Hm?«, bringe ich an ihrer Halsbeuge hervor, bevor ich an ihrer Haut sauge und sie vor Júpiter als mein Eigentum markiere.

»Lass es uns tun. Ohne den Vertrag.« Abrupt halte ich inne. Das sind die Worte, mit denen ich überhaupt nicht gerechnet habe. Eher Worte wie: Lass uns warten.

Oder: Hier ist nicht der richtige Ort.

Ich schaue in ihr Gesicht, auf dem Sandkörnchen in der Sonne funkeln. Ihre langen Wimpern sind vom Wasser zusammengeklebt, sie schmeckt nach Salz und etwas wie Mandelblüten.

Entweder ist das wieder ein hinterhältiger Trick von ihr und sie katapultiert mich von sich, ehe ich zum Zug komme, oder aber sie will es wirklich. Als ich in ihren eisblauen Augen forsche, um die kleine Fältchen liegen, da sie gegen die Sonne anblinzelt, kann ich keine List ablesen.

Ihre Augen huschen zu mir, und ehe ich mich entschieden habe, greift sie in ihren Nacken, um den

Knoten ihres Bikinioberteils zu öffnen. Klar ist sie keine Anfängerin, aber es mir so leicht zu machen?

»Ich falle darauf nicht rein.« Sofort erhebe ich mich über ihr, ziehe mich auf die Füße und klopfe mir den Sand von den Shorts. Mal ehrlich, im Sand zu vögeln wäre keine gute Idee. Er reibt nicht nur unangenehm, sondern ist auch noch glühend heiß.

Malady setzt sich mit einem Schmunzeln auf. »Du lernst wirklich dazu. Dabei war es dieses Mal kein Trick. Aber gut zu wissen, dass du nicht sofort auf jedes Angebot anspringst und dich zurückhalten kannst.«

Frech zwinkert sie mir zu, dreht sich im Sand von mir weg und bindet ihre Schleife im Nacken neu. Ich müsste sie bloß davon abhalten, mich hinter sie knien und bändigen.

Nein, sie provoziert mich nur. Aber, zur Hölle, sie ist verdammt gut darin. Hat sie das in den Nachtclubs mit den Männern auch so gemacht? Sie auf diese einstudierte Art um den Finger gewickelt, um leichter an ihr Geld zu kommen? Natürlich hat sie das so gemacht. Sie ist clever, pfiffig und hat eine besondere Ausstrahlung. Und genau diese Waffe setzt sie ein, um zu erreichen, was sie will. Um Männer um ihre Geldbeutel zu erleichtern und mich ... keine Ahnung, wieder aufs Kreuz zu legen.

Beherrsch dich! Ab übermorgen kannst du mit ihr anstellen, was du willst, ohne dass sie dich stehen lassen kann. Falls doch, wird dies Konsequenzen nach sich ziehen. Aber aktuell ist sie tabu. Solch ein Arsch wie Belisario bin ich nicht, um mir zu nehmen, was ich will. Noch nicht.

Sie wirft einen fragenden Blick über ihre Schultern, während ich ihre Rückenansicht betrachte. Sand klebt auf ihren Schulterblättern, winzige Perlen sind auf den Bändern des Bikinis aufgezogen, die im Sonnenlicht golden glänzen. Und ihr Höschen sitzt verdammt tief. So tief und eng, dass es leicht wäre, es ihr mit einer Hand herunterzuziehen.

Ich schlucke hart, bevor ich breit grinse.

»Ich habe eben Manieren und habe es nicht nötig, jedes Sexangebot anzunehmen.«

»Oh, hört sich an, als würden im Anwesen eine Menge Frauen auf dich warten.«

Eine aktuell. Aber davon muss sie nichts wissen. Noch nicht.

»Was soll ich sagen, kleine Malady. Ich weiß, was ich draufhabe und was ich zu bieten habe.«

»Ach wirklich?« Endlich erhebt sie sich vom Sand und dreht sich zu mir um, sodass ich ihren schlanken Körper mit den leicht hervorstechenden Hüftknochen, dem flachen Bauch, den höllisch perfekten Brüsten betrachten kann. Sie betrachtet meinen Körper ebenfalls, bleibt länger mit ihren Augen an meinem Sixpack hängen, studiert meine schwarzen Tätowierungen, die vom rechten Oberarm über meine Brust verlaufen, und neigt dabei den Kopf. Ihr gefällt, was sie sieht, das kann ich in ihrem Blick ablesen.

»Ja, wirklich. Du scheinst drauf zu stehen.«

»Etwas«, gibt sie zu. »Du ebenfalls auf das, was du siehst?«

Langsam kommt sie auf mich zu. Ihre blau lackierten Fußnägel graben sich in den Sand, während ihre Augen funkeln wie blaue Aquamarine und Wasser aus ihrem langen Haar tropft.

»Ich würde lügen, wenn ich Nein sage«, erwidere ich. Im Gegensatz zu ihren Vorgängerinnen ist sie verdammt attraktiv. Keine vor ihr hatte solch eine Figur oder diese ebenmäßigen Gesichtszüge und großen Augen.

Als sie mich erreicht hat, wandert sie wieder mit den Fingern über meine Brust, malt jeden Muskelstrang nach und schaut mir tief in die Augen. Sie reizt wirklich meine Selbstbeherrschung.

»Dann fass mich ruhig an. Oder traust du dich nicht?«

Flach atme ich aus und wieder ein, aus und wieder ein und blicke von ihrem hellen Gesicht zu ihren Brüsten, die sich im Bikinioberteil heben und senken. Doch ich bleibe ungerührt stehen.

»Wenn ich das tue, kleine Malady, wird das nicht gut enden.«

»Vielleicht will ich nicht, dass es gut endet?«

»Ist das ein Test?«

»Nein. Ich brech dir die Nase nicht, versprochen.« Und mit diesen Worten ertönt in meinem Kopf der Freischuss. Mein Blick huscht an ihr vorbei, genau dort, wo die Motorhaube zwischen den Oleanderbüschen in der Sonne aufblitzt.

»Wie du willst.« Mit einem Satz umfasse ich, ohne sie vorzuwarnen, ihren runden Hintern. Gott, diese Pobacken liegen perfekt in meiner Hand. Ich hebe sie an mir hoch, womit sie nicht rechnet. Sie hält sich blitzartig an meinen Schultern fest, bevor ich mit ihr ins Meer steige.

»Scheiße, ich habe mich gerade wieder aufgewärmt.«

»Nicht mein Problem, Malady, dir wird sicher auch im Meer warm werden, dafür werde ich sorgen.«

Sie wartet ab, bis wir uns bis zur Hälfte im Wasser befinden. Jetzt bist du fällig und auf andere Weise, als du gedacht hast.

»Dann lass uns spielen. Auf deine Verantwortung.«

❦ 14 ❧

MALADY

Was hat er vor? Irgendwas plant er, da dieses geheimnisvolle Funkeln in seine palisanderbraunen Augen tritt. Im kühlen Meer bleibt er stehen, um mich kurz darauf hungrig zu küssen. Der Kuss ist um einiges stürmischer und verbotener als noch am Strand. Ich schlinge meine Beine um seine schlanke Hüfte, um nicht an ihm herunterzurutschen, als er seine Hand in mein Höschen schiebt. Besitzergreifend gleiten seine Finger über meine Pobacken, direkt zwischen meine Beine. Sie streichen durch meine Spalte und dringen in mich ein.

Keuchend hebe ich das Gesicht zum Himmel.

»Wie fühlt sich das an?«

Ich beiße auf die Unterlippe, als er seine Finger langsam in mich stößt.

»Nicht schlecht, Playboy«, bringe ich seufzend hervor, bevor erneut seine Lippen auf meine treffen. Mit dem Kuss nimmt er mich komplett gefangen, während sich seine Finger in mir bewegen und ich ihm mit der Hüfte entgegenkomme. Ich will es, ganz egal, ob der Vertrag erst übermorgen beginnt. Ist doch egal, ob ich jetzt schon zusage oder später. Vielleicht ist es auch ganz gut so. Denn stellt er sich miserabel an, kann ich den Vertrag immer noch ablehnen. Aber bisher ist er höllisch gut.

»Du hast nicht übertrieben. Du bist wirklich sehr feucht.«

»Witzig, dass du das im Meer feststellst«, antworte ich schmunzelnd und streife mit meinen Lippen über seinen Dreitagebart, den ich an ihm liebe, um gleich darauf sein Ohr zu erreichen. Ich küsse ihn und spüre, wie sein Schwanz mit jeder Sekunde praller wird. Es sind zwar keine sechsundzwanzig Grad Wassertemperatur, dennoch scheint seine Gier nach mir das nicht zu stören. Er knotet die linke Schleife meines Höschens auf, bevor ich seinen Schwanz zwischen meinen Beinen spüre. Ich löse ein Handgelenk aus seinem Nacken, um seine Härte anzufassen, als eine weitere sie davon abhält. Eine Hand, die nicht zu Amilcar gehört. *Was?*

Erschrocken fahre ich mit dem Gesicht herum und entdecke Júpiter, der wie ein Geist hinter mir steht.

»Es scheint wohl nicht mehr nötig zu sein, dass ich meinem Bruder den Kopf wasche?«

»Wie … wie kommen Sie …?«

»Du!«, korrigiert mich Senhor Almeida augenblicklich. Er steht mit einem schwarzen aufgeknöpften Hemd im Meer, umfasst mein Kinn und hebt strafend die rechte dunkle Augenbraue in die Stirn. »Du sollst mich duzen.«

»Okay, w-wieso kommst d-du …« Im selben Moment dringt Amilcar statt mit einem mit zwei Fingern in mich ein. Dabei lässt er seinen Daumen über meine Klit kreisen, übt so viel Druck aus, dass mein Körper zittert.

Gott, er ist verflucht schnell.

Ich will mich zu Amilcar wenden, während mich Júpiter weiterhin am Kinn in Besitz nimmt.

»Auf einmal fängt sie an zu stottern. Sehr niedlich«, stellt Amilcar fest, umfasst meine Hüfte fester und beginnt, seine Finger schneller und rhythmischer in mir zu bewegen.

Júpiter reibt mit dem Daumen über meine Unterlippe, tritt an meine rechte Seite und umfasst ungefragt meine rechte Brust, um sie zu massieren. Ich hebe die Hand aus Amilcars Nacken. Doch Júpiter ist schneller und schiebt mein Bikinioberteil ungefragt zur Seite, damit er meine Brüste betrachten kann.

»Und gefällt dir, was du siehst?«, fragt Amilcar seinen Bruder, der seine Blicke von meinen Brüsten zu meinem Gesicht hebt. Mit dem Daumen umkreist er meine Brustwarze, während Amilcar weiterhin meinen Kitzler massiert und umkreist, sodass mir von Sekunde zu Sekunde heißer wird. Er stößt immer tiefer in mich, dehnt mich und übernimmt komplett die Kontrolle über meinen Körper. Ein beißendes Ziepen geht durch meine rechte Brustwarze, als Júpiter sie hart zwirbelt. Doch mit Amilcars schlanken Fingern in mir wandelt sich das Brennen in reinen Lustschmerz. In meinem Becken pocht es vor Verlangen wie lange nicht mehr. Gerade jetzt wünschte ich mir, Amilcar würde seine Finger durch seinen prallen Schwanz ersetzen. Dass er ebenso unter Strom steht und mich vögeln will, konnte ich vorhin spüren, als sein Schwanz hart und schwer in meiner Hand lag. Und er hat sich verdammt groß und gut angefühlt.

»Allerdings. Mir gefällt es sogar sehr«, raunt Júpiter nah an meinem Ohr.

Mit einem dunklen Leuchten beobachtet er, wie mich Amilcar weiterhin mit seinen Fingern um den Verstand bringt. Ich muss wirklich sagen, er ist ziemlich gut. Wenn er so gut im Bett ist, wie er seine Finger zum Einsatz bringt, dann wird das eine unvergessliche Zeit mit ihm.

Gänsehaut breitet sich auf meinem Körper aus, während die Sonne heiß in mein Gesicht strahlt und ich kurz davor bin, zu kommen. Júpiter übt mehr Druck auf meine Brustwarze aus. Das Brennen wandert wie ein elektrischer Impuls in mein Becken. Meine Klit fühlt sich angeschwollen und empfindlich an. Hände berühren meine Brüste, weitere umfassen fest meine Pobacken und ziehen sie auseinander. Amilcar küsst meine linke Halshälfte und lässt mich seine Zähne spüren. Júpiter nimmt meine rechte

Seite in Beschlag, wandert mit seinen Lippen, gefolgt von seinen rauen Bartstoppeln, über meine Schulter.

Egal, was ich unternehmen würde, um mich aus seinem Griff zu befreien, es würde mir nicht gelingen. Er würde mir nicht die Möglichkeit geben, auch nur einmal mit den Füßen den Boden zu berühren.

Aber das will ich auch gar nicht. Ich spanne mein Becken an, um ihn intensiver zu spüren, denn … ich brauche nicht mehr lange. Rhythmisch bewege ich mein Becken zu Amilcars Stößen und schließe flatternd die Augen. Gerade als meine Pussy kontrahiert, eine heiße Welle aus Verlangen und Gier über mir zusammenschwappt, höre ich Júpiter fragen:

»Und wie fühlt sie sich an?«

Weiterhin massiert er mit seiner großen Hand meine Brust, als würde sie ihm gehören. Nur ihm allein. Als ich blinzelnd aus den Augenwinkeln in seine Richtung schaue, sehe ich ihn diabolisch grinsen und mich dabei wie ein Sezierobjekt studieren. Er liebt, was er tut.

Und dann tritt der Moment ein, in dem ich nicht mehr will, dass einer der beiden aufhört. Mehr. Ich bin kurz davor, so verdammt tief zu kommen wie lange nicht mehr. Ich kralle mich in Amilcars Schultern, richte mich auf ihm höher auf, spanne mein Becken an und bewege mich rhythmisch immer schneller auf seinen Fingern, als würde ich auf ihnen reiten.

»Wow. Was sie macht, ist der Hammer. Du willst es so sehr? Kannst du bekommen, Babe«, keucht Amilcar und stößt tiefer in mich, erhöht den Druck um meine Klit und raunt mir zu: »Komm für mich,

Malady. Schrei.« Diese Anweisung gibt mir den Rest, kurbelt meine verdorbene Fantasie noch weiter an. Mehr, ich brauche nicht mehr lange.

Kaum dass er die Worte ausgesprochen hat, kann ich meine Lust nicht länger zurückhalten. Ich wölbe mein Rückgrat durch, als mein Körper vom puren Verlangen überfallen wird. Mein lautes kehliges Stöhnen wird vom Rauschen des Wassers übertönt, während meine Pussy sich eng um seine Finger schmiegt und ich »Gott, verdammt, ist das gut« schreie. Denn Júpiter hat im gleichen Moment, als er bemerkt hat, dass ich über die Klippe springen werde, in meine rechte Brustwarze gebissen. Und das so fest, dass ein greller Schmerz sofort in pure Begierde umgewandelt wird. Mit voller Wucht vereinen sich Schmerz, Gier und Lust zu einer berauschenden Mischung, sodass die Welt um mich verschwimmt und ich bloß noch vom vollkommenen Gefühl der Ekstase aufgefangen werde. Ich atme abgehackt und gebe mich dem Orgasmus voll und ganz hin, auch wenn mir bewusst ist, dass mich beide Männer beobachten und genießen, was sie tun.

»Saugeil. Wie sie sich fallen lassen kann. So ist gut, schrei weiter.« Hände streichen mein Haar aus der Stirn, Zähne beißen in mein Ohrläppchen, als mein Körper von Gänsehaut überzogen wird und meine Brustwarzen heiß kribbeln.

Da Amilcar den Druck nicht für eine Sekunde ändert, kommt es mir vor, als würde ich minutenlang auf seinem Arm beben und stöhnen. Der Höhepunkt kein Ende nehmen.

Doch allmählich weicht die pure Begierde einer

befriedigenden Erschöpfung und mein Körper sinkt schnell atmend in sich zusammen.

»Für den Anfang nicht schlecht, wenn man bedenkt, dass sie bisher keiner vögelt«, stellt Amilcar zufrieden fest. »Komm her.«

Er greift in meinen Nacken, um mein Gesicht herabzuziehen und mich gierig zu küssen, während seine Finger weiterhin in mir sind und der Orgasmus nachlässt. Zittrig und vollkommen benebelt schmiege ich mich an seinen athletischen Oberkörper und erwidere den verruchten, intensiven Kuss.

»Aber ich denke, sie friert etwas und will es bloß nicht sagen.«

»Sie hat einen Mund und kann …« Wieder dringt er in mich ein. Trotz der Wassermassen ist sein Stoß nicht gerade zurückhaltend. Wenn ich mir vorstelle, wie er mich außerhalb des Meeres mit harten Stößen nimmt, wird mir noch heißer.

»Kann was?«, fragt Júpiter. »Verschlägt es dir die Sprache?«

Ich strafe ihn immer noch angestrengt atmend mit einem wilden Blick. »Trag sie aus dem Wasser«, weist Júpiter seinen Bruder an.

»Es ist um einiges angenehmer, wenn wir dort unsere Unterhaltung fortführen.«

»Welche Unterhaltung?«, will ich wissen und schaue fragend zu ihm. Amilcar zieht sich aus mir zurück und lässt mich auf die Füße sinken. Kurz geben meine Knie nach, ehe mich Amilcar aufrecht hält. Ich rücke den Bikini wieder zurecht, als Júpiter mich mit einem spöttischen Blick besieht.

»Zieh das Teil besser sofort aus. Das wirst du nicht mehr brauchen.« Ein verdorbener Augenaufschlag von ihm lässt mich kurz tief durchatmen. Er will weitermachen? Auffordernd streckt er seine Finger aus, damit ich ihm das Bikinioberteil aushändige.

»Dir habe ich überhaupt nicht das Go erteilt, sondern Amilcar.« Auf meine freche Antwort reagiert er mit einem harten Blick.

»Ich war so frei, den unterzeichneten Vertrag in deinem Zimmer einzusammeln, nachdem ich dich nicht mehr im Anwesen gefunden habe, Malady.« Amilcar zieht die Schlaufen des Bikinioberteils in meinem Nacken und Rücken auf.

»Mach besser, was er sagt, sonst wird er ungemütlich. Glaub mir, das willst du nicht.«

»Ja und?«, hake ich nach und ignoriere Amilcars Ratschlag. Schnell halte ich ihn davon ab, mir den Stoff auszuziehen. Doch da er die Schleifen geöffnet hat, kann er mir mit einem Ruck das Oberteil herunterreißen und ich stehe ich in der nächsten Sekunde oben ohne im Meer.

Ohne reagieren zu können, umfasst Júpiter meinen Oberarm und führt mich vor sich her zum Strand.

»Du hast niemals, selbst an deinen freien Tagen nicht, das Anwesen zu verlassen, ohne dich abzumelden. Das ist die oberste Regel, die ich dir auch gern auf deine Hand tätowieren lasse, damit du sie jederzeit ablesen kannst.«

Jetzt wird er aber ungemütlich.

Das mit den freien Tagen muss ich überlesen haben. »Legst du mich jetzt deswegen übers Knie oder …?«

Ich höre noch Amilcar »Oh, oh« sagen, bevor Júpiter in meinen Nacken greift, als wäre ich ein Welpe, und mich rücklings ins Meer zieht. Ich reiße die Hände nach oben, um ihn davon abzuhalten, mich zu ertränken, als schon eine Welle über meinem Gesicht zusammenschlägt und ich Meerwasser schlucke. Salzwasser rinnt beißend in meine Nase, brennt in meinen Augen und ich drohe jeden Moment zu ersticken.

Ist er irre! Anscheinend mag er keine schnippischen Bemerkungen. Aber wenn er es drauf anlegt, kann ich auch austeilen. Ich bekomme sein Hemd zu fassen, als er mich wieder an die Oberfläche hebt, und funkele ihm Wasser hustend entgegen. Hektisch atme ich aus und wieder ein, bevor ich ihm die Worte: »Mach das nie wieder!«, entgegenschleudere.

Mit Schwung hole ich mit der rechten Hand aus, die er vollkommen unbeeindruckt in der Luft abbremst. Statt mich finster anzustarren, tritt eine Gefühlsregung wie Anerkennung in sein Gesicht. Anscheinend hat er mit keiner Gegenwehr und erst recht keiner Ohrfeige gerechnet. Dummerweise sind seine Reflexe ziemlich gut. Sehr gut, um genau zu sein.

»Flink bist du wirklich, aber verdammt frech. Das solltest du dir bei mir zweimal überlegen.«

»Es reicht jetzt, Júpiter«, höre ich Amilcar, der dazwischengehen will, bevor ich mit den Füßen den Halt auf dem Sandboden verliere. Das Wasser geht mir zwar nur noch bis zur Hüfte, dennoch hält mich

Júpiter so, dass ich eine Brücke mache und fast die Balance verliere. Löst er seinen Griff um meinen Nacken, lande ich wieder rücklings im Wasser, ohne den Sturz auffangen zu können.

»Ich möchte nur, dass sie die Regeln ernst nimmt.« Verärgert blickt er über mich hinweg zu Amilcar, danach betrachtet er einen Augenblick meine Brüste, an denen er Gefallen gefunden hat.

Ich reiße wieder die Hände hoch, um seinen Arm zu umfassen und mit meinen Nägeln seine Haut zu zerkratzen. Júpiter ist wesentlich schneller und taktisch klüger als Belisario oder Amilcar. Ihn abzuschütteln, wird nicht einfach sein. Zwar fügt er mir keine Schmerzen zu und sein Griff ist lange nicht so hart wie damals der von Belisario, trotzdem kann ich ihm nicht entkommen. *Verdammter Mist!* Wehrlos hänge ich unter ihm fest. Bewege ich einen Fuß, rutsche ich weg. Hinter mich greifen, wird seinen Griff auch nicht lockern.

Er will unmissverständlich klarmachen, die komplette Kontrolle über mich zu haben, selbst wenn ich glaube, die Oberhand gewonnen zu haben.

»Sie stimmt ja zu«, beschwichtigt Amilcar ihn.

»Tust du das?«, fragt mich Júpiter plötzlich wie ausgewechselt und scheißfreundlich. *Mann, er kann ja sogar schmierig lächeln, dieser Arsch!*

Ich verziehe das Gesicht, aber nicke.

»Ja, verflucht«, bringe ich gepresst hervor, da die Haltung in den Oberschenkeln schmerzt und mein Rücken zu lange überstreckt wird.

»Na dann …« Mit Schwung hebt er mich wieder in die Senkrechte und gibt meinen Nacken frei. Ein erleichtertes Stöhnen kommt über meine Lippen, da sich endlich meine angespannten Muskeln wieder lockern. »Die Regeln sind nicht da, um dich zu malträtieren oder einzusperren, sondern um dich zu beschützen, vergiss das nicht!«, gibt er mir die belehrenden Worte wie die eines Psychotherapeuten in der Geschlossenen mit auf den Weg.

»Keine Sorge«, murmele ich angefressen. »Trotzdem kann ich sehr gut auf mich allein aufpassen«, kann ich mir meine Bemerkung nicht verkneifen, als er bereits einige Schritte weiter Richtung Strand gelaufen ist. Abrupt bleibt er stehen, während ich an Amilcars Seite husche. In seiner Anzughose und dem schwarzen Hemd schüttelt Júpiter den Kopf und steigt aus dem Wasser. Er hat bloß seine Schuhe und Socken ausgezogen und am Strand zurückgelassen.

»Nein, das kannst du an diesem Ort nicht.«

»Sie hat Belisario heute geschlagen« erklärt Amilcar stolz, hebt mich mit einem Satz auf seine Arme und trägt mich aus dem Wasser. »Keine Sorge, ich pass auf dich auf.«

»Du hättest ihn erst gar nicht hierhin bestellen sollen«, zische ich und boxe gegen seine Brust. Amilcar seufzt gequält.

»So sollte es ja nicht enden. Ihr seid wie zwei Kampfhähne auf Dope.«

Júpiter wird sein klitschnasses teures Hemd los, bevor er sich zu uns umdreht und es auswringt.

»Sie hat was getan, Amilcar!« Nun scheint Amilcar ebenfalls seine herrische Breitseite abzubekommen. Wir sitzen im selben Boot. Es wird Zeit, dass wir die Paddel in die Hand nehmen und davonrudern, solange wir noch können.

»Was grinst du so blöd!« Da ich nicht grinse, muss er seinen Bruder meinen.

Vor uns baut er sich auf wie eine dunkle Gottheit. Er ist um einiges breiter gebaut als Amilcar. Feine Härchen ziehen sich von seinen Brustmuskeln zu seinem Bauchnabel. Seine Brustbehaarung wirkt jedoch nicht ungepflegt wie bei manch älteren Männern, sondern ziemlich symmetrisch und attraktiv.

»Ja. Und?«, antworte ich, nachdem Amilcar keinen Ton von sich gibt. »Belisario hat mich zusammen mit seiner Begleiterin im Dorf lächerlich gemacht. Ich konnte das nicht auf mir sitzen lassen.« Vor den Brüsten verschränke ich die Arme, damit die Brüder sie nicht mehr anglotzen, sondern mich ernst nehmen. Doch Amilcar setzt mich ab und zieht mir in derselben Bewegung mein Höschen komplett aus.

»Hey«, meckere ich und will mir mein Bikiniunterteil zurückholen. In dem Moment tritt Júpiter auf mich zu und greift nach meiner Schulter.

»Du warst im Dorf?«, fragt er ruhig und mit gesenkter Stimme, die nichts Gutes verspricht. Lügen ist keine Option.

»Ja«, antworte ich wahrheitsgemäß. »Ich wollte mir den Markt ansehen, während ich auf das Taxi gewartet habe. Dabei bin ich auf die dunkelhaarige Diva gestoßen.«

Ich habe das ungute Gefühl, dass ich mit jedem Wort, das ich ausspreche, mich tiefer in die Misere reite. Jeden Moment wird er explodieren.

»Du erzählst das freiheraus, als stelle das überhaupt kein Problem dar. Du bist laut deiner Beschreibung auf Maryse Cardoso getroffen, Belisarios Schwester.«

»Kann sein. Amilcar, gib mir meinen Bikini zurück!«, rufe ich ihm nach.

»Ich gebe dir gleich was anderes zurück.« Anzüglich lächelnd hebt er die rechte Braue und befördert meinen Bikini über zehn Meter weit über den Strand. Hinter den Felsen landet er im Sand. Als ich hinterherhechten will, bekommt mich Júpiter zu fassen und zieht mich zu sich.

»Ich rede noch mit dir.«

»Dein Bruder lenkt mich ab.«

»Stimmt doch gar nicht«, lacht Amilcar und hebt unschuldig die Hände in die Luft. »Deine Rückansicht …« Er gibt ein frivoles Raunen von sich. »Gefällt mir.«

Weiterhin meine Brüste und nun meine Weiblichkeit versteckend drehe ich mich mit dem Gesicht zu Amilcar herum. Ich befinde mich in einem Kreuzverhör, und das nackt. Daran ist verdammt noch mal nichts komisch.

»Amilcar, sieh doch bitte in meinem Wagen nach, ob ich dort mein Handy vergessen habe.« Júpiter tastet seine triefend nasse Anzughose ab, obwohl er und ich wissen, dass er sein Smartphone überhaupt nicht sucht.

Unmerklich schüttele ich den Kopf, damit Amilcar nicht geht, und weiche vor Júpiter zurück, der sich weiter Angst einflößend vor mir aufbaut. Seine dunkelblauen Augen sind aufgebracht, sein schwarzes glänzendes Haar glänzt im Sonnenlicht golden. Wassertropfen rinnen über sein Gesicht und aus seinem Haar. Sie tropfen auch an seinem Kinn, über das die große Narbe verläuft, hinab zwischen uns auf den heißen Sand.

»Klar, bin gleich zurück.« Dieser Dummkopf kann mich doch nicht mit seinem älteren Bruder allein lassen. Nicht in diesem Moment, wenn ich ihm komplett ausgeliefert bin.

»Was soll das?«, frage ich Júpiter, der jeden Schritt, den ich splitterfasernackt zurücklege, aufholt. Dabei wandern seine Augen unaufhörlich über die Körperpartien, die ich nicht mit den Händen bedecke.

»Du hast doch gerade gesagt, mein Bruder würde dich ablenken. Jetzt stört er die Unterhaltung nicht länger. Nimm die Hände von deinem Körper und weich mir nicht aus.«

Nein. Ich senke die Brauen. »Wir können uns auch so unterhalten.«

»Muss ich mich wiederholen? Oder schämst du dich?«

»Tue ich nicht, aber ich kann kein ernsthaftes Gespräch führen, wenn ich nackt bin.«

»Somit ist es dir peinlich«, stellt er mit einem melodischen Klang in seiner Stimme fest, der Gänsehaut bei mir verursacht und mir einen kalten Schauer über den Rücken jagt.

»Nein.«

»Wieso machst du dann nicht einfach, was ich sage?«

Verflucht, mit ihm diskutieren, wird in Zukunft nicht viel bringen.

Mir bleibt eine Möglichkeit, seine Forderung zu umgehen, indem ich das Missverständnis im Dorf aufkläre und ihn damit konfrontiere.

»Ich habe im Dorf erfahren, dass du von den Bewohnern verdächtigt wirst, deine Frau umgebracht zu haben, und du für das Verschwinden von fünf Au-Pair-Mädchen verantwortlich bist. Kannst du mir das erklären?«

Rückwärtsgehend werfe ich knappe Blicke über die Schulter. Gleich habe ich einen schulterhohen Felsen, der im heißen Sand aufragt, zwischen uns gebracht.

Júpiter bleibt wie vom Blitz getroffen stehen. Ein tiefer Groll und etwas wie unersättliche Mordlust flackern in seinem Gesicht auf. Zum ersten Mal macht er mir mit diesem Gesichtsausdruck Angst. So richtig Angst, da er genau so aussieht, wie die Dorfbewohner ihn beschrieben haben. Scheint, als hätte er nicht gewusst, was die Leute hinter seinem Rücken tuscheln.

»Ich habe meine Frau nicht umgebracht. Für das Verschwinden der Au-Pairs bin ich auch nicht verantwortlich«, antwortet er erstaunlich gefasst, während er zum Meer blickt. »Ich habe gewusst, dass etwas in der Art über mich erzählt wird. Die Cardoso sorgen auf diesem Weg dafür, dass die Aufmerksamkeit von ihnen abgelenkt wird, aber ...« Er ballt die linke Hand zu einer Faust, sodass seine Armsehnen hervortreten. Ich verschwinde hinter dem Felsen, aber höre ihm aufmerksam zu.

»Aber?«, hake ich neugierig nach.

»Aber wenn du ihnen mehr glaubst als mir, kann

ich das verstehen. Ich weiß, wie ich auf andere wirke.«

»Vor wenigen Minuten ziemlich einschüchternd«, schiebe ich nach.

Von meiner Spitze angegriffen kneift er die Augen zusammen, aber bringt ein knappes Lächeln hervor. Als er mich hinter dem Felsen genauer betrachtet, runzelt er die Stirn.

»Willst du dich weiterhin dahinter verstecken?«

»Es ist nur zu meiner Sicherheit, die dir ja auch am Herzen liegt. Wenn es stimmt, was du vorhin gesagt hast.« Lächelnd studiere ich den groß gewachsenen Mann mit dem sportlichen Körper, der vor Monaten sicher noch attraktiver aussah. Seine Anzughose klebt an seinen Beinen und ist zur Hälfte getrocknet, sie sitzt verdammt tief, sodass ich den Ansatz seiner Hüften und das leicht ausgeprägte V seiner Muskelstränge unterhalb seines Bauchnabels erkennen kann. Früher war er sicher perfekt durchtrainiert und erweckte einen noch autoritäreren Eindruck als gerade. Wobei mir die abgeschwächte Version aktuell genügt. Auf dem Weg ins Dorf habe ich mich über ihn belesen.

Auf Madeira gibt es weitere zwei Männer mit dem Namen Júpiter Almeida. Der Familienname Almeida ist ziemlich geläufig, aber es gab nur einen passenden Treffer, wenn man Júpiter Almeida und Präsident von Madeira eingab. Mir wurden reihenweise Berichte und Fotos von ihm angezeigt. Sogar Bilder, auf denen er während Spendengalas, Treffen im Ausland oder Besuchen von anderen hochrangigen Persönlichkeiten mit seiner Frau fotografiert wurde. Die brünette Frau an seiner Seite sah der auf dem großen Gemälde im Eingangsbereich zum Verwechseln ähnlich. Ich fand auch Artikel über das Verschwinden und die Ermordung von Raica Almeida. Amilcar hatte mich nicht belogen. Sie wurde mit einer unmenschlichen Grausamkeit gefoltert und ihre Leiche auf unvorstellbare Weise geschändet.

Zwar konnte ich mir noch nicht alle Artikel durchlesen, aber habe den größten Teil überflogen.

Aus dem ehemals so einflussreichen Mann, der ein schönes luxuriöses Anwesen bewohnt hatte, zwei gesunde Kinder besaß, eine Frau, die immer an seiner Seite war und hinter ihm stand, wurde ein zurückgezogener, gebrochener Mann.

»Ja, die liegt mir am Herzen, Malady. Ich will nicht, dass sich das wiederholt.« Als er an dem Felsen angekommen ist, hinter dem ich mich aufhalte, schenkt er mir einen vertrauensvollen Blick. »Ich kann verstehen, wenn dich die Gerüchte über mich an mir zweifeln lassen, wenn du glaubst, es sei etwas an den Vorwürfen dran. Schließlich kann ich dir kaum das Gegenteil beweisen.«

Das denkt er? Ich würde behaupten, viele Menschen in meinem Leben getroffen und mit ihnen Gespräche geführt zu haben. Von ehrlichen offenen Menschen bis hin zu Ganoven, Schlitzohren und welchen, die einen über den Tisch ziehen wollen, war so ziemlich alles dabei. Was unvermeidlich ist, wenn man in einem Nachtclub jobbt. Man bekommt als Frau leider auch die schrägen, aufdringlichen Charaktere zu sehen, denen man nachts nicht allein auf der Straße begegnen will. Somit habe ich ein Gespür entwickelt, wer mich täuscht und wer nicht. Zwar würde ich, wie gesagt, nicht meine Hand für ihn ins Feuer legen, aber ich bin mir ziemlich sicher, dass er nichts mit dem Mord an seiner Frau zu tun hat.

»Ich schenke Gerüchten keinen Glauben«, antworte ich ihm. »Auch wenn du vorhin gerade ziemlich streng warst und kurz davor gewesen bist, eine Grenze zu überschreiten, weiß ich, dass du mir nie etwas getan hättest. Anders ist es mit Belisario. Er hat mich bereits angegriffen und wurde aufdringlich. Aktuell würde ich ihm die Tat eher zutrauen.«

Überrascht, diese Worte von mir zu hören, lockert er seine Faust und zucken seine Augenbrauen. »Du glaubst mir also?«

»Ja. Ich glaube dir. Rate, wieso ich mich nicht zurückhalten konnte und Belisario meine Faust ins Gesicht gerammt habe? Weil er und seine Schwester meine Geschichte ebenfalls als lose Anschuldigung abgestempelt haben. In dem Moment wusste ich, wie du dich fühlen musst. Und auch, wie diese Gerüchte um deine Familie entstanden sind. Die Cardoso haben einen großen Einfluss auf die Bewohner.«

Ich stütze die Unterarme auf den Felsen ab, über dem ich zu ihm schaue. Aus den Augenwinkeln entdecke ich oberhalb der Klippe Amilcar, der sich auf einen Gesteinsbrocken gesetzt hat, zu uns herunterblickt und abwartend nach vorn gebeugt das Gesicht auf der Hand abstützt. Er wird erst herunterkommen, sobald alles zwischen seinem Bruder und mir geklärt wurde.

»Sie haben nicht einmal dir geglaubt?«, fragt er nach.

Ich schüttele traurig den Kopf. »Nein.«

Eine kurze Zeit tritt eine beklemmende Stille ein. Nur das Krächzen der Möwen und das leise Rauschen der Meereswellen, die an den Strand gespült werden, ist zu hören.

»Es war wirklich mutig von dir, dass du Belisario geschlagen hast.«

Ein Lob? Lächelnd begegne ich seinem Blick. »Aber auch ziemlich dumm.« Mein Lächeln verblasst.

»Trotzdem war es mir das wert. Ich würde es wieder tun.«

»Du bist wirklich nicht ohne. Das bedeutet für mich, dass ich stärkere Sicherheitsvorkehrungen treffen muss.«

»Wieso?« Ich richte mich hinter dem Felsen auf.

»Weil wir nicht wollen, dass du als nächstes Au-Pair verschwindest. Du hast, ob gewollt oder ungewollt, die komplette Aufmerksamkeit auf dich gezogen. Die Cardoso werden vermutlich in diesem Moment ihre Köpfe zusammenstecken und sich etwas überlegen, um dich loszuwerden und es mir in die Schuhe zu schieben. Willkommen als neue Figur auf dem Spielbrett einer brutalen Familienfehde, Malady.«

Obwohl mir seine Worte kurzzeitig die Luft abschnüren und ich den Kloß in meinem Hals hinunterschlucken muss, bereue ich meine Entscheidung nicht.

Nein, auf keinen Fall.

✀ 15 ✀

BELISARIO

Ich suche mit dem Fernglas den Strandabschnitt ab, bis ich endlich vor einem Felsen stehend Júpiter Almeida entdecke.

Sieh an, er hat sein Anwesen tatsächlich verlassen. Seit Langem kommt er aus seiner Höhle gekrochen, in der er hätte meinetwegen für immer dahinvegetieren können.

»Siehst du was?«, fragt Dalmiro, der genüsslich einen Zug von seiner Zigarette nimmt und den Qualm in meine Richtung bläst.

»Ja, unser kleines freches Prinzesschen und den Almeida höchstpersönlich.«

»Der Jüngere oder der Ältere?«

»Der Ältere natürlich«, antworte ich scharf. »Er steht vor einem Felsen oberkörperfrei und …« Ich schwenke das Fernglas hinter den Felsen, der teilweise von dem Vorsprung der Klippe aus diesem Blickwinkel versteckt wird. *Ach, wie interessant.*

Ich korrigiere die Schärfe des Fernglases, um die helle Rückenansicht einer nackten schlanken Frau zu erkennen.

»Und was?«

»Die Kleine ist nackt. Sie trägt nichts an ihrem Körper.«

»Echt jetzt?« Dalmiro schnippt die Kippe aus der heruntergelassenen Scheibe, um nach dem Fernglas zu greifen. »Lass mich auch sehen.«

»Nein, warte … Ich will sie selbst sehen. Verdammt, sie hat einen geilen Arsch.«

»Was machen sie? Wieso steht sie nackt hinter einem Felsen?«

»Woher soll ich das wissen, du Idiot!«, fahre ich ihn an, ehe mir Dalmiro das Fernglas aus den Händen reißt. Dalmiro wirft einen Blick hindurch, bevor er beeindruckt pfeift.

»Du hast recht, wirklich praller Arsch. Und die hat dir im Stall in die Eier getreten? Sie sieht grade ziemlich verängstigt aus. Versteckt sie sich vor ihm?«

»Sie hat mir nicht in die Eier getreten«, korrigiere ich ihn beleidigt. »Sie hat nur ihr Knie angezogen, als ich auf ihr lag, und hatte Glück.«

»Ist doch fast dasselbe.«

»Ganz und gar nicht. Denkst du ernsthaft, so ein

freches Hühnchen hat gegen mich eine Chance?«, gehe ich ihn an.

»Sie hat deine Nase zum Bluten gebracht. Sieht ganz danach aus, als hätte sie Pfeffer in diesem kleinen Hintern. Mann, die gefällt mir.«

»Du weißt, dass ein Niesen genügt, schon blutet meine Nase. Sie hat mich nicht mal ernsthaft verletzt«, wiegele ich den lächerlichen Wutausbruch von ihr ab. Ich will ganz sicher nicht als das Opfer dieser Großstadtgöre dastehen, von der ich mich habe verprügeln lassen. Die Kleine wird dafür bezahlen. Das ist nun das zweite Mal, dass sie mich attackiert und sich zur Wehr gesetzt hat. Ein drittes Mal wird ihr das nicht mehr gelingen.

»Wers glaubt«, antwortet Dalmiro halb schnaubend, halb brummend. »Also ist sie das nächste Ziel?«

»Darauf kannst du deine Affäre verwetten. Ich greife sie mir in einem günstigen Moment.« Gerade befindet sie sich in Sicherheit, weil Júpiter Almeida sich direkt vor ihrer Nase aufhält und weiter oben Amilcar Almeida die gesamte Bucht im Auge behält. Hinter den dicht gewachsenen Büschen am Straßenrand hat er zwar kurz zu unserem schwarzen Auto aufgesehen, aber anscheinend nicht gecheckt, wer im Wagen sitzt. Die gesamte Zeit starrt er zu seinem älteren Bruder.

»Nicht heute? Hier wäre der perfekte Ort«, schlägt Dalmiro vor.

»Bist du bescheuert? Nein, Cleto würde mir die Kehle aufschneiden, wenn ich voreilig eingreife und mir einen Fehler erlaube. Wir werden noch genügend Möglichkeiten haben, um sie in die Finger zu bekommen. Verlass dich drauf. Und jetzt – gib her!«

Ich erobere mir das Fernglas zurück, um die Auseinandersetzung am Strand ungestört zu beobachten. Doch als ich den Buchtabschnitt absuche, ist das Au-Pair weiter vorn zu sehen und trägt ein Kleid.

Júpiter Almeida steht wie ein Wachhund hinter ihr, während sie ihre Sachen einsammelt. Es ist nur eine flüchtige Kopfbewegung, aber für den Bruchteil einer Sekunde schaut Almeida in unsere Richtung und kneift die Augen zusammen. *Wir wurden entdeckt.*

Das Fernglas muss das Sonnenlicht reflektiert und Almeida darauf aufmerksam gemacht haben. *Scheiße!*

»Fogo! Wir sollten von hier verschwinden.« Rasch werfe ich das Fernglas auf Dalmiros Schoß, damit er es auffängt.

»Sag nicht, wir wurden entdeckt?«

»Fique quieto! Halts Maul«, blaffe ich ihn ungehalten an. »Ich bin mir nicht sicher. Gerade ist mir die Sache zu heiß. Überlegen wir im Anwesen, wie wir uns das Früchtchen vorknöpfen werden.«

Denn nicht mehr lange und auch sie wird von der Bildfläche verschwinden. Für immer. Natürlich nachdem ich mit ihr abgerechnet habe. Auf eine Art, die sie bitter bereuen wird, mich jemals angegriffen zu haben.

MALADY

Leider wurde meine kleine Inseltour beendet, weil Júpiter ein verdächtiges Auto versteckt hinter Sträuchern auf der Klippe entdeckt hat.

Wieder im Anwesen habe ich es mir deshalb auf einer Strandliege gemütlich gemacht. Zwei Poolbauer sind vorbeigekommen, die, während ich in meinem Buch gelesen und mit meiner Familie getextet habe, die Technik der Poolanlage überprüft und wieder instand gesetzt haben. Es hat über drei Stunden gedauert. Aber jetzt, nachdem der Pool sogar von zwei weiteren Personen geschrubbt wurde, läuft bereits Wasser in das Becken.

Im Bikini mit der Sonnenbrille auf der Nase lese ich Stunde um Stunde weiter. Der Roman ist so fesselnd, dass ich ihn kaum zur Seite legen kann. Als Almira und Quino von Amilcar zurückgebracht wurden, erkundigten sie sich bei mir, was es zum Abendbrot gibt. Eigentlich wollte ich keinen Finger rühren, da ich freihabe, aus dem Grund habe ich ihnen verkündet: »Wir bestellen heute Essen. Pizza.«

Beide haben große Augen gemacht, während Júpiter sie verdreht hat. Aber da er nicht kochen will oder ganz sicher nicht kann, ließ er sich von uns breitschlagen.

In Abständen beiße ich von meiner Thunfischpizza mit Käserand und Extra Cheddar. Es kann nicht genug Käse auf Pizza geben.

Ein Schatten versperrt mir die letzten Sonnenstrahlen, die hinter den hohen Bäumen des Grundstückes allmählich verschwindet.

Ohne aufzublicken, da es gerade bei den Figuren in meinem Buch heftig zur Sache geht, huschen meine Augen über die Zeilen.

»Sei in anderthalb Stunden in meinem Arbeitszimmer, um den Rest zu klären«, dringt Júpiters sonore Stimme zwischen meine Bettszene in meinem Erotikroman.

»Mhm«, gebe ich von mir, während mir immer heißer wird. Ich presse die Knie zusammen, als ich wahrscheinlich ein ziemlich komisches Gesicht mache. Der Schatten verschwindet vor mir. Ging ja schnell.

»… Seine Zunge drang an Stellen in mir, die meine Lust ins Unermessliche beflügelte und meinen Körper in Ekstase versetzte. Nie zuvor hat mich ein Mann auf diese Weise …«, höre ich hinter mir Júpiters Stimme, als er laut in meinem Roman mitliest. Augenblicklich klappe ich das Buch zu.

»Mitlesen ist verboten«, schimpfe ich und schaue zu ihm auf.

»Kann doch nicht schaden, meinen Horizont zu erweitern und zu erfahren, was eine Dreiundzwanzigjährige für Erwartungen an einen Mann stellt.«

»Ich habe keine Erwartungen, wenn ich solche Lektüre lese.«

»Ach nein?« Mit beiden Händen stemmt er sich an der Lehne der Liege ab, um sich zu mir herunterzubeugen. »Wieso liest du dann so was? Entweder um in eine Scheinwelt zu flüchten, weil Männer dir bisher nicht das geben konnten, was dort in dem Buch steht. Oder weil du noch dazulernen willst.«

Ich schmunzele. »Ich muss nicht dazulernen. Ich habe schon so einiges ausprobiert, glaub mir.«

»Jetzt wird es interessant. Was alles?«

Verdutzt blinzele ich und lausche dem Plätschern des Wassers, während ich in seine Augen blicke und nach den passenden Worten suche. »Eine Frau schweigt und genießt.«

»Tut sie das?«

»Ja.«

Er lacht süffisant auf, sodass seine weißen perfekten Zähne zum Vorschein kommen. »Ich denke nicht, dass du wirklich schon alles ausprobiert hast. Dafür bist du etwas zu jung. Damit meine ich nicht unerfahren. Du hast doch nicht in einem Nachtclub gearbeitet, um dich kaufen zu lassen, sondern zu tanzen und die Besucher zu bedienen und zu unterhalten. Oder hast du dich doch als Escortdame oder Prostituierte bezahlen lassen?«

»Nein.« Also nicht wirklich. »Ich bin nur mit den Männern mitgegangen, die mich angesprochen und mir gefallen haben. Mit manchen habe ich ohne Geld geschlafen, andere haben mir etwas dafür gegeben.« Das ist nicht gelogen. Es war auch nicht jede Schicht so. Vielleicht pro Monat einmal.

»Dann muss ich mir also keine Sorgen machen, dich zu überfordern, wenn wir weitergehen, weil du ja schon alles probiert hast?«

Er will testen, ob ich vor etwas zurückschrecke. »Ich habe ein Vetorecht. Das steht im Vertrag.«

»Es steht auch, dass wir es ignorieren können, wenn wir wollen.« Er hat recht.

»Machst du dir etwa Sorgen um mich, weil du glaubst, ich würde es nicht durchhalten?« Mit den Fingerkuppen fahre ich über seine Wange. Seine Bartstoppeln geben ein kratzendes Geräusch von sich, als ich über sie streiche. Er bekommt mein Handgelenk zu fassen, um mit den Lippen über meinen Handrücken zu gleiten.

»Nein, die Sorgen mache ich mir nicht. Eher, dass du mir nicht sagen würdest, wenn es dir zu viel wird. Ich verspreche dir eins, Malady. Ab übermorgen wirst du …« Seine linke Hand wandert über meine Schulter, tiefer zu meinem Triangel-Bikini-Oberteil. Unaufhaltsam schiebt er die Finger unter den Stoff, um meine Brust besitzergreifend zu umfassen. »Keines dieser Bücher mehr lesen wollen.«

»Weil ihr so viel besser seid?«

»Finde es heraus.«

Zuerst sanft, dann fester zwirbelt er meine Brustwarze. Ich beiße die Zähne zusammen, aber verziehe keine Miene, wie er es vermutlich erwartet. »Sollte dir aber schon heute Abend langweilig sein und solltest du testen wollen, ob das Ganze etwas für dich ist, lass es mich wissen. Soraia wird heute Abend auf die Kinder aufpassen.«

Er setzt ziemlich hohe Maßstäbe. Und irgendwie klingt sein Angebot verlockend. Abwechselnd schaue ich von seinem rechten zu seinem linken Auge. Das Flamingorot des Sonnenuntergangs spiegelt sich in seinen blauen Iriden wider, sodass ein einzigartiger Farbton entsteht.

»Ich werde es mir überlegen.«

»In neunzig Minuten verrätst du mir, wie du dich entschieden hast.«

Als er meine Hand freigibt und sich von mir zurückzieht, richte ich mich auf der Liege auf.

»Wie sieht es eigentlich wegen der Verhütung aus?«, frage ich ihn neugierig. »Besteht ihr auf Gummis?«

Ich will nur sichergehen, dass ich nicht mit einem Säugling im Gepäck zurück nach Amerika reise. Wobei ich die Pille nehme und das ohnehin ausgeschlossen ist.

»Vernünftig, dass du das ansprichst. Nein, wir benutzen keine Kondome. Ich habe deinen Gesundheitscheck von vor einem Monat vorliegen.«

»Du hast was?« Wie ist er daran gekommen?

»Du bist gesund, wir versichern dir ebenfalls, dass wir keine Krankheiten haben. Da du die Antibabypille nimmst und dich ohnehin nicht mit anderen Männern vergnügen darfst, ist es kein Problem, auf ein Kondom zu verzichten.«

Mit ihm darüber zu reden erinnert mich an den peinlichen Versuch, vor den Augen des Biolehrers ein Kondom über die Banane zu rollen. Automatisch denkt man an das männliche Glied. Wie er wohl bestückt ist? Und wie es sich anfühlt, wenn er in mir ist? Bisher gibt es immer noch diese Distanz zwischen uns. Er ist mein Chef, ich bin seine Angestellte, ganz einfach. Es ist ein strengeres Verhältnis, als eine Dienstleistung bei einem Kunden zu erbringen, dem man am nächsten Morgen nicht am Frühstückstisch gegenübersitzen muss.

»Okay«, antworte ich knapp und verberge meine vermutlich rot anlaufenden Wangen, indem ich mein Gesicht wieder hinter dem Buch verstecke. Ein amüsiertes Lachen erklingt hinter mir, bevor es verstummt. Nach einigen Sekunden schaue ich um die Lehne. Er ist verschwunden.

Mein Herz pocht dafür immer noch schneller als gewöhnlich. Wofür sollte ich mich entscheiden? Ich würde zu gern austesten, wie es mit ihm ist.

Mach ichs? Oder mach ichs nicht?

$\sim$

Neunzig Minuten später klopfe ich auf die Minute genau an seine Arbeitstür. Almira und Quino habe ich auf dem Weg zu seinem Büro eine gute Nacht gewünscht. Es ist kurz nach einundzwanzig Uhr. Beide sollten längst schlafen, aber Soraia hat ihre Probleme, weil Almira darauf bestand, dass ich sie wieder ins Bett bringe. Die Kleine ist einfach so goldig. Mittlerweile habe ich zu ihr ein vertrauensvolles Verhältnis aufgebaut, wohingegen Quino noch immer daran zweifelt, ob ich wirklich ein Jahr bleiben werde.

»Ich mach das schon, keine Sorge. Gehen Sie. Gehen Sie runter. Ich kriege das hin. Ja, ehrlich«, erklärte mir Soraia mit kaum überzeugender Miene und scheuchte mich aus dem Kinderzimmer.

Nervös wie lange nicht mehr kaue ich auf der Unterlippe, als im nächsten Moment die Tür von Amilcar geöffnet wird.

»Da bist du ja. Heute kommt der feierliche Teil«, empfängt mich Amilcar in einem noblen Anzug. Als ich zum Schreibtisch blicke, entdecke ich hinter ihm auch Júpiter am Fenster in einem tiefschwarzen Anzug.

»Okay, wenn ihr heute noch andere Pläne habt und irgendwo hingehen wollt, hättet ihr mir das sagen können.«

Lieblos zupfe ich an meiner dunkelblauen Tunika mit Knopfleiste. Ich habe für das Gespräch einen meiner schönsten Push-ups angezogen, extra drei Knöpfe weiter geöffnet, damit sie einen uneingeschränkten Einblick in meinen Ausschnitt haben, und einen kurzen dunklen Jeansrock angezogen. Aber ich ging nicht davon aus, mich elegant kleiden zu müssen. Zwar habe ich einige Partydresses im Gepäck, weil ich gern feiern gehe, aber kein Abendkleid.

»Kein Problem. Darüber musst du dir keine Gedanken machen. Du hättest nackt kommen können, selbst das wäre passend genug gewesen«, fügt Amilcar hinzu, legt seine Hand auf meinen Rücken und schiebt mich zum massiven imposanten Schreibtisch. »Setz dich doch. Wasser steht auch hier. Falls du einen Wein oder etwas anderes trinken willst, lass es mich wissen.«

»So förmlich?«, rutscht es mir heraus.

Skeptisch schaue ich zu Amilcar auf, der sogar sein dunkelblondes Haar locker aus der Stirn gekämmt hat. Júpiter dreht sich am Fenster zu uns um.

»Amilcar trägt etwas dick auf.«

»Ich möchte nur, dass es ihr an nichts fehlt.«

»Aha«, bringe ich halb verwirrt, halb beeindruckt hervor.

Vor mir befinden sich auf dem Schreibtisch die Verträge, die bis auf die letzte Seite aufgeblättert neben einem Füllfederhalter daliegen. Meine Unterschrift befindet sich bereits unter den Verträgen, ihre beiden fehlen jedoch noch.

Mein Herz droht jeden Moment aus dem Brustkorb zu hüpfen, als Júpiter auf seinem Lederstuhl Platz nimmt. Auch er hat sich nicht bloß umgezogen, sondern sich frisch rasiert und verströmt einen maskulinen, nach Amber und etwas wie Sandelholz riechenden Duft. Riecht sehr gut. Er spricht genau die Note, die ich an Männern liebe, an.

Hinter mir bleibt Amilcar stehen, der die Stuhl-

lehne des mir allzu vertrauten moosgrünen halbrunden Sessels umfasst.

»Ihr macht es echt spannend«, sage ich, da sie
Blicke austauschen, die ich nicht deuten kann.

»Keine Sorge, du musst dich nicht unwohl fühlen. Bring ihr doch etwas zu trinken. Einen Quiet
Man Singel malt«, richtet Júpiter seine Bitte an Amilcar, der hinter mir nickt, als ich den Kopf in den Nacken lege, danach auf die Bar zusteuert.

»Malady«, beginnt Júpiter das Gespräch mit
einem ernsten Unterton. Gott, jetzt bekomme ich
neben einem Herzkasper noch Gänsehaut.

»Wir schließen keinen Ehevertrag ab«, lasse ich
ihn wissen, bevor er weiterspricht.

Sein Gesichtsausdruck gerät ins Wanken, während Amilcar hinter mir lacht. »Humor hat sie.«

»Ja, einen miserablen«, stimmt Júpiter hinzu. »Sei
einen Moment ernst.«

»Bin ich«, versichere ich ihm, falte die Hände auf
meinen nackten Oberschenkeln zusammen und
richte mich kerzengerade im Sessel auf.

»Sehr gut. Könnte öfter so sein.« Ich öffne gerade
den Mund, um ihm eine freche Antwort zu geben,
als er mir einen strafenden Blick schenkt. Sofort
klappe ich den Mund zu. Er schmunzelt unbeeindruckt mit einem Blick, in dem steht: »Geht doch.«

»Ich mache es kurz.«

Mit zusammengepressten Lippen nicke ich. »Die
Umstände haben sich etwas geändert. Was unter anderem nicht nur unser Verschulden ist.«

»Sekunde …«, werfe ich ein. »Verschulden?«,

wiederhole ich auf Portugiesisch. »Ich verstehe nicht jedes komplizierte Wort.«

»Du bist mit dran schuld«, erklärt Amilcar. »Für dich, meine Schöne.« Vor mir stellt Amilcar einen Whisky mit Eis auf einem Untersetzer ab.

»Okay, du musst nicht so förmlich reden«, flüstere ich Júpiter zu, greife zum Glas und nehme einen Schluck. In seinen Augen lodert dieses Höllenfeuer auf. Dieses Mal presst er die Lippen zusammen, ganz sicher, um sich zurückzuhalten. Es ist erstaunlich leicht, sein Ego anzukratzen.

»Zumindest hat sich die aktuelle Situation verschlimmert. Aus dem Grund habe ich zwei weitere Absätze im Vertrag hinzugefügt. Erstens: Verlässt du auch nur einmal das Anwesen, ohne uns zu informieren, gehst du. Das ist mein voller Ernst.«

Das ist die Quittung für meinen unabgesprochenen Kurztrip ins Dorf. Ich verstehe seine Entscheidung, dennoch liegen mir seine strengen Worte schwer im Magen. Ich hole zwischen den Lippen flach Luft, was er als Widerwort wertet.

»Ich war noch nicht fertig.«

»Ich wollte dich nicht unterbrechen«, versichere ich ihm, nehme einen zweiten Schluck von dem herben Whisky und kippe Cola dazu, die mir Amilcar als gekühlte Dose daneben gestellt hat. Júpiter betrachtet mein Vorhaben misstrauisch, als wäre ich komplett verrückt. Whiskycola ist die einzige Kombination, in der man Whisky hinunterbringen kann.

»Du bist der Knaller, kippst erst mal eine billige

Cola in den vierzigjährigen Whisky«, kann sich Amilcar sein leises Lachen nicht verkneifen.

»Ich verjüngere ihn sozusagen. Vierzig ist …«

»Könnt ihr euch eine Minute auf das Wesentliche konzentrieren«, herrscht uns Júpiter an.

»Klar«, sagen Amilcar und ich fast gleichzeitig. Wieder tauschen wir flüchtige Seitenblicke.

»Also wenn du einmal das Anwesen unabgemeldet verlässt, gehst du. Ich bring dich meinetwegen persönlich nach Nashville, um sicherzustellen, dass du in einem Stück ankommst. Wobei es wirklich fraglich ist, wie du mit deiner flatterhaften Art überhaupt auf diese Insel gefunden hast.« Während er nun breit grinst, verfinstert sich meine Miene.

An seinem Humor sollte er noch arbeiten.

»Verstanden?«

»Ja«, murmele ich und nehme drei große Schlucke von meinem prickelnden Getränk. Die schwere Note des Whiskys ist zwar immer noch zu schmecken, dennoch ätzt sich der Alkohol nicht mehr in meine Zunge.

»Sehr gut. Punkt zwei. Du wirst die Kinder nicht mehr zur Schule und zum Kindergarten fahren. Alle Unternehmungen, selbst den Gang in eine Apotheke oder Shoppingmall in Santa Cruz, werden von zwei Männern begleitet.«

Verwirrt runzele ich die Stirn. »Ihr beide also?«

»Nein. Ich habe zwei Männer eingestellt, die früher für mich gearbeitet haben. Daciano und Marcio. Das bedeutet, damit es zu keinen Missverständnissen kommt, dass du dich zuerst bei Amilcar und mir abmeldest. Wenn wir der Meinung sind, dass du das Anwesen verlassen darfst, werde ich beide Männer, die für deine Sicherheit abgestellt sind, darüber informieren und du darfst in Begleitung der Kinder oder allein das Grundstück verlassen. War das eindeutig genug?«

»Wann hast du dir das ausgedacht?«

»War das eindeutig genug?«, wiederholt er, um meiner Ablenkung auszuweichen.

»Ja«, bringe ich hervor. »Ganz ehrlich, es gefällt mir nicht. Aber ja, ich hab es kapiert.«

Mit einem zufriedenen Lächeln senkt er den Blick auf die Papiere, die er vom Tisch nimmt und in einen Schredder befördert. Während das Brummen des Geräts den Raum erfüllt und ich tief durchatme, holt er zwei neue Verträge hervor. Jeden in zweifacher Ausgabe.

»Freut mich, Malady. Dann, würde ich sagen, haben wir alles Rechtliche geklärt.« Sein Gesichtsausdruck erinnert eher daran, jeden Moment meine Sterbeurkunde selbst zu unterschreiben.

Er blättert bis zur letzten Seite und reicht mir den Füllfederhalter, der sicher teurer, als meine fünf Partyfummel zusammen, ist. Ich nehme ihn ihm ab, während mein Kopf immer noch verarbeiten muss, dass ich ab sofort nur in Begleitung die *Anstalt* verlassen darf.

Einmal schaue ich zu Júpiter auf, der meinen Blick auffängt. Ich sehe weder einen Hinterhalt noch Boshaftigkeit. Mit einem Seufzen unterschreibe ich die vier Dokumente. Den Au-Pair-Vertrag und den über sexuelle Nebenhandlungen.

Júpiter dreht die Unterlagen zu sich. »Du wirst es nicht bereuen.«

»Werden wir sehen.« Mein Herz rast immer noch, bevor ich es mit meiner Whisky-Cola beruhige. Amilcar stellt nun ein Sektglas vor mir ab, schiebt eines zu Júpiter und beobachtet ihn dabei, wie er die Verträge unterzeichnet. Danach setzt er seine Signatur darunter. Júpiter händigt mir je ein Exemplar aus.

»Für dich, damit du jederzeit weißt, welche Regeln ab sofort für dich gelten. Schärf sie dir genaustens ein«, zieht er mich auf wie eine schwer erziehbare Schülerin. »Willkommen in der Familie Almeida, Malady.«

Júpiter greift nach seinem Sektglas und hält es mir entgegen. Ich stoße an, als ich aus den Augenwinkeln das Datum des in Kraft tretenden Vertrages lese. *Moment mal, das ist heute!*

✿ 17 ✿

MALADY

E ine Frage noch. Hier steht der 29. Juni. Der Vertrag gilt erst ab dem 31. Juni, oder?«

Amilcar verkneift sich ein Prusten. »Richtig?«, hake ich erneut nach, als ich keine Antwort von Júpiter erhalte.

»Ich hätte dir gerade eine komplette Kühlschranksammlung im Wert von hunderttausend Euro verkaufen können und du hättest es unterschrieben. Liest du eigentlich, was du unterschreibst?«, fragt mich Júpiter ernsthaft schockiert von meinem flatterhaften Wesen, wie er es vorhin bezeichnet hat.

»Ich hab dir vertraut. Du hast nur zwei Absätze geändert.«

»Du glaubst jedem, der dir irgendwas erzählt, oder?«, hakt Amilcar nach.

»Verarscht mich nicht. Was habt ihr geändert?«

»Nur die zwei Absätze«, erklärt Júpiter. »Aber da ich wusste, dass du die Verträge nicht aufmerksam lesen würdest, habe ich das Datum des Beginns der Verträge geändert. Eben weil ich dich testen wollte. Du bist gnadenlos durchgefallen. Somit, hübsche Malady, geht es heute los. Hoffentlich ist das eine Lehre für dich.«

»Das ist …«, keuchend ringe ich nach den richtigen Worten. »Fies.«

»Das ist das Business immer. Gewöhne dich daran. Niemand schenkt dir etwas. Somit cheers.«

Mein vorwurfsvoller Blick wandert zu Amilcar, der die Schultern zuckt. »Sorry, Malady, aber du hattest die Möglichkeit, sie noch mal zu lesen. Wir haben dich zu nichts gezwungen. Bis jetzt noch nicht.«

Mir wird flau in der Magengegend. Aber die beiden haben recht, es ist meine eigene Dummheit, dass ich zu vorschnell war.

Doch was ändert das? Ich hätte beiden heute ohnehin die Chance gegeben, es mit ihnen zu testen. Allerdings können sie jetzt alles von mir verlangen, ohne dass ich einen Rückzieher machen darf.

Um nicht als die Verliererin hervorzugehen, stoße ich mit beiden an und exe den Sekt.

»Also wenn du dann so weit wärst, wechseln wir den Raum.« Wow, es geht direkt ins Schlafzimmer?

Da ich sicher nicht kneifen und mich lächerlich machen will, indem ich mein erstes Veto einlege, erhebe ich mich. Amilcar tritt an meine Seite, während Júpiter zu der dunklen Holztür mit kunstvollen Goldbeschlägen zwischen seinen Bücherregalen geht und davor stehen bleibt.

»Hast du nicht etwas vergessen, Amilcar?«, fragt sein älterer Bruder ihn.

»Ach ja, stimmt.« Ich wende mich Amilcar zu, der plötzlich von hinten um mich greift und Anstalten macht, mir die Tunika über den Kopf zu ziehen. »Das gehört jetzt mir.« Er wirft die Tunika, auf die ich einen Monat sparen musste, einfach in eine Raumecke, bevor er mich umrundet, danach zum Bund meines Rockes greift und mich mit einem Ruck zu sich zieht. »Den brauchst du auch nicht mehr.« Geschickt öffnet er den Knopf und den Reißverschluss meines schwarzen Jeansrockes, der nach nur einem Wimpernschlag meine Beine hinabrutscht. Um meine flachen Sandalen bleibt er liegen, während ich in einem schwarz schimmernden BH und String mit Schleifen vor ihm stehe.

Ohne mir anmerken zu lassen, dass ich etwas nervös bin, lasse ich Amilcar mir meine Sandalen ausziehen und mir von Júpiter ein paar mörderisch hohe Plateau-Peeptoes reichen.

»Du hast Gänsehaut, sag nicht, dir ist kalt oder ich mache dir Angst?«, fragt mich Amilcar, der dicht vor mir steht, sodass ich seinen sportlichen Zitrusgeruch vermischt mit Zedernholz einatme.

»Nein, bedien dich ruhig. Ich zeig dir gern, wie Angst wirklich aussieht«, bringe ich unbeeindruckt hervor, obwohl ich schon gespannt bin, was das hier werden soll. Amilcar versperrt Júpiter die Sicht auf meinen Körper, bevor er meinen BH öffnet und eine Schachtel aufklappt, die die gesamte Zeit über auf dem Schreibtisch stand. Darin befindet sich ein dunkelblauer, mit Pailetten und Fransen übersäter Schalen-BH, den er mir reicht.

»Ab sofort werden wir festlegen, was du trägst«, erklärt Júpiter.

»Hab ich im Vertrag gelesen«, antworte ich, schaue an Amilcar vorbei und nehme ihm den BH ab.

»Freut mich. Zeigt mir, dass du ihn überhaupt gelesen hast«, provoziert er mich.

Ich schenke ihm einen giftigen Blick. »Deine Bissigkeit wird dir noch vergehen, wenn wir mit dir fertig sind. Beeil dich besser, wir wollen sie nicht so lange warten lassen.«

Wen warten lassen? Meine Gesichtszüge frieren ein.

Ich schließe den BH, der mit seinen herabhängenden Fransen auf meiner Haut kitzelt. Anschließend werde ich meinen Slip los, den ich gegen den anderen austausche, der wesentlich verspielter geschnitten ist. Danach ziehe ich die Plateauschuhe an, deren schwarze Satinbänder ich um meine Schienbeine binde. Sieht ganz danach aus, als besäßen die beiden gar keinen so üblen Geschmack, was Unterwäsche und Schuhe angeht.

Die Schuhe sind von Louboutin und müssen sicher ein Vermögen kosten. Woher sie meine Kleider- und Schuhgröße kennen, muss ich mich nicht fragen. Sie haben sicher in meinem Schrank nachgesehen. Als ich mich in der wirklich sexy Unterwäsche aufrichte, zieht Amilcar meinen Haargummi aus meinem Haar und bekommt meine Schultern zu fassen. Hinter mir stehend schiebt er mein Haar über die linke Schulter und leckt über meinen Hals.

»Behalte die Nerven, okay?« Wieso sollte ich sie nicht behalten?

Júpiters Augen wandern beeindruckt und mit einem Hauch von Gier an meinem Körper auf und ab, als könnte er mich bereits mit seinen Blicken verspeisen. »Sehr gut. Dann kann es losgehen.«

Damit ich nicht entwischen kann, schiebt mich Amilcar zur Tür, hinter der mich die reine Dunkelheit erwartet. Neugierig blicke ich mich in dem Salon um, der wie tot aussieht. Doch nachdem Júpiter zwei weitere Türen öffnet, höre ich Musik und angeregte Unterhaltungen.

Abrupt bleibe ich stehen, als ich begreife, dass wir geradewegs in einen Raum unterwegs sind, in dem sich fremde Menschen aufhalten müssen.

»Sag nicht, du bekommst weiche Knie?«, fragt mich Amilcar, streichelt zwischen meinen Schulterblättern hinab und zieht mich an sich. Gefangen in seinen Armen beugt er sein Gesicht zu meinem vor und grinst.

Ich wusste ja, dass sie mich teilen können. Aber gleich am ersten Abend, während ich noch nicht mal mit den Brüdern geschlafen habe?

In dem Raum, den Júpiter betritt, sitzen mehr als fünf Männer in einer Runde im roten Salon. Mein Herzschlag setzt einen Moment aus.

Amilcar schiebt mich ohne Stopps zu dem Raum, in dem sich die Lichtfarbe von einem kühlen Royalblau in ein feuriges Granatapfelrot ändert.

Júpiter wird von den Männern, die zwischen Anfang zwanzig und Ende vierzig sind, begrüßt, bevor er zwischen ihnen einen Stuhl zurückzieht und Platz nimmt.

Es fallen Worte wie: »Endlich hast du es dir anders überlegt …«

»Wurde auch Zeit, dass wir uns wieder treffen.«

»Wie geht es dir?«

Amilcars Atem streift mein Ohr. »Deine Aufgabe ist ziemlich simpel. Du dienst zur Unterhaltung und wirst dort drüben zeigen, was du draufhast.« Amilcar streckt seinen Arm aus, um zu den Fenstern zu deuten, vor denen sich auf einem Podest eine Poledancestange befindet.

»Das machst du doch mit links, oder etwa nicht?«, fragt er mich und weiß ganz genau, damit meinen Stolz anzustacheln. Es ist wie in dem Nachtclub, in dem ich gearbeitet habe. Scheinwerfer, laute Musik, Männer, die rauchen, trinken und die Frauen betrachten wie reife Früchte. In diesem Augenblick ist nichts anders.

Ohne Amilcar zu antworten und um nicht länger wie angewurzelt in der Tür stehen zu bleiben, betrete ich den Raum und gehe mit erhobenem Kopf und einem Lächeln auf den Lippen auf die Stange zu. In dem Moment, als ich Amilcar nicht mehr länger als meinen schützenden Wall hinter mir spüre, wird mir einen Augenblick kalt. Doch ich ziehe das durch.

Ich knicke ganz sicher nicht ein. Auch wenn ich

die Aufmerksamkeit der Männer auf mich lenke, die von meinem Auftritt überrascht wirken, fixiere ich mit meinen Blicken bloß die vier Meter hohe Stange, die letztes Mal nicht in diesem Raum stand.

Mit den Fingern streiche ich über das kühle polierte Metall, während ich hinter mir Gesprächsfetzen wie »Marcio kann es kaum erwarten, morgen wieder anzufangen. Seine Frau hat ihm extra einen neuen Anzug gekauft«.

»Stimmt doch gar nicht, Daciano! Mein Alter passt mir nicht mehr. Während der Pause habe ich die Zeit genutzt und war öfter trainieren.«

»Aus dir wird noch ein echter Frauenmagnet«, lacht jemand protzig.

»Hey!«, ruft jemand in meine Richtung. »Hey, Mädel.«

Ich drehe mich zu ihnen um. »Findest du ihn attraktiv?«

Mein Blick fällt von einem dunkelhaarigen Mann mit scharfkantigen Gesichtszügen und arrogantem Blick zu dem blonden Mann, auf den er deutet. Der Blonde hat wesentlich weichere Gesichtszüge, beinahe noch jungenhafte und offene, ehrliche Augen. Er wirkt wesentlich jünger, vielleicht Mitte zwanzig.

Ich schaue fragend zu Júpiter, der sich in seinem Stuhl zurücksinken lässt, an einem Glas nippt und nickt, damit ich die Frage beantworte.

»Sag schon, findest du ihn attraktiv oder nicht?«

»Lass das«, unterbricht ihn ein anderer, wesentlich mürrischer aussehender Typ mit Wochenbart und raspelkurzem braunem Haar. »Interessiert doch keinen, was sie denkt. Für Geld würde sie alles sagen.«

Da liegt er gar nicht so falsch. »Ich finde ihn niedlich«, antworte ich. Attraktiv wäre nicht das passende Wort.

»Niedlich, hast du gehört?«, lacht der Draufgänger mit den maskulinen kantigen Gesichtszügen und tätschelt die Wange des Blonden. »Immerhin nicht hässlich.«

Júpiter deutet mit einer Handbewegung an, mich zu bewegen. Hat er ihnen nicht gesagt, wer ich bin? Sie scheinen nur anzunehmen, dass ich eine gewöhnliche Stripperin oder Clubtänzerin bin.

Ohne mich länger aufhalten zu lassen oder ihren Gesprächen zu folgen, beginne ich damit, meine Muskeln aufzuwärmen. Ich hebe den linken Fuß hinter mir zu meinem Po hoch und beuge mich nach vorn zur Stange, um mich zu dehnen.

Auch wenn sie mich alle mustern, Bemerkungen über mich fallen lassen und Júpiter fragen, wo er mich aufgegabelt hat, denke ich an Wayne. Außerdem ist es nicht so, als würde ich nicht mögen, was ich tue.

Nach etwa zehn Minuten, in denen ich mich aufgewärmt habe und jede Sekunde ein neuer Song abgespielt wird, umrunde ich die Stange auf den verdammt hohen Absätzen. Dabei lasse ich meine rechte Hand über das Metall gleiten und betrachte nur die Pole.

Ein rhythmischer elektrischer Beat erklingt, der kraftvoll und melodisch den riesigen Salon erfüllt. Die Männer sitzen über zehn Meter von mir entfernt. Weit genug, sodass ich mich in meiner Raumecke sicher fühle und mit meiner Show starte.

Mit einer lockeren Handbewegung umfasse ich die Stange, nehme mit zwei Schritten Schwung und ziehe mich an der Pole hoch, um mich in einem Hops Around um die Stange kreisen zu lassen. Dabei halte ich mich bloß an den Händen fest, während ich ein Bein anwinkele, das rechte grazil ausstrecke. Mehrmals drehe ich mich um das Metall, greife um und ändere meine Haltung in einen spektakulären Oona-Spin. Dabei werden die Beine fächerartig nach vorn geöffnet und wieder locker geschlossen. Es ist einer meiner liebsten Spins.

Der Bass des Songs, der mir unter die Haut geht, gibt mir den Rhythmus vor. Mit beiden Händen umfasse ich die Stange, um danach, als würde ich keine Peeptoes, sondern Rollschuhe tragen, in einem Skater-Spin knapp über dem Podestboden zu schweben. Ganz so, als würde ich wenige Millimeter über dem Boden skaten. Dabei schaue ich aus den Augenwinkeln zu den Männern, deren volle Aufmerksamkeit auf mir ruht, und lächele einstudiert. Scheint, als würde ihnen gefallen, was sie sehen. Somit stelle ich Júpiter zufrieden und gebe ihm keinen Anlass, den Vertrag und die damit verbundene Summe zu bereuen.

Über mir schlinge ich mein rechtes Bein um die Stange, drücke meinen Rücken zu einem Hohlkreuz durch und mache kopfüber einen Spagat, während ich um die Stange wirbele. Die Pole ist perfekt ausgerichtet und dreht sich mühelos mit, als ich meine Figuren in fließenden Bewegungen ändere und mich komplett in den Klängen der Musik fallen lasse. Die Welt um mich herum verschmilzt zu einer einzigen rot-bläulich schimmernden Masse. Die Gespräche der Männer werden verzerrter, bis ich sie komplett ausblende. Ich widme mich nur der Stange und meiner in Gedanken schnell zusammengestellten Choreografie.

Selbst die zwei Wochen, in denen ich weniger Sport machen konnte als sonst, haben sich kaum auf meine Kondition ausgewirkt. Ich hatte bloß vormittags für Sit-ups und Liegestütze Zeit gefunden, um mich fit zu halten.

Ich höre die Männer grölen, pfeifen und applaudieren, als ich meine Abläufe immer schneller ändere und ich von einer Figur oder einem Spin zum nächsten wechsle. Schnell um die Stange kreisend strecke ich die Arme aus, als ich mich bloß mit einem Bein an der Stange festhalte. Es ist so ein berauschendes und befreiendes Gefühl, so durch die Luft zu wirbeln. Mein offenes Haar flattert um meinen Kopf, die Luft kühlt meine Haut, der Stahl fühlt sich an, als wäre er ein Teil von mir.

Zusehends drifte ich in meine Gedankenwelt ab. Ich denke an meine Familie, sehe meinen besten Freund Johnny vor mir, meine Studienfreunde, die ich so lange Zeit nicht sehen werde, und auch an meine Kolleginnen im Nachtclub. Immer mehr lose Bilder flattern in meiner Gedankenwelt auf.

Obwohl ich mich auf Madeira halbwegs eingelebt habe, spüre ich hin und wieder dieses stechende Heimweh. Denn dieser Tanz spaltet zwei Welten. Ich bewege mich nicht für die Männer um die Stange, sondern weil ich es liebe und stolz darauf bin. Ich habe viel Zeit, Blut und Schweiß in das Training investiert, mir von Johnny und Arkim helfen und mich motivieren lassen. Sie waren seit über fünf Jahren fast jeden Tag an meiner Seite.

Nun bin ich hier, jedoch nur physisch, nicht psychisch. Also nein, ich tanze nicht für diese Männer, sondern für mich und diejenigen, die immer an mich geglaubt haben. Gerade jetzt sehe ich Johnnys rostbraunes zerwühltes Haar vor mir, seine stechend grünen Augen, in denen goldene Sprenkel schimmern, und sein verschmitztes Grinsen. Als Sportstudent und Actionjunky hat er so ziemlich jeden Extremsport ausgeübt, einen Body, der reihenweise Studentinnen vor unserer WG Schlange stehen ließ. Und dennoch blieb er immer auf dem Boden. Mit ihm habe ich die tiefgründigsten Gespräche geführt und verrücktesten Nächte meines ganzen Lebens erlebt, weil ich ihn gefühlt mein halbes Leben kenne. Was ist, wenn ich zurückkehre und sich etwas daran geändert hat? Diese tiefe Freundschaft nicht mehr besteht? Was, wenn Wayne sich lieber wünschen würde, dass ich ihn jeden Tag im Krankenhaus besuche, statt für das Geld seiner Behandlung meinen Körper herzugeben?

Gerade jetzt verliere ich mich in so unzählig vielen traurigen Gedanken, obwohl mich der Poledance immer glücklich gemacht und aufgebaut hat. Aber jetzt katapultiert mich das Tanzen zurück in meine heile Welt in Nashville.

Mehrfach gegen die stille Trauer anblinzelnd, merke ich erst jetzt, dass über zwanzig Minuten vergangen sind. Die große goldene Uhr an der Wand steht mit den Zeigern auf kurz vor halb elf.

Meine Atemzüge verdoppeln sich, mein Herz rast wie wild zwischen meinen Rippen, als ich kopfüber an der Stange hinabrutsche und meine Füße hinter mir in einem fließenden Bogen auf den Boden setze. Geschmeidig stoße ich mich mit beiden Händen ab und erhebe mich schnell atmend in die Senkrechte. Das waren ziemlich viele fortgeschrittene Spins in einer schnellen Abfolge.

»Noch mal, wo hast du die einfliegen lassen?«, höre ich eine raue, vom Zigarrenrauch abgeriebene Stimme über die Musik hinweg. Zigarettenrauch sticht in meiner Nase, genauso wie der herbe Alkoholgeruch, der die Luft schwängert. »So eine findest du nicht mal eben in Santa Cruz. Die meisten schmiegen sich bloß wie billige Katzen an der Stange oder spazieren um sie herum, ohne was mit dem Ding anfangen zu können.«

Das stimmt, einigen Clubbesitzern genügt es, wenn Stripperinnen sich nur an die Stange schmiegen, weil die wenigsten Mädels Poledance beherrschen.

Ein Schmunzeln wandert über meine Lippen, bevor ich den Kopf von vorn nach hinten schwinge und mein langes Haar dabei wie eine Fontäne nach hinten wirbelt. Danach stoße ich mich wieder mit wenigen Schritten auf den hohen Absatzschuhen ab und ziehe mich an der Stange geschmeidig hoch. Es fragt sich bloß, wie lange ich tanzen soll.

Aus den Augenwinkeln entdecke ich Amilcar, der

am Rand des Podests steht, sich übers Gesicht reibt und mich ansieht, als würde er träumen.

»Für dich, Mal.« Ich ziehe mich an der Stange hoch in den Sitz und verschränke die Beine so, dass ich an der Stange bequem sitze, ehe ich Amilcar zu mir winke.

»Wo zur Hölle hast du das gelernt?«, schießt er direkt mit seiner Frage los.

»Frag deinen Bruder, er wird es sicher wissen.« Mein Blick wandert zu Júpiter, der überaus begeistert und zufrieden mit meiner Leistung aussieht. Ich nehme Amilcar das Wasserglas, in dem Zitronenscheiben und Eiswürfel schwimmen, dankbar ab. Alkohol hätte ich ohnehin keinen Schluck mehr getrunken, um nicht komplett benebelt zu sein, womöglich daneben zu greifen und hinunterzufallen.

»Danke.« Gierig leere ich das Glas, bevor ich es Amilcar zurückgebe. Er lächelt mir freundlich entgegen und umfasst meine Hand, die um das eiskalte Glas liegt, mit seinen Fingern. »Liebend gern. Sag, wenn du was brauchst.«

Im selben Moment treten zwei Männer mit Whiskygläsern in den Händen, an denen fette Goldklunker funkeln, an das Podest heran.

»Wow, was nimmst du die Stunde?«, fragt mich ein ziemlich kräftiger und schmieriger Typ mit dichtem krausem Wochenbart und rauen Gesichtszügen. Er dürfte mehr als doppelt so alt sein wie ich. Die Muskeln seines Oberkörpers sprengen beinahe das weiße gebügelte Hemd, während Brusthaare unter seinen Schlüsselbeinen aus dem Hemd hervorkringeln.

Auf den ersten Blick sieht er wie ein knallharter Zuhälter aus. Auf den zweiten ebenfalls, als er Anstalten macht, nach den Fransen des BHs zu greifen und meine rechte Brust zu umfassen. Schnell weiche ich seiner großen Hand aus. *Ist seine Frage ernst gemeint?*

»Ich …«, will ich antworten, als Júpiter mir zuvorkommt.

»Sie ist unverkäuflich«, stellt Júpiter sofort klar, erhebt sich am Tisch und wirkt kurz verärgert, dass sein Gast sich mir aufdrängt. »Ihr dürft sie ab und zu sehen, ihr gern Geld dalassen, aber sie gehört mir.«

Der große Mann mit zurückgegeltem, welligem Haar dreht sich zu ihm um. »Ah, wirklich? Wie bist du an so eine rangekommen? Ist sie jetzt deine private Tänzerin, oder was?«

Amilcar dreht sich zu ihm. »Und viel mehr.« Er schenkt mir einen verschmitzten Blick, während er damit nur die Fantasie dieses Bären anfeuert. Der Fremde verschluckt sich fast.

»Sag nicht, du hast es dir endlich anders überlegt und deine Depriphase überwunden. Können wir wieder auf unvergessliche Feste in deinem Anwesen hoffen? Mit mehr von solch geilen Exemplaren wie diesem hier?«

Júpiters Unterkiefer wirkt angespannt, da ihm ebenfalls missfällt, wie er mich betitelt hat.

»Exemplar?«, wiederhole ich angefressen. »Ich bin ein Mensch und kein Kaufobjekt!«, stelle ich klar. Wieder wallt in mir das Gefühl der Ungerechtigkeit auf. Es gab schon früher im Club Männer, die mit einem prall gefüllten Geldbeutel an die Tresen getreten sind, ihn ablegten und uns aufgefordert haben, mit ihnen zu tun, was sie wollten. Dabei über uns sprachen, als wären wir lebende Puppen, die für nichts weiter da waren, als sie aufzugeilen und ihnen zu dienen.

»Nimm es nicht persönlich, *amorzinho*«, antwortet er proletenhaft und winkt salopp ab. »Man redet nun mal so in dem Business. So eine wie dich brauche ich in meinem Club. Da würden männliche Touristen noch mehr Geld springen lassen. Sie müssten sie ja nicht vögeln.«

Amorzinho? Was heißt das?

Giftig starre ich zu dem schmierigen Typen mit einem viel zu aufgeblasenen Ego. Ich balle die Finger zu Fäusten, als Júpiter das Podest betritt, mich besitzergreifend an der Hüfte an seine Seite zieht und seinem Partner einen vielsagenden Blick schenkt.

»Wie ich schon sagte, sie ist unverkäuflich. Du bist nicht hier, um Neuware zu ordern, Rui.« *Neuware? Was zur Hölle läuft hier?* »Ich gebe meine Quelle nicht preis. Außerdem ist sie ein Einzelstück und unbezahlbar«, spricht er erneut seine Besitzansprüche an mir aus. Auch wenn mir nicht gefällt, dass er wie ein Gegenstand über mich redet, bin ich ihm dankbar, eingegriffen zu haben. Schließlich versteht es der andere Typ nicht anders.

»Zu schade. Sehr schade. Na ja, vielleicht überlegst du es dir und verrätst es mir irgendwann. So lange wünsche ich dir guten Appetit. Mit einem so akrobatischen Früchtchen wie diesem wird es sicher nicht langweilig im Bett.«

Instinktiv setze ich einen Schritt nach vorn, um ihm zu zeigen, wie dieses Früchtchen austeilen kann, doch Júpiter scheint meine Impulsivität mittlerweile zu kennen und hält mich, als hätte er es geahnt, mit einem festen Griff fixiert.

Als der breitschultrige Blödmann in seinem Prollhemd wieder zum Tisch wankt, dreht mich Júpiter zu sich.

»Bleib ruhig. Du weißt nicht, mit wem du dich da anlegst.«

»Mit einem Zuhälter oder Menschenhändler, wie es sich anhört. Was sind das für Typen?«

Júpiter lächelt knapp, bevor er eine Haarsträhne aus meiner Stirn streicht, als wäre er mein Vater. »Er ist weder ein Zuhälter noch Menschenhändler. Vertrau mir und beruhige dich. Deine Impulsivität könnte dir irgendwann zum Verhängnis werden.«

»Toller Ratschlag. Er hat mich Exemplar und Amorzinho genannt. Was ist ein Amorzinho?«

»Er hat dich *Schätzchen* genannt«, bringt Júpiter grinsend hervor. »Tu nicht so, als wäre dir das neu.«

»Ich habe in keinem gewöhnlichen Billigstripschuppen gearbeitet.«

»Davon konnte ich mich während deines Auftritts überzeugen.« Unerwartet umfasst er meine rechte Pobacke, zieht mich so nah vor sich, dass sich unsere Gesichter bloß noch wenige Zentimer trennen. So nah war ich ihm noch nie. Auf den Absatzschuhen sind unsere Gesichter beinahe auf Augenhöhe.

»Mir hat es sehr gefallen, was du vorgeführt hast. Verdammt sehr. Deine Vorstellung war atemberaubend.«

»Oh, ein Kompliment?«, hake ich vorsichtig nach und blinzele.

»Ein Lob.« Er zwinkert mir mit einer stolzen Miene zu, betrachtet meine Brüste und lässt mich seine Erregung spüren. Denn unter seiner Anzughose drückt seine Beule direkt gegen meinen Venushügel.

»Mach weiter. Setz dir selbst Pausen, so viele du brauchst.«

Ich nicke, als er mein Haar aus der rechten Halsbeuge streicht und sein Gesicht an meine Schulter senkt. Einen Moment atmet er meinen Geruch tief ein, was etwas kitzelt, bevor er hauchzart meine Halsbeuge küsst. Fast wirkt es, als würde er gegen ein inneres Versprechen ankämpfen. Als würde es ihn Überwindung kosten, mich seine Lippen spüren zu lassen. Sicher denkt er an seine verstorbene Frau, was ihn für mich von dem Proletenheini um Längen unterscheidet.

Sanft streichelt er über meine Bauchseite, bevor er das Podest verlässt und sich zu Amilcar an den Tisch setzt, der sich angeregt mit zwei Männern unterhält und säuft, als gäbe es kein Morgen mehr. Der Tisch ist nur zur Hälfte besetzt, was bedeutet, dass der enge Kreis noch nicht vollständig ist.

Was sind das für Männer? Partner von Júpiter oder Freunde?

✂ 18 ✂

JÚPITER

Wie sie sich an der Stange bewegt, ist absolut beeindruckend. Ich habe viele Poledancerinnen gesehen, aber keine so hervorragende wie sie. Man spürt förmlich, wie sehr sie diese Art zu tanzen liebt und komplett in dieser Welt gefangen ist.

Ich kann Rui verstehen. Solch eine Frau würde jeden Abend volle Kassen garantieren. Bloß der temperamentvolle Teil an Malady könnte zum Problem werden, spätestens dann, wenn er sie nicht nur tanzen lässt, sondern sie Touristen stundenweise anbietet. Dafür ist Malady viel zu schade. Sie würde es irgendwann verändern, wenn sie dazu gezwungen werden würde. Sie war nicht umsonst heute Abend stolz darauf, immer frei entscheiden zu können, mit welchem Mann sie aus dem Club nach Hause ging und die Nacht verbrachte.

Würde jeder Widerling über sie rutschen, würde sie irgendwann diesen Glanz, diese Stärke und dieses Leuchten verlieren. Sie ist etwas Besonderes, das habe ich im ersten Moment, als sie vor meinem Schreibtisch saß, bemerkt.

Aus dem Grund habe ich die Sicherheitsvorkehrungen verschärft. Belisario wird sich an ihr rächen. Diese Schmach auf dem Marktplatz wird er nicht ungestraft hinnehmen. Deshalb musste ich meine Partner auf den Plan rufen. Einflussreiche Männer ganz Madeiras und Portugals, die ich seit Monaten nicht mehr sehen konnte, haben sich wie früher in dem roten Salon versammelt. Ich ertrug ihre ständigen Beileidsbekundungen nicht länger. Aber jetzt ist der Punkt gekommen, an dem ich ihre Unterstützung brauche.

Wie ein bildschöner schwarzer Schmetterling kreist Malady mit ihrem langen hellblonden Haar in beeindruckenden Posen um die Stange. Sie versteht sich sehr gut darin, ihre weiblichen Reize zum Einsatz zu bringen, und weiß genau, wie sie sich bewegen muss. Vor allem, welche Anziehung sie besitzt.

Würde dieser innere Zwiespalt nicht in mir herrschen, hätte ich sie längst in mein Bett getragen und sie so lange festgekettet, bis ich meine Gier gestillt hätte.

»Ich seh dir an, dass du mit dir ringst. Du hintergehst *sie* nicht«, raunt mir Amilcar leicht betrunken zu, als ich an meinem Glas nippe und wie hypnotisiert zu Malady starre. Brüderlich legt er seinen linken Arm um meine Schultern und hebt sein Whiskyglas an meinem Gesicht vorbei zu seinen Lippen.

»Sagst du so leicht. Du wechselst deine Liebschaften monatlich. Da kannst du kaum mitreden.« Er weiß nicht, was es bedeutet, wenn man einer Frau ein Leben lang seine Treue geschworen hat. Zwar haben Raica und ich ziemlich ausschweifend gelebt, trotzdem gab es seit neun Jahren nur sie. Mit Malady in Gedanken zu schlafen, fühlt sich schon jetzt wie ein Verrat an.

»Glaubst du, Raica würde wollen, dass du bis zum Lebensende einsam bist und keine Frau mehr kennenlernst?«

»Nein.« Sie hat es mir selbst gesagt: »Wenn wir irgendwann getrennte Wege gehen oder ich vor dir sterbe, lerne andere Frauen kennen. Gib ihnen eine Chance, wie du sie mir gegeben hast. Zeig ihnen nicht nur deine dunkle, unbeherrschte Seite.« Damals hielt ich ihre Worte für dahergesagtes Gerede. Aber sie schien sich wirklich Gedanken darüber gemacht zu haben, was nach ihrem Tod mit mir geschieht.

»Sonst schau später nur zu.«

»Schlag dir das aus dem Kopf.« Nein, ich will diese Frau spüren und sie besitzen. Zusehen ist keine Option. Auf keinen Fall.

Allein ihr jetzt bloß zuzusehen, entfesselt dieses

kaum zügelbare Verlangen, sie mir einfach zu schnappen, in ein Nachbarzimmer zu tragen, auf einer Ottomane abzulegen und sie hart zu vögeln. Flach atmend schlucke ich bei der Vorstellung. Genau diese Gedanken sind mir in den letzten Tagen pausenlos gekommen. Und sie fühlen sich fremd an. Irgendwie gut und andererseits schreien sie nach Verrat.

Amilcar löst seinen Arm von mir. »Du kannst sie auch blind vögeln und dir vorstellen, sie wäre Raica.«

Ich besehe ihn mit einem skeptischen Seitenblick.

»Dein Ernst? Nein.« Wenn, dann will ich Malady sehen, in ihr Gesicht blicken, wenn ich meine dunkelsten Wünsche mit ihr zur Realität werden lasse.

Es ist weit nach Mitternacht, als sich die Versammlung auflöst. Einige Partner werden von ihren Fahrern abgeholt, andere setzen sich in ihre Sportwagen, die vor dem Grundstück parken. Keiner der fünf konnte es sich nehmen lassen, mich darauf hinzuweisen, endlich wieder Gärtner einzustellen.

»Mann, hast du den Garten verkommen lassen. Sieht ja schrecklich aus, Júpiter. Wenn dir die Kohle für die Instandhaltung und Pflege fehlt, sag es«, bot mir Segundo lässig grinsend und sich einen Joint in der Hand drehend an, als ich ihn zu seinem 911er begleitet habe.

Natürlich liegt es nicht am Geld. Es lag daran, dass alles, was Raica je berührt und gepflegt hat, ohne sie nicht mehr das ist, was es war. Niemand anderes sollte den Garten pflegen, weil keiner es so tun würde, wie sie es wollte. Sie hat die Gärtner immer angewiesen, welche Blumen, Sträucher und Bäume gepflanzt werden sollten, wie sie geschnitten und beleuchtet werden sollten.

Nachdem sie abgefahren sind, bleibe ich einen Moment auf der Auffahrt zwischen den Adlerskulpturen stehen, schiebe die Hände in die Hosentaschen und betrachte die rot glühenden Rücklichter, die sich die steile Auffahrt hinabbewegen. Über mir funkeln die Sterne am wolkenlosen Himmel.

Nach einigen Minuten drehe ich mich zu meinem Anwesen um, das die letzten Monate wirklich gelitten hat. Bald werde ich etwas daran ändern. Die Lichter der unteren Etage scheinen durch die Fenster und wecken vergangene Erinnerungen an unvergessliche Events auf diesem Anwesen.

Tief in mir spüre ich, dass all das wiederkehren wird. Der Glanz wird zurückkehren. Während ich über die Auffahrt zurück ins Haus gehe und meinen Erinnerungen hinterherhänge, höre ich die Klänge der Clubmusik bereits im Eingangsbereich.

Amilcar ist mit seinem besten Kumpel Tadeu bei Malady. Beide werden hoffentlich nicht den Moment nutzen, um sie von der Stange zu pflücken und sich mit ihr zu amüsieren. So betrunken wie Amilcar vor wenigen Minuten war, kann er auf die dümmsten und unausgereiftesten Ideen kommen.

Ich öffne die Tür des roten Salons, hinter der ich Amilcar und Tadeu am Tisch vorfinde, wie sie Malady, die sich auf dem Tisch wie eine Katze rekelt, Alkohol einflößen.

»Du kannst noch etwas mehr vertragen. Schön den Mund öffnen«, befiehlt Amilcar ihr, woraufhin Malady den Flaschenhals des Whiskys umfasst und ihn davon abbringen will, sie abzufüllen.

»Mann, du schiebst sie mir fast in den Hals.«

»Er kann dir auch ganz andere Dinge in den Hals schieben«, lacht Tadeu, der über Maladys rechten Oberschenkel streichelt. Seine Hand bewegt sich zielgerichtet zwischen Maladys schlanke Beine.

Auf dem Rücken liegend hat sie die Beine angewinkelt geschlossen und tritt anschließend nach Tadeu.

»Du sicher auch?«, provoziert sie ihn. Als sie spricht, schüttet Amilcar ihr den scharfen Alkohol zwischen die Lippen, sodass sie sich fast verschluckt.

Die drei merken zuerst gar nicht, dass ich im Raum stehe und ihrem Treiben zusehe.

»Spinnst du!«, beschwert sich Malady, wischt sich über den Mund und greift nach Amilcars Nacken. »Nicht so viel«, hustet sie.

Amilcar lacht betrunken, bevor er ihr Gesicht umfasst und sich zu ihr hinabbeugt.

»Glaub mir, für das, was dich als Nächstes erwartet, brauchst du etwas Alkohol intus, meine Augenweide. Damit du locker bleibst.«

»Ich bin auch so lo…« Amilcar gibt ihr keine Chance, um zu antworten, als er sie im nächsten Moment hungrig küsst. Dabei umfasst er ihr Gesicht und lässt sich die Whiskyflasche von Tadeu aus der Hand nehmen. Tadeu genehmigt sich einen

Schluck, bevor er auf die dumme Idee kommt und etwas unbeholfen auf die Tischplatte steigt. Nichts gegen Tadeau, er ist ein netter junger Kerl, der eigentlich sehr aufrichtig ist, aber die Nummer kann er knicken.

Ich räuspere mich über die Musik hinweg. Amilcar übertreibt mal wieder. Wenn ich nicht auf ihn aufpasse, würde er Malady sofort mit jedem teilen und den Vertrag ausnutzen, damit sie allen Scheiß macht, welchen er sich ausdenkt.

»Was soll das werden, Tadeu?«, richte ich meine Frage lautstark an ihn. Er dreht sich wackelig auf dem Tisch stehend zu mir um. Sein weißes Hemd steht bereits offen, während er seinen Gürtel öffnen will.

Amilcar hebt das Gesicht und löst seine Hände von Maladys Brüsten, bevor er von mir zu Tadeu blickt.

»Alter, was hast du vor?« *Ja, was wohl?*

Malady hebt den rechten Fuß, als sie checkt, dass Tadeu nicht Teil des Spiels war, und drängt ihn mit ihrem Absatz zurück zur Kante.

»Sorry, ich dachte, wir teilen sie uns und du lässt mich auch ran.« Sofort richtet sich Amilcar auf, der neben sich deutet.

»Nein, komm da runter.«

Tadeu wirkt plötzlich peinlich berührt, springt vom Tisch und stößt ein »Perdão, Don« hervor, als er meine Blicke richtig deutet.

»Am besten, du gehst jetzt, bevor wir dich morgen in einem Leichensack abtransportieren lassen«, lacht Amilcar, schwingt seinen Arm um Tadeus

Schulter und führt ihn mit knappem Blick in meine Richtung, an mir vorbei durch die Tür.

»Até breve, Malady!«, ruft Tadeu lallend zum Tisch, auf dem Malady liegen bleibt und den Kopf über die Kante schiebt. Sie lacht über den Auftritt und winkt ihm zu.

»Bye, Tadeu.«

Tadeu ist sicher kein schmieriger Typ wie Riu, sondern ein korrekter Junge, der jedoch auf jeden Blödsinn von Amilcar anspringt.

Nachdem beide den Salon verlassen haben, wende ich mich der Tür zu und schließe sie hinter beiden ab.

Malady richtet sich schlagartig auf, zieht ihre Beine auf dem Tisch um sich und runzelt die Stirn. Mittlerweile ist ihr Blick leicht gläsern und ein Dauerlächeln hat sich in ihrem Gesicht eingenistet. *Wie viel haben sie ihr eingeflößt?*

»Möchtest du eine Privatzugabe, Júpiter? Oder warum schließt du die Tür ab?«

Ohne ihr zu antworten, streife ich mein Jackett aus, als ich an den Tisch trete, an dem die Stühle in Unordnung gebracht wurden. Statt einen Rückzug anzutreten oder Zweifel zu hegen, starrt sie mich an. Sie beobachtet, wie ich das Jackett über einen Stuhl hänge und am Tisch stehen bleibe. Mit den Fingern der rechten Hand streichele ich über ihre Halsseite und betrachte ihre hervortretenden Halssehnen, spüre samtig zarte Haut, die sich über ihre Schlüsselbeine zieht, und schaue zu ihren vollen Brüsten. Unter meiner Hand fühle ich ihre erhitzte Haut und den schnellen Puls.

Sie wimmelt mich nicht ab, aber fasst mich auch nicht an, sondern wartet geduldig, was ich als Nächstes von ihr will.

Einen Moment wirkt es sogar, als würde sie sich meiner Hand entgegenschmiegen und die Berührung genießen. Sie hat einige Wesenszüge wie Raica. Doch im Grunde sind beide komplett verschieden. Malady ist verführerisch, stürmisch, intuitiv und hemmungslos, während Raica leidenschaftlich, abwägend, anmutig und sanftmütig war.

Vor meinen Augen sehe ich beide Gesichter der Frauen, die zu einer verschmelzen.

Mit den Fingern streichele ich über Maladys nackten Oberarm, weiter über ihre Oberschenkel, die auf der Holzplatte seitlich angewinkelt ruhen.

Sie wandert mit ihrer Hand ungefragt über meinen Hals, tiefer zu meinem Hemd.

»Du denkst immer noch an sie, nicht wahr?«, fragt sie vorsichtig und kommt mir näher. *Ist das so offensichtlich?*

Ohne ihr zu antworten, greife ich ruckartig in ihren Nacken und drücke dabei mit dem Daumen ihren Unterkiefer höher.

»Tu dir selbst den Gefallen und schneide das Thema nicht an.«

Ich sehe sie hart schlucken und in meinem Griff nicken. Bevor sie ein halbherziges »Tut mir leid« über die Lippen bringen kann, höre ich im Nebenraum eine Tür zuknallen. Amilcar betritt leicht wankend den Raum und schließt die Tür hinter sich ab.

Als Malady ihn sieht, dann zu mir blickt, ahnt sie sicher, wie das hier weitergehen wird.

Sie schaut aufgeregt zwischen Amilcar und mir hin und her, aber wirkt nicht verängstigt. Nein, eher erwartungsvoll. Das wird seit Langem eine unvergessliche Nacht werden.

Das spüre ich.

MALADY

Berauscht von dem Whisky, den mir Tadeu und Amilcar eingeflößt haben, spüre ich dennoch die knisternde Anspannung, die in der Luft liegt.

»Tanz für mich«, befiehlt mir Júpiter unvermittelt. Zieht einen Stuhl zurück und knöpft gemächlich sein schwarzes seidiges Hemd auf, sodass ich gleich darauf seinen muskulösen Oberkörper sehen kann.

»Du kannst ja nicht genug bekommen. Aber wie sie sich bewegt, ist auch der Wahnsinn«, spricht

Amilcar über die laute Musik hinweg zu seinem älteren Bruder.

Als ich Anstalten mache, den Tisch zu verlassen, umfasst Júpiters Hand meinen Fußknöchel. »Auf dem Tisch. Tanz auf dem Tisch und werde deine Wäsche los.«

Amilcar gesellt sich zur gegenüberliegenden Seite des Tisches. Im Gehen gibt er mir mit einer Handbewegung ein Zeichen, anzufangen. Genau im selben Moment wird ein neuer Song abgespielt, auf den ich mich einstimme.

Anmutig beuge ich mich auf dem Tisch kniend nach vorn, bevor ich mich geschmeidig und quälend langsam von der Platte aufrichte. Dabei schiebe ich die Knie auseinander, spreize meine Oberschenkel und streichele mich selbst. Mit den Händen gleite ich über meine Arme, meinen Bauch und meine Brüste, als würde mich eine fremde Hand berühren und überall dort anfassen, wo sie will. Aber nur flüchtig, bevor ich das Haar nach hinten wirbele und mich in die Hocke ziehe. Mein Herz hämmert aufgeregt unter meinem Brustbein, denn ich ahne, dass sie jetzt dazu übergehen werden, mich zu vögeln.

Mit einer lockeren Bewegung lasse ich mich nach vorn auf die Platte fallen und bewege meinen Körper wellenartig über der Tischplatte.

»Ist sie nicht der Hammer! Wie sie sich bewegt.« Ich drehe das Gesicht zu Amilcar, als Júpiter über meinen Rücken streichelt. Sofort schaue ich zu ihm, als ich die Häckchen des BHs löse und mich anschließend wieder auf die Knie ziehe. Ich zeige sicher keine Scheu oder ziehe den Strip bewusst in die Länge.

Je eher ich meinen Job erledigt habe, beide Männer befriedigt sind, desto schneller kann ich mich erholen und ins Bett fallen. Denn zwei Stunden durchzutanzen hat ziemlich geschlaucht. Trotzdem gebe ich mein Bestes und mache jetzt sicher nicht schlapp.

Während ich mit einer Hand meine Brüste umfasse und Júpiter ein provozierendes Lächeln schenke, ziehe ich den BH unter meinen verdeckten Brüsten weg und werfe ihn über den Rücken zu Amilcar.

»Los, fang!« Als ich mich lachend zu ihm drehe, hat er ihn aufgefangen und riecht an ihm. Doch bevor ich mich wieder zu Júpiter umdrehe und dabei erheben kann, steht er vor mir, greift nach meiner Hand, um sie von meinen Brüsten zu heben, und zieht mich mit einem Ruck an der Taille zu sich.

»Nervös?«, fragt er mich.

»Keinesfalls«, kontere ich entschlossen und schnell atmend.

»Höre ich gern. Dann …« Während er meine Brüste berührt, die mit seinen Fingerknöcheln streift, nickt er an sich hinab zu seiner Hose. Wow, er will es schneller als gedacht, was dafürspricht, dass ich meinen Job gut gemacht habe.

Erwartungsvoll leckt er sich über die Lippen. Er prüft, ob ich seinen Befehl gehorsam ausführe. Heute ja, da ich diesen Abend genau das machen werde, was sie sich wünschen.

Immer fester meine Brüste massierend und dabei in Abständen meine Brustwarzen zwirbelnd, was mir ein Keuchen entlockt, regt er mehr und mehr mein Verlangen an. Die Tischplatte gerät kurz ins Wackeln, als Amilcar sie erklimmt und gleich darauf hinter mir ist.

»Mögen die Festspiele beginnen!«, verkündet er, bevor er mir einen Klaps auf den Hintern gibt, woraufhin ich zischend herumfahre.

Júpiter fängt meinen Kopf ein, damit ich mich nicht ablenken lasse. Vor ihm auf dem Tisch kniend greife ich nach seiner Gürtelschnalle und ziehe das Leder durch die Schlaufe. Er schenkt mir einen diabolischen Blick, während Amilcars Hände meinen Körper erkunden, kurz mit ihnen über meinen Bauch tiefer unter meinen Slip gleiten. Ohne mich von ihm ablenken zu lassen, öffne ich Júpiters Anzughose, fahre mit den Fingern über seinen gebräunten Bauch, spüre jeden leichten Muskelstrang und seine straffe feste Haut.

Ob er es mich angewiesen hat oder nicht, ich beuge mich nach vorn, lecke mit der Zunge über seinen Bauch und schaue anschließend zu ihm mit einem lasziven Blick auf. Er genießt es und hat nichts dagegen.

Zugleich öffne ich seine Hose, spüre seinen prallen Schwanz unter meinem Handballen und rieche seinen männlichen anziehenden Geruch.

Da es ihm anscheinend zu langsam geht, schiebt er seine Shorts hinunter. Im nächsten Moment betrachte ich seinen großen harten Schwanz. *Fuck.* Er ist nicht gerade klein, aber das habe ich bei seinem Ego auch nicht erwartet.

Seine pralle glänzende Eichel befindet sich direkt

vor meinem Mund, bevor ich seinen Schaft umfasse, mich von Amilcar nach vorn auf alle viere drücken lasse und zu Júpiter aufsehe.

Ohne länger zu zögern, nehme ich seine Härte in meinen Mund auf, befeuchte sie mit meiner Zunge und lasse sie tiefer in meinen Rachen eindringen. Bisher unternimmt er wenig und überlässt mir das Tempo. Immer wieder lecke und sauge ich an seinem Schwanz, bevor ich ihn blase.

»Und wie bläst sie?«, erkundigt sich Amilcar.

»Wir sind noch in der Aufwärmphase. Ich glaube, sie kann es besser.«

Verdammt! Mit diesen Worten kratzt er massiv an meinem Stolz. Mit einem funkelnden Augenaufschlag schaue ich zu ihm auf und kassiere mir ein schiefes Grinsen. In seinem Gesicht steht die stille Aufforderung: *Mach es besser.*

Ich stemme mich mit einer Hand vom Tisch ab, während Amilcar meinen Slip zur Seite schiebt und über meine Schamlippen leckt.

»Wer hätte das gedacht …« Er holt über die laute Musik geräuschvoll Luft, bevor er durch meine Spalte leckt. »Sie riecht und schmeckt unglaublich.«

Um mich nicht von ihm ablenken zu lassen, sondern mich auf Júpiter zu konzentrieren, umfasse ich seinen Schwanzansatz fester und bilde mit meinen Lippen ein Vakuum um seinen Phallus. *Wie sieht es jetzt aus? Genügend Druck?*

Ein Zucken umspielt Júpiters düstere Augen, als er spürt, was ich verändere. Doch ich gebe ihm nicht viel Zeit, sich einen neuen Spruch zu überlegen, um mich zu motivieren, sondern befeuchte seine Härte und beginne danach mit dem intensiven Blowjob. In immer schnellerem Rhythmus lasse ich seinen Schwanz tiefer in mich stoßen. Noch bestimme ich das Tempo. Womit er nicht rechnet, ist, dass ich mit der rechten Hand seine Hoden massiere. Denn kurz zuckt er. Ich blase seinen Schwanz immer schneller.

»Tiefer, Malady. Komm schon, nimm ihn ganz auf«, fordert er mich auf, als er mein Haar zurück-kämmt. »Oder war das alles?«

Sofort schaue ich giftig zu ihm auf, als Amilcar mir mein Höschen bis zu den Knien hinunterge-zogen hat und damit beginnt, meine Klit mit seiner Zunge zu umkreisen. Sein Haar kitzelt zwischen meinen Knien, da er vermutlich mit dem Rücken auf dem Tisch liegt.

Bestimmend schiebt er meine Knie weiter ausein-ander, dringt mit zwei Fingern in meine Pussy und zieht mit zwei weiteren Fingern meine Schamlippen auseinander. *Gott! Er ist …*

Ein leichtes Beben geht durch meinen Körper, während ich verdammt feucht werde, als er mich gleichzeitig fingert und höllisch gut leckt. Er trifft haargenau den Punkt, der mich zum Explodieren bringt. *Warum ist er so gut?*

»Du hast wirklich nicht gelogen, du wirst er-staunlich schnell feucht. Sie läuft fast aus.«

»Gott«, stöhne ich, als ich kurz von Júpiters Schwanz ablasse und mich mit beiden Händen auf dem Tisch abstütze, um das Gefühl zu genießen. Meine Brustwarzen ziehen sich kribbelnd zusam-men, mein Körper wird von einem heißen Schauer durchflutet und in meinem Becken pocht ein so unbändiges Verlangen, dass ich am liebsten jetzt sofort einen Schwanz in mir spüren will. Der flüchtige Gedanke, von einem der beiden hart auf allen vieren genommen zu werden, flackert durch meinen Kopf.

»É só isso? War das alles? Du machst jetzt keine Pause, es fängt grade erst an«, sagt Júpiter zu mir, greift in mein Haar und drängt meine Lippen auseinander, um danach seinen Schwanz in meinen Mund zu stoßen. »Ich sage, wann es genug ist.«

Und nun übernimmt er das Tempo. Er erobert sich meinen Mund, stößt tief und schnell in meinen Rachen, sodass ich aufpassen muss, nicht zu würgen. Amilcar leckt weiterhin meine Pussy, dringt rhythmisch und so gekonnt mit seinen Fingern in mich und dehnt mich.

Ich greife nach Júpiters Hüfte, um mich seinem schnellen Tempo anzupassen. Ich lasse mir sicher nicht zeigen, wie es geht. Während ich den Kopf zu seinen Stößen bewege, schaue ich unentwegt zu ihm auf. Ihm gefällt, dass ich mich nicht nur von ihm führen lasse, sondern mitmache. Als er mein Stöhnen hört, das Amilcar bei mir auslöst, sehe ich, wie er seinen Unterkiefer anspannt, den Mund öffnet und seine Halssehnen hervortreten.

»Sehr gut. Verdammt gut!«, lobt er mich. Im selben Moment, kurz bevor meine Klit empfindlich pocht, sich die komplette Lust in meinem Becken sammelt, stoppt Amilcar und zieht sich von mir zurück.

»Fuck, bitte …«, flehe ich ihn an, nachdem ich mich aus Júpiters Griffen befreit habe. Und das nur, weil er nicht damit gerechnet hat, dass ich aufhören könnte, kurz bevor er gekommen ist.

Ein wildes Knurren verlässt Júpiters Lippen.

»Bitte was?«, fragt mich Amilcar schief grinsend und erhebt sich hinter mir. Lässig zieht er sich vom Tisch, umrundet ihn und steht plötzlich vor mir, während Júpiter meine Hüfte umfasst und mich mit so viel Wildheit zur Kante dreht, dass er nicht auf den Tisch steigen muss, sondern im Stehen mit einem Stoß in mich eindringt.

»Gott!«, stoße ich hervor und beuge mich instinktiv mit dem Oberkörper zitternd nach vorn.

»Du hättest den Blowjob beenden sollen, Malady, tut mir nicht leid für dich. Wir haben nie gesagt, dass wir dich schonen.«

Júpiter zieht seine Härte, die bis zur Hälfte in mich eingedrungen ist, wieder zurück, um erneut und dieses Mal komplett mit seinem riesigen Schwanz in mich einzudringen und zu dehnen.

Verdammt! Ich gebe zu, er ist der erste Mann mit solch einer Länge, der mich vögelt.

»Amilcar, du hast recht, sie ist verdammt feucht. Gut, dass du sie für mich vorbereitet hast.«

»Liebend gern. Bedien dich.«

Amilcar streift sein Hemd aus, bevor er mein Gesicht streichelt, mich danach seinen Zeige- und Mittelfinger lutschen lässt.

»Sagte ich doch. Du bist perfekt. Wir hätten es nicht besser treffen können. Jetzt darfst du bei mir weitermachen.« Amilcar kämmt mit einer Hand mein Haar beinahe fürsorglich aus dem Gesicht, bevor er mir seinen Schwanz, der etwas dicker, aber nicht ganz so riesig ist wie Júpiters, in den Mund schiebt. Bereitwillig nehme ich ihn auf, was seine Augen vor Geilheit funkeln lässt. »So ist gut. Egal, was mein Bruder mit deiner Pussy macht, du hörst nicht auf. Das ist dein zweiter Versuch. Vermassele es nicht.«

Wenn mich Júpiter nur ficken würde, wäre das kein Problem. Allerdings massiert er zusätzlich meine angeschwollene Klit. Und das so gut, dass die Hitze in meinem Becken kaum aufzuhalten ist. Er testet mich, das spüre ich. Bringt mich kurz vor den Orgasmus, während er jeden Stoß in meine Pussy genießt. In Abständen zieht er meine Pobacken auseinander, spuckt auf meinen Anus und dringt mit einem Finger in ihn ein. Danach umkreist er meine Perle so fest und feucht, dass ich zittrig die Augen schließe, während ich Amilcars Schwanz blase.

Fest massiere ich Amilcars Hoden, lecke und sauge an ihnen, bevor ich seinen prallen Schwanz wieder in mir aufnehme.

»Und wie vögelt sie sich?«

»Perfekt«, sagt Júpiter. »Sie ist verdammt eng, aber bei Gott, es tut so gut.« Wow, mich zu ficken, bringt ihn in Höchststimmung.

»Sieh mich an«, befiehlt mir Amilcar, als er meine Brüste massiert und mein Haar zerwühlt. »Gefällt dir, was er macht?«

Ich kann nicht reden. Also ist das ein Trick. Provokant hebe ich die rechte Braue. In dem Moment nimmt mich Júpiter schneller, übt einen so festen Druck auf meine Klit aus, dass meine Knie beinahe nachgeben, würde er mein Becken nicht aufrecht halten.

Ich höre ihn stöhnen, leise knurren. Er reibt mit seiner Eichel über eine empfindliche Stelle in mir, die mich jeden Moment zum Explodieren bringt.

»Hallo, ich rede mit dir?«

Bebend kann ich nur den Kopf schütteln, bevor ich keuche und jede Sekunde komme. Ich löse meinen Mund von seinem Schwanz, als Júpiter im selben Augenblick stoppt. Im nächsten Wimpernschlag wird die reine Lust, die mich überflutet hätte, von einem höllischen Brennen fortgetrieben. Eine flache Hand schlägt fest auf meine rechte Pobacke, sodass ich eher erschrocken als vor Schmerz aufschreie.

»Er hat dich etwas gefragt. Und niemand hat gesagt, dass du aufhören sollst, seinen Schwanz zu blasen.«

Scheiße! Erneut trifft mich Júpiters flache Hand, da er nicht mehr in mir ist. Wimmernd beiße ich die Zähne zusammen und kämpfe gegen die verdammten Tränen an, die in meinen Augenwinkeln aufsteigen. Er hat verflucht viel Kraft, sodass meine Pobacken heiß glühen. Der Schmerz schießt kribbelnd und beißend von meinem Arsch zu meinem Rückgrat.

Das Brennen hallt wellenartig nach, sodass ich keuchend nach Luft schnappe und den Kopf über die Schulter hebe. Doch Amilcar fängt mein Gesicht ein.

»Seid ihr irre!«, fahre ich ihn an.

»Ab jetzt werden keine halben Sachen mehr gemacht. Du wirst dich nicht mehr um Bestrafungen drücken können, kleine Malady«, lässt mich Amilcar wissen und streicht mit dem Daumen die Träne auf meiner Wange fort.

»Das war ein Trick und keine …«

Wieder trifft mich ein Hieb. Ein noch strafferer als zuvor. Und dieses Mal mit etwas wie einem Gürtel, was einen Knall erzeugt. »Keine Widerworte, oder du bekommst nicht, was du willst. Ich kann dich auch weiter vögeln, ohne dich kommen zu lassen.«

Amilcar lacht, aber prüft in meinem Gesicht, ob der Hieb nicht zu fest war. Ich funkele ihm tief durchatmend entgegen.

»Okay, kapiert. Aber das nächste Mal warnt ihr mich …«

Wieder ein Hieb. »Verdammt!«, fluche ich laut und drehe mein Gesicht zu Júpiter.

»Dich muss niemand vorwarnen. Du bist clever genug und weißt genau, wann du gegen Regeln und klare Ansagen verstößt. Noch mehr?« Er schwingt seinen Gürtel, bevor er ihn zusammenlegt und zwischen den Händen strafft.

»Dein runder Arsch sieht aus, als hätte er für heute genug. Zu deiner Frage am Strand. Ja, ich versohle dir gern deinen Hintern, wenn du deinen Gehorsam vergisst. So wie ich dich kenne, wird das sehr oft der Fall sein.«

»Darauf kannst du …« Ein Luftzug, ein hohes Pfeifen und das Leder trifft wieder knallend meine Pobacken und streift mit viel Kraft meine Haut. Amilcar hält meine Handgelenke fest, damit ich nicht instinktiv vom Tisch springe und mir das Genick breche.

Júpiter grinst süffisant. »Brauchst du mehr?«

Ich beiße auf die Unterlippe und lasse den Kopf sinken. Es reicht für heute. Bereitwillig öffne ich meinen Mund, damit ich Amilcars Schwanz weiter blase. Er lächelt. »Isso é o máximo! Ich bin sehr zufrieden mit dir.«

Lange forscht er in meinen Augen, bevor er mir seine Härte in den Mund schiebt und ich ihn mit tränenüberlaufenem Gesicht blase. »Die Tränen stehen dir.«

Júpiter umfasst meine Pobacken, die höllisch brennen, und dringt danach in meine Pussy, die noch feuchter ist als zuvor. Hätten mich beide bloß vorgewarnt, welcher Sadist in Júpiter schlummert, dann hätte ich mich für diese Situation mental wappnen können.

»Sieh an, der Schmerz gefällt ihr. Vielleicht ist er gar keine Bestrafung, sondern sogar eine Belohnung.« Mit den Fingern verteilt er meine Feuchte zwischen meinen Schamlippen, bevor er wieder in mich eindringt.

Hat er einen an der Waffel? Amilcar deutet meinen Blick richtig und grinst mit offenem Mund. Ich beschleunige mein Tempo und übe mehr Druck aus. So lange, bis ich ihn dort habe, wo ich will. Doch Júpiter ist verdammt gut. Er nimmt mich mit harten schnellen Stößen. In Abständen massiert er meine Klit und ich kann … kann einfach … die Lust, die sich aufgestaut hat, nicht länger … zurückhalten. Er gibt mir nicht einmal die Chance, meinen

Job gut auszuführen. Wieder sein Daumen in meinem Anus.

Mein Körper zittert, mir wird unendlich heiß, als er mich schneller fickt und der heiße Schmerz auf meiner Haut mit der unbändigen Lust meiner Klit verschmilzt. Tief stöhnend gebe ich Amilcars Schwanz frei, auch wenn es wieder ein Fehler ist. Ich umfasse die Tischkante, beuge meinen Oberkörper nach vorn, um Júpiter noch mehr die Möglichkeit zu geben, tiefer in mich einzudringen. Er kommentiert meine Geste mit einem »Das hätte ich nicht erwartet« und stößt schneller in mich, bis ich mich schreiend und wimmernd vor ihm winde. Meine Pussy kontrahiert, presst sich enger um seine Härte, was ihm nicht entgeht.

Fest umfasst er meine Hüfte, dringt mehrere Male hart in mich, bevor er sich mit einem unerwartet kehligen Stöhnen in mir ergießt.

Amilcar streichelt über meine Wange und fixiert meinen Nacken auf dem Tisch, damit ich seinem Bruder nicht ausweichen kann – was ich sicher nicht will. Danach streicht er fürsorglich mein langes Haar, das in meinen Mundwinkeln klebt, aus meinem erhitzten Gesicht. »Gott, du siehst so schön aus, wenn du stöhnst.«

Vollkommen erledigt blinzele ich und ziehe mich wackelig auf die Arme, um Amilcars Schwanz weiter zu blasen. Doch im nächsten Moment ist er vor mir verschwunden und Júpiter hat sich aus mir zurückgezogen. Kitzelnd rinnt sein Sperma meine Oberschenkel entlang. Hände greifen nach meinen Schultern und meiner Hüfte, bevor ich auf den Rücken gedreht werde, was ich ohne zu murren zulasse.

»Gebt mir kurz einen Moment«, bitte ich sie und lege die Hände auf meine Brust, die sich schnell hebt und senkt.

»Nein, ich denke nicht«, höre ich Amilcars Stimme.

Im nächsten Wimpernschlag ist Amilcar über mir, Hände umfassen meine Handgelenke und fixieren sie auf dem Tisch. Júpiters Gesicht schwebt dicht über meinem, bevor er seine Nase in meinem Haar vergräbt und ein »Danke« in mein Ohr haucht. So schnell und flüchtig, dass ich fast glaube, es mir bloß eingebildet zu haben.

Ein erschöpftes Lächeln wandert über meine Lippen, doch gleich darauf hebt Amilcar ein Bein von mir über seine Schulter und dringt Zentimter für Zentimer in mich ein.

Ich öffne, ohne einen Ton von mir zu geben, die Lippen. *Gott, sie sind wirklich unersättlich.* In Júpiters Griffen balle ich die Finger zu Fäusten und mache ein Hohlkreuz, als Amilcars Härte komplett in mir ist. Er muss sich sogar anstrengen, um mich gebändigt zu bekommen.

»Du fühlst dich unglaublich an. Trotz des Spermas meines Bruders.« Während Júpiter meine Handgelenke auf der Platte fixiert, beugt sich Amilcar zu mir herab, schaut mir einen Moment tiefgründig in die Augen und küsst mich anschließend hungrig. Sein Schwanz zieht sich aus mir zurück, bevor er wieder in mich stößt. Ich schlinge mein ausgestrecktes Bein um seinen Oberschenkel, um ihn noch tiefer zu spüren. Mit dem Becken komme ich ihm entgegen, während ich seinen himmlischen Duft überdeckt von dem des Alkohols einatme.

Unsere Zungen umkreisen sich in einem immer schneller werdenden Tempo. Er passt sich dem Rhythmus an, mit dem er mich nimmt.

Mit einer lockeren Drehung rollt er sich auf den Rücken und hebt mich auf sein Becken. Unter mir liegend betrachte ich seine athletische durchtrainierte makellose Brust. Die dunklen Tätowierungen verschwimmen kurz vor meinem Sichtfeld, während ich sie nachmale. Erst in dieser Position merke ich, wie sehr der Whisky in meinen Kopf knallt. Ich knie über ihm, bevor ich seinen Schwanz langsam in mir aufnehme und mich auf ihn setze, um ihn zu reiten. Amilcar reckt den Kopf, bevor er meine Brüste umfasst und »Komm her« raunt.

Ich beuge mich zu ihm hinab, um ihn zu küssen und mich gleichzeitig auf ihm zu bewegen. Mit jedem Senken meines Beckens kommt er mir entgegen. Er greift in meinen Nacken, zerwühlt mein Haar und zugleich spüre ich etwas durch meinen Po wandern. Etwas Kühles.

Amilcar schaut aus den Augenwinkeln an mir vorbei, bevor er nickt und ich erst nach einigen Sekunden verstehe, wieso. Denn im nächsten Moment drückt eine Hand mich direkt über dem Po auf Amilcar hinab und Júpiter führt hinter mir stehend etwas in meinen Anus ein.

»Was …?« Sofort drehe ich den Kopf über die Schulter, aber Amilcar fängt mein Gesicht ein.

»Entspann dich. Es ist eine Überraschung.«

Hände streicheln und massieren meine brennenden Pobacken. Eine Zunge leckt über sie, sodass ich zische, als sie meine empfindliche Haut trifft.

»Der wird morgen immer noch herrlich glühen«, höre ich Júpiter zufrieden mit seinem Werk sagen. »Atme entspannt weiter und küss Amilcar«, befiehlt er mir, was ich mache. Aber nur, weil mit dem Etwas, das in meinen Anus eindringt, meine Lust umso mehr angekurbelt wird. Ich rücke mit meinem Po von Júpiter weg, der anschließend seufzt und meine Pobacke fest umfasst. »Wo willst du hin? Das wirst du brauchen, wenn es morgen weitergeht.«

Immer weiter schiebt er den Plug – oder was auch immer es ist – in mich, sodass ich Amilcar wimmernd küsse. Er streicht durch mein Haar.

»Machst du sehr gut, kleine Lady.« Er soll mich nicht so nennen.

Langsam umschließt mein Anus den nicht gerade kleinen Plug und erweckt ein irrsinniges Pochen in meinem Becken. Keuchend gebe ich mich Amilcars Küssen hin, verschmilzt meine Zunge immer ungehaltener mit seiner.

»Oh, es turnt sie gewaltig an«, stellt er fest.

»Ich weiß, das habe ich vorhin gemerkt, als ich mit einem Finger in sie eingedrungen bin und sie kurz darauf gekommen ist.«

Shit, sie haben meine Schwachstelle gefunden. Ich liebe nun mal Analsex, wenn es die Jungs richtig anstellen.

Amilcar schiebt mich an den Schultern in die Senkrechte. »Jetzt reite mich, Baby. So lange, bis du kommst.«

Er lässt mir den Vortritt? »Wer sagt, dass ich überhaupt noch ein weiteres Mal komme?«, necke ich ihn, woraufhin Júpiter in mein Sichtfeld tritt.

»Soll ich nachhelfen?«, erkundigt er sich. Meine Gesichtszüge geraten ins Wanken, als er eine Kette mit Klemmen zwischen den Fingern dreht.

»Besser wäre es wohl, bevor sie noch einschläft«, provoziert mich Amilcar, der über meine Bauchseiten fährt, danach meine rechte Brust umfasst. Und das so, dass Júpiter an meiner Brustwarze diese teuflisch beißende Klemme anlegen kann.

Sofort zucke ich zurück, aber habe gegen beide keine Chance. Amilcar hält mir den Mund zu. »Schreien darfst du später. Du solltest dir wirklich überlegen, zu wem du frech wirst.«

Ich beiße in seine Hand, was ihn leise knurren und Júpiter lachen lässt.

»Sie hat wirklich Biss«, scherzt er. Júpiter beugt sich über meine linke Brust, zieht meine harte Brustwarze zu sich und schließt die Klemme, während er mir tief in die Augen blickt. Scheißsadist, er liebt es, den Schmerz in den Gesichtern anderer zu sehen. Nun schaukelt eine dreireihige goldene Kette zwischen meinen Brüsten, an der er nicht gerade sanft zupft. Sofort verursacht das Zupfen ein irrsinniges Ziepen und lässt einen elektrischen Impuls in mein Becken schießen. Ich stöhne gequält auf, was ein Leuchten in Júpiters Augen treten lässt.

»Sehr schön. Scheint dir zu gefallen. Jetzt mach weiter und reite ihn, bis du kommst, oder ich helfe noch mehr nach.«

Ich schlucke hart, lächele überlegen, obwohl ich

eigentlich nicht die Oberhand habe, und beginne anschließend, Amilcar mit dem Plug in mir zu reiten.

»Scheißeeng, aber … Gott …«, knurrt er, umfasst meine Hüfte und hält den Widerstand. Ich hebe mein Becken schnell und anmutig auf ihm auf und ab und reite ihn so intensiv, dass seine Schwanzspitze in mir über eine empfindliche Stelle reibt.

»Weiter«, treibt mich Júpiter an. Ich lecke über meine Lippen. Dieser raue tiefe Befehlston geht mir unter die Haut.

Es sieht fast so aus, als würde ich den Orgasmus ihm schenken, indem ich seine Anweisung ausführe. Und ich will sie korrekt ausführen. Immer schneller werdend keuche ich, schwitze ich und bewegen sich meine Brüste im Rhythmus auf und ab. Dabei ist das Klirren der Ketten über die laute Musik zu hören.

»Wenn es sich so geil anfühlt, wie es aussieht, dann …«, bringt Júpiter hervor, während Amilcars Brauen zucken. Sieht eher so aus, als würde er jeden Moment kommen.

Er schiebt, während ich ihn keuchend und mit halb offenem Blick reite, meine Pobacken weiter auseinander, um ihn noch tiefer zu spüren. Mit jedem Stoß wird mir heißer. Meine Brustwarzen brennen und prickeln, meine Klit fühlt sich geschwollen an, meine Pussy verflucht feucht. Ich will die Augen schließen, als ein heftiger Ruck durch die Kette geht und ich sie aufreiße. Ich schreie vor Schmerz kurz auf.

»Gott!«

»Sieh mich an, wenn du kommst«, weist mich

Júpiter nur in seiner Anzughose und oberkörperfrei vor mir stehend an.

Seine dunkelblauen Augen rammen sich in meine. Ich nicke nicht ergeben, wie er es sich wünscht. Trotzdem strenge ich mich an, um gegen meinen Reflex anzukämpfen und die Augen nicht zu schließen, als mich der heftige Orgasmus wie ein Orkan überrollt.

Mein tiefes Stöhnen geht in einen Schrei über, als sich meine Pussy um Amilcars großen Schwanz zusammenzieht und ich zitternd und vollkommen losgelöst komme. Dabei behalte ich Júpiters Augen im Blick. Sie bannen und fesseln mich auf rätselhafte Weise. Ihm gefällt, was er sieht. Sehr sogar. Denn sein Blick ist von Hunger und Gier getränkt. Seine geschwungenen Lippen stehen halb offen, als könnte er meine Laute in sich aufsaugen.

Im selben Moment umfasst Amilcar meine Hüfte und hebt mich auf und ab. Denn sein Schwanz zuckt, pulsiert und ist so prall, dass er jeden Moment kommt.

Nach nur einer Minute, in der mein Orgasmus allmählich abebbt, kommt Amilcar fluchend »Verdammt, Babe« in mir und zieht mich an sich hinab. Hastig ein- und ausatmet lasse ich mich von ihm in seine starken tätowierten Arme ziehen. Er krallt seine Hand in mein Haar, die andere ruht auf meinem Rücken, als er dreimal in mich stößt und sich in mir ergießt.

»Meinetwegen können wir das in einer Stunde wiederholen«, flüstert er nach einigen Sekunden an meiner Schläfe und beißt in mein Ohrläppchen.

Nicht sein Ernst?

Die Musik hämmert genauso laut in meinen Ohren wie mein Puls. Mein Herzschlag geht so rasend schnell, dass ich befürchte, es könnte jeden Moment in tausend Stücke zerspringen.

»War doch für den Anfang nicht zu verachten«, bringt Júpiter hervor, zieht einen Stuhl vom Tisch und schüttet in drei Gläser Whisky ein.

»Wir sollten Malady lieber ins Bett schicken. Sie hat zwar morgen ihren freien Tag. Aber ich denke, so viel Freizeit, wie sie denkt, wird sie doch nicht haben«, lässt mich Júpiter mit einem selbstherrlichen Grinsen wissen und hält mir ein Glas hin. Ich richte mich schwankend auf Amilcar auf, bevor ich von ihm steigen will.

»Wohin willst du? Du bleibst noch auf mir sitzen.«

Ich verdrehe schmunzelnd die Augen und greife nach dem Glas, das mir Júpiter reicht.

»Freut mich sehr, wenn du mit meiner Leistung zufrieden bist.« Denn darauf kommt es an. Wenn ich ein Vierteljahr mein Bestes gebe, ruft er bei dem Arzt in der Schweiz an.

»Mehr als zufrieden, wobei wir noch daran arbeiten sollten, dass du dich komplett, und ohne deinen Verstand zu benutzen, fallen lässt. Beim ersten Mal wäre das ohnehin nicht möglich gewesen. Wir bekommen dich noch dorthin.« Er zwinkert mir zu, bevor er mit meinem Glas anstößt. Amilcar hat sich auf den Ellenbogen aufgestützt, bevor er sein Glas schnappt.

»Für mich war es wesentlich besser als in meinen Vorstellungen.«

Für Júpiter sicher nicht, da er sich den Sex lieber mit seiner Frau gewünscht hätte. Was ich verstehen kann. Etwas befangen nippe ich an dem Whisky. Hauptsache, ich kann ihn zufriedenstellen. Ich soll ja kein Ersatz für seine Frau sein. Erst recht soll und will ich mich nicht in ihn verlieben. In keinen der beiden. Aus dem Grund sollte ich vorsichtig sein und die Distanz wahren. Wenn nicht körperlich, dann psychisch.

Nachdem ich das halbe Glas Whisky geleert habe, das meiner Sehkraft weiterhin erlaubt, mir Streiche zu spielen, erhebe ich mich wackelig und lachend von Amilcars Hüfte.

»O mein Gott.« Mit den Armen in der Luft rudernd will ich mich abfangen, als mir Júpiter zuvorkommt, meine Mitte umfasst und mich sicher vom Tisch hebt.

»Geh es langsam an. Der Abend war ziemlich anstrengend für dich.«

»Wem sagst du das«, kichere ich und tippe gegen seine Brust. »Ich sollte unter die Dusche und dann ins Bett.«

»Ich begleite sie besser«, bietet Amilcar seinem Bruder an, der die Klemmen vorsichtig löst. Zischend und ihn gegen die Brust schlagend weiche ich zurück.

»Das tat weh.«

»Das war doch nichts im Vergleich zu deinem brennenden Hintern.« Da hat er recht. »Ich werde

Malady zu ihrem Zimmer begleiten, Amilcar. Räum hier auf und geh schlafen.«

Júpiter schenkt Amilcar einen strengen Blick, bevor die Welt um mich herum kippt und meine Füße nicht mehr den Boden berühren. Fragend blicke ich mich um, als ich mich im nächsten Moment auf Júpiters Armen befinde und über die Korridore getragen werde.

»Meine Kleidung liegt noch im Salon«, sage ich und strecke die Hand zur Salontür aus.

»Die brauchst du nicht beim Duschen.«

»Stimmt.« Im Bad angekommen setzt er mich in der Dusche ab und hält mir einen kalten Wasserstrahl mitten ins Gesicht.

»Sieht so aus, als würdest du nicht viel Alkohol vertragen. Bist du wirklich schon betrunken?«, hakt er nach, hält meine Schulter und amüsiert sich über meine Proteste über das kalte Wasser.

»Nicht witzig. Es ist arschkalt.« Schnell schnappe ich mir die Handbrause. »Außerdem bin ich gar nicht betrunken.«

»Du kannst nicht einmal geradeaus laufen«, stellt er fest. Ich winde mich aus seinem Griff und lehne mich mit der Schulter hicksend gegen die Wand. Mit der Brause, aus der endlich wärmeres Wasser fließt, spüle ich mich ab.

»Kann ich sehr wohl. Aber du mit deinem elenden Whisky … Kann es nicht Wein sein oder Tequila? Whisky ist einfach …« Der knallt bei mir immer sofort. »Amilcars Freund hat mich so dermaßen abgefüllt. Woher kommt der eigentlich?«

Júpiter hält mich immer wieder aufrecht und

korrigiert meine kleinen Fehltritte, damit ich nicht ausrutsche und hinfalle. Dabei fällt mir erst jetzt auf, dass seine Hose während der Rettungsmaßnahmen völlig durchnässt wird.

»Öffne die Hand«, sagt er schließlich.

Fragend schaue ich zu ihm auf. Er nimmt mir die Duschbrause ab und wiederholt die Worte.

»Wieso? Schenkst du mir etwas?«

»Du wirst morgen so richtig leiden müssen, weißt du das, mein Juwel?« Als er die Worte gesagt hat, wirkt er kurz irritiert. »Jetzt öffne die Hand.«

Ich mache, was er sagt, bevor er mir Duschgel auf die Hand gibt. Damit reibe ich mich ein. Er spült mich ab und wickelt mich in der nächsten Minute mit einem warmen Handtuch ein. Ich bekomme seine Hand zu fassen, als er das Bad verlassen will.

»Ich weiß, wie du dich fühlen musst«, sage ich so nüchtern, wie es irgend möglich in meinem betrunkenen Zustand geht. Júpiter schnaubt und verzieht das Gesicht.

»Du hast keine Ahnung. Geh jetzt ins Bett. Den Plug lässt du drin, und schließ die Tür ab, falls du keinen nächtlichen Überraschungsbesuch von meinem Bruder erhalten willst.«

»Von dir etwa nicht?«, kann ich mir meinen Spruch nicht verkneifen und lache hinter vorgehaltener Hand.

Perplex starrt er mich an, aber sagt keinen Ton. Ich rubble meinen Körper trocken, lasse das Handtuch im Schlafzimmer auf den Boden sinken und falle vornüber in mein weiches Bett.

»Gott, endlich. Ich bin so im Arsch«, murmele ich ins Kissen.

Todmüde schließe ich für einen winzigen Moment die Augen. Jeder Muskel schmerzt. Mein Hintern pocht, als würde auf ihn weiterhin wie auf eine Trommel geschlagen werden. Und meine Sinne sind benebelt, sodass sich selbst hinter geschlossenen Augen die Welt um mich dreht. Alles, was ich gerade brauche, ist Schlaf.

Júpiter tritt theatralisch stöhnend ans Bett, zerrt die Decke unter mir weg und deckt mich danach zu. »Vor mir möglicherweise auch«, höre ich ihn wie aus weiter Entfernung nach einigen Minuten antworten. »Dorme bem. Schlaf gut, Malady.«

Etwas samtig Weiches berührt meine Schläfe, ein Duft von Sandelholz und Amber umgibt mich, bevor das Licht ausgeschaltet wird und ich nicht mehr in der Lage bin, die Tür abzuschließen.

❧ 20 ❧

MALADY

Das Quietschen einer Türklinke ist zu hören. Meiner Türklinke.

Obwohl ich es höre und nachsehen sollte, ist der Schlaf übermächtig. Mir fehlt sogar die Kraft, meine Augen zu öffnen. In meinem Kopf hämmert es, als würde ein Handwerker meine Schädeldecke mit einem Presslufthammer bearbeiten.

Schlafen oder die Augen öffnen? Was für eine schwierige Entscheidung. Wenn ich die Augen öffne, könnte ich vielleicht nicht mehr einschlafen. Wenn ich weiterschlafe, kann ich nichts gegen die Kopfschmerzen nehmen.

Schlurfende Schritte sind zu hören. Sie werden schneller, dann langsamer und stoppen irgendwann. Entfernen sie sich wieder?

Dann ein Kichern.

»Ist sie nackt?« *Nein, lieber Gott. Bitte nicht –* bete ich innerlich, als ich die Stimme erkenne. *Lass es ein Traum sein.*

»Und sie schnarcht.« Hat sich auch schon einmal jemand beim Schnarchen erwischt? Es kommt selten vor, aber mir ist es schon mal passiert.

Etwas krabbelt unter meine Bettdecke. Etwas zupft am Laken, dann hebt es eine Haarsträhne aus meinem Gesicht, die an meinem Mundwinkel klebt.

Jetzt ist der Moment eingetreten, in dem ich nicht weiterschlafen kann, sondern die Augen öffnen muss.

Und was ich vor mir sehe, ist das Gesicht eines brünetten Mädchens in einem zitronengelben Nachthemd und ein Junge in kurzem gestreiftem Pyjama, der hinter ihr steht. *Ich habe heute frei. Einfach weiterschlafen, Malady.*

Almira neigt ihr Gesicht, bevor sie an meinem Augenlid zupft und es aufzieht. »Kuck-kuck.«

Ihr kleines Gesicht ist bloß drei Zentimeter von meinem entfernt. Ich kann sogar jede hellblaue Linie auf ihrer Regenbogenhaut entdecken. Sie lacht leise auf und hält mir das Augenlid auf.

»Mach es nicht zu doll. Das tut ihr weh.«

»Ich hab heute frei«, murmele ich, greife mir Almiras Hand und hebe sie aus meinem Gesicht, um mich umzudrehen. Komplett mit der Decke verheddert schlafe ich auf dem Rücken. Das Laken bedeckt nur knapp meine Hüfte und meinen Oberkörper, während mein nacktes Bein aus dem Bett hängt. Erschrocken weite ich die Augen, bevor ich das Laken korrigiere und mich von beiden wegdrehe.

Plötzlich hopst etwas zu mir ins Bett. Almira ist unter das Laken gekrabbelt und schaut zu mir. »Kannst du mal kommen, Mally?«

»Komm wieder aus ihrem Bett. Sie hat es sicher nicht gern, wenn du einfach …« Quinos Hand fährt unter das Laken, um Almiras Hand zu schnappen und sie aus meinem Bett zu zerren.

Almira quietscht böse auf. »Lass los. Du tust mir weh.«

»Wir kommen später wieder.«

»Wie spät ist es?«, frage ich Almira und verdecke mit der Hand meine Brüste. Wieso bin ich nackt eingepennt? Mein Kopf braucht ein paar Sekunden, bis ich mich wieder daran erinnern kann, betrunken, splitterfasernackt vor Júpiters Augen ins Bett gefallen zu sein.

»Es ist um vier«, sagt Quino leise. *So früh!*

Ich gebe ein gequältes Jaulen von mir. Das bedeutet, mein Hirn konnte knapp drei Stunden ausnüchtern.

»Legt euch wieder schlafen, okay? Ihr könnt später wiederkommen.« Almira schaut traurig zu mir, bevor sie mit der flachen Hand ihre Haare aus dem Gesicht streicht.

»Mir ist ein Unfall passiert.« *Ein was? Im Bett?* Schlagartig ahne ich, was sie meinen könnte.

»Du kannst bei mir schlafen, Mira«, bietet ihr Quino an, während Almira den Tränen nah ist.

Okay, Notfälle kann ich nicht aufschieben.

Ich zerre das Laken über den Kopf und presse es an meine Brust. Almira setzt sich neben mir auf. Ihr Nachthemd sieht aber nicht feucht aus.

»Kann ich bei dir schlafen, Mally?« Sie schaut mich mit großen unschuldigen Augen an.

»Wie schlimm ist es?«, will ich wissen und taste blind nach dem Nachttischlicht, bevor ich schnalle, dass es schon angeschaltet ist. *Mann, ich habe so ein Brett vor dem Kopf.*

»Schlimm. Ich konnte die Matratze nicht umdrehen.« Quino reibt sich müde die Augen. »Sie ist einfach zu schwer. Almira wollte unbedingt zu dir und nicht bei mir schlafen.«

Almira schiebt die Unterlippe vor und nickt, während sie die Tränen aus dem Gesicht wischt.

»Ich wollte nicht, dass es passiert. Wirklich nicht.«

»Überhaupt kein Problem«, antworte ich freundlich. Wieso sollte ich auch schimpfen? »Gebt mir eine Minute, um mir etwas anzuziehen, dann schauen wir nach.«

Gott, ich könnte einen dreifachen Espresso vertragen, um den heftigen Kater zu verscheuchen.

Almira springt vom Bett und läuft in das Ankleidezimmer. »Ich hol deinen Schlafanzug.«

»Wieso schläfst du nackt?«, fragt mich Quino. Die Kinder sollen natürlich nicht mitbekommen, was ihr unschuldiges Au-Pair nachts mit ihrem Vater oder Onkel treibt.

»Es war so heiß unter dem Dach, dass ich keinen Pyjama gebraucht habe«, erkläre ich ihm. Almira bringt mir ein bauchfreies T-Shirt und einen Slip. Danach warten beide vor der Tür, während ich aus dem Bett steige und kurz meine Knie nachgeben. Ich stürze auf den Teppich, auf dem ich mich rechtzeitig mit der rechten Hand abfangen kann.

Halleluja. Das nächste Mal trinke ich keinen Schluck mehr von dem verdammten Whisky. Tief in mir spüre ich den verdammten Plug. *Gott, peinlicher kann die Situation kaum sein.*

Während Amilcar und Júpiter sicher in ihren Betten liegen und von der nächsten Session träumen, büße ich kostbare Stunden meines Schönheitsschlafs ein. Wäre es nicht mein freier Tag, würde ich mich nicht beschweren. Wo ist Soraia? Ist sie am Abend weggefahren? Vermutlich, da beide Kinder schon durchschlafen. Zumindest war es die letzten Nächte so.

Als ich mich statt dem knappen T-Shirt für meine über den Stuhl gehängte schwarze Sweatjacke und die Panty entscheide und mit mehreren Komplikationen angezogen bekomme, verlasse ich mein Zimmer wie ein Zombie. Mit beiden Kindern gehe ich über die dunklen Gänge zu ihrem Zimmer.

Dort brennt das grelle Licht des Kronleuchters, das kurzzeitig in meinen Augen ziept. Mich trifft der Schlag, als ich ein Durcheinander vorfinde und Uringeruch in meine Nase sticht. Quino muss versucht haben, die Bettwäsche abzuziehen, was ihm nur zur Hälfte gelungen ist. Sämtliche Kuscheltiere und Kissen liegen verstreut auf dem Boden, sodass ich auf einen Käfer trete, der sich mit seinen riesigen Plastikaugen in meine nackte Fußsohle bohrt.

Scheiße, tut das weh! Was denkt sich die Spielzeugindustrie bloß dabei so harte Plastikteile zu produzieren!

Humpelnd gehe ich auf die schiefe, an die Wand gelehnte Matratze zu und sehe einen großen gelben Fleck. Auf ihr wird Almira heute Nacht nicht mehr schlafen können.

»Okay«, verkünde ich schläfrig und drehe mich zu beiden um. »Wir machen Folgendes.«

»Du schimpfst nicht?«, fragt Quino mit einem misstrauischen Blick.

»Sollte ich mal als Rentnerin inkontinent werden, würde ich mich auch freuen, nicht vom Pfleger ausgeschimpft zu werden.«

»Was heißt inkonernt?«, will Almira wissen und sammelt ihren Affen vom Boden.

»Egal. Wir ziehen um.« Plötzlich weitet sie die wasserblauen Augen.

»Wohin?«, fragt Quino aufgeregt.

»In mein Zimmer. Habt ihr schon mal auf dem Boden schlafen dürfen?«, frage ich beide gähnend.

Almira schüttelt den Kopf. »Dann machen wir das jetzt.«

»Ist es dafür nicht zu hart?«

Ich schmunzele. »Nein, deine Matratze ist groß genug, dass ihr sie euch teilen könnt. Ihr schnappt Quinos Decke und Kissen, ich die Matratze.«

Als wir alles in mein Zimmer bugsiert haben, ohne die teuren Gemälde und Kristallleuchter von den Korridorwänden zu fegen, liegen beide überglücklich und total aufgeregt neben meinem Bett auf dem Boden und ordnen die Kuscheltiere akkurat an der Wand an.

Ich schnappe mir Almiras Bettzeug, das ich in die Waschküche trage. Draußen wird es bereits hell. Das erste Vogelgezwitscher ist durch das angekippte Fenster zu hören, als ich die Bettwäsche in die Waschmaschine stopfe.

Da ich kein Licht angeschaltet habe, entgeht mir der Schatten, der sich weiter vorn zwischen den Sträuchern am Pool bewegt, nicht.

Ist noch jemand im Garten unterwegs?

Angestrengt blinzelnd trete ich ans Fenster, um genauer hinzusehen, aber sehe nichts Auffälliges mehr. Es war nur eine flüchtige Bewegung, wie wenn ein Apfel vom Baum fällt oder eine Katze von einer Mauer springt. Gut möglich, dass ich es mir bloß eingebildet habe.

Noch vollkommen erschöpft wanke ich hoch in die dritte Etage. Dort höre ich beide Kinder lachen.

»Wir schlafen noch drei Stunden. Mindestens.«

»Machen wir morgen eine Pyjamaparty?«, schlägt Almira vor und rollt sich auf der Matratze in ihrem frischen Nachthemd hin und her.

»Vielleicht. Wenn ihr jetzt brav schlaft.«

Ich lasse das Rollo meines Fensters herunter, was ich sonst nicht mache, um vom Sonnenlicht geweckt zu werden, und ziehe die Vorhänge zu. Beide legen sich auf Quinos eins zwanzig Meter große Matratze und teilen sich eine Decke. Ein weiches und zugleich müdes Lächeln huscht über meine Lippen, bevor ich in mein Bett steige und das Licht ausmache.

»Bist du wirklich nicht böse, Mally?«, fragt Almira.

»Pst, sei leise, Mira!«, ermahnt Quino sie. »Sonst gibt es morgen keine Party.«

Er scheint sich wirklich darauf zu freuen? Das hätte ich nicht gedacht. Meistens höre ich von ihm einen Spruch wie: Dafür bin ich zu alt. Ich bin kein Baby mehr.

»Nein, bin ich nicht«, flüstere ich, lasse die Hand aus dem Bett sinken und streichele über ihre Stirn. Sie greift nach ihr und bettet ihre Wange in meine Hand. »Gute Nacht, ihr beiden.«

»Gute Nacht«, sagen beide und geben erstaunlich schnell Ruhe. Ich warte einen Moment, um sicherzugehen, dass sie wirklich zur Ruhe kommen und keinen Blödsinn aushecken. Doch schon bald höre ich ihre regelmäßigen Atemzüge und kurz darauf bin auch ich wieder in meinen komatösen Schlaf gefallen.

21

JÚPITER

S ie sind nicht in ihren Betten«, erklärt mir Soraia aufgelöst, kaum dass sie meine Räume betreten hat.

Ich knöpfe mein Hemd gemächlich zu und betrachte sie eingehend. Es ist kurz nach acht Uhr morgens. Soraia sollte heute auf die Kinder aufpassen, während Malady ausschlafen darf. Nachdem Soraia meine Kinder gegen 22 Uhr angeblich ruhig schlafend zurückgelassen hat, können sie ja wohl nicht mitten in der Nacht einen Plan ausgeheckt haben, um zu fliehen.

Was, wenn doch?

»Und wieso stehen Sie dann noch hier?«, frage ich sie übel gelaunt, da ich wie meistens am Morgen miese Laune habe. Was daher rührt, weil ich nur drei oder vier Stunden pro Nacht schlafe. Die Alarmanlage wurde gegen halb zwei von mir persönlich angestellt, nachdem ich Malady in ihr Zimmer gebracht habe. Amilcar ist ebenfalls ins Bett zu seiner Hure gestiegen. Wie also sollten Almira und Quino verschwinden können, ohne dabei erwischt worden zu sein?

»Ich wollte Sie darüber informieren. Reden Sie nicht so schroff mit mir«, antwortet sie beleidigt und verschränkt ihre Arme demonstrativ vor ihrem ausladenden Vorbau. Sie hat hier oben überhaupt nichts verloren.

»Falls ich Sie daran erinnern darf, die vierte Etage ist tabu. Sie hätten mich anrufen können.«

»Habe ich getan. Mehrmals, aber Sie sind ja nicht an Ihr Telefon gegangen«, entgegnet sie mir garstig.

Mein Fehler. Den ich sicher nicht vor ihr zugebe. Ich knöpfe mein Hemd zu, bevor ich mir durch mein schwarzes abstehendes Haar fahre, um es mit den Händen vor dem Spiegel zu glätten.

»Wenn Sie sie nicht suchen, gehe ich zu Ihrem Au-Pair. Sie wird mir helfen, obwohl es Ihre Aufgabe wäre.«

»Sie werden dafür bezahlt!«, antworte ich lauter werdend, da mir ihr Geschnatter am Morgen auf die Nerven geht.

»Es sind Ihre Kinder, Senhor Almeida!«, schreit

sie mir schrill entgegen. *Es genügt! Wie redet sie mit mir!*

»Wissen Sie was?«, sage ich bedrohlich ruhig, bevor ich an ihr vorbeigehe und ihr die Tür aufhalte. »Sie gehen jetzt. Sie haben hier nichts verloren und keifen mich gefälligst nicht an!«

Wenn ich eines hasse, dann, wenn Menschen meine einfachsten Regelungen missachten. Und das mehrfach. Findet mich Soraia nicht, trottet sie jedes Mal zu meinen Privaträumen hoch, wo sie nichts zu suchen hat.

Erzürnt und wütend starrt sie mich an, bevor sie den Kopf zurückwirft und ihre verschränkten Arme lockert. »Was sind Sie bloß für ein Mensch!« *Ja, was für einer? Einer der übelsten Sorte, das wird sie mir gleich verkünden.*

»Sie sind gekündigt«, erkläre ich ihr. Entsetzt weitet sie ihre Augen, über denen viel zu viel billiger blauer Lidschatten klebt.

»Sie kündigen mich nicht.«

»Doch, das tue ich, liebe Soraia. Und jetzt raus hier!« Auch wenn ich mich maßlos in meinem Tonfall vergreife, dass beinahe die Wände wackeln, bereue ich es im ersten Moment nicht. Dafür im zweiten, als sie in Tränen aufgelöst vor mir steht, schnieft und in einem Eiltempo durch die Tür marschiert.

»Wissen Sie was, ich hätte es ohnehin keinen Tag länger an diesem Ort ausgehalten. Sie sind launisch, unausstehlich und jähzornig. Vollkommen krank.«

Ich balle die Hände zu Fäusten, bevor ich komplett neben mir stehe. Bis mich ein Fünkchen

Wehmut überkommt, als ich sie so aufgelöst zitternd vor mir stehen sehe.

»Sie sehen mich nie wieder. Die Schlüssel lege ich auf die Kommode in der Empfangshalle. Haben Sie ein schönes Leben, Senhor Almeida«, spricht sie verbittert, bevor sie auf die Treppe zueilt und vollkommen aufgebracht über eine Teppichfalte stolpert. Gerade so kann sie sich abfangen und am Geländer festhalten. Als sie einen Blick über die Schulter zu mir wirft, kann ich ablesen, wie peinlich ihr dieser Abgang ist, der sie erneut aufschluchzen lässt. Danach kann sie die Stufen der Treppe nicht schnell genug hinuntersteigen, sodass ich die Befürchtung habe, sie würde sich dabei das Genick brechen.

Meine Wut verraucht mit jeder Sekunde. An ihre Stelle treten Schuldgefühle und Reue.

Verdammt! Wie konnte ich das zulassen.

»Soraia«, rufe ich leise, um den ersten Anlauf zu starten, damit ich sie aufhalte. Ich eile ihr hinterher, doch ich bekomme ihren Namen kein zweites Mal über die Lippen. Will ich sie wirklich aufhalten? Kann ich sie denn noch von ihrem Entschluss abbringen?

Als ich in der dritten Etage angekommen bin, höre ich unten Schlüssel klappern, danach die Haustür lautstark ins Schloss fallen. *Das darf nicht wahr sein.*

Verärgert über mein Verhalten massiere ich mir leise fluchend die Nasenwurzel. Wenn Soraia geht, habe ich keinen Ersatz für die Kinderbetreuung, wenn Malady freihat. Wer passt dann auf Almira und Quino auf?

Da ich Soraia nicht länger hinterherlaufen will, weil ich es nicht mit meinem Stolz vereinbaren kann, suche ich das Kinderzimmer auf. Ich stoße die angelehnte Tür an. Das Licht brennt im Raum, die Jalousien sind heruntergelassen. Auf dem Boden liegen verstreut Kuscheltiere und Kleidungsstücke. Was für eine Unordnung. Doch das Erschreckende ist, dass Almiras Matratze ohne Laken im Bett liegt und Quinos Matratze aus seinem Bett komplett verschwunden ist.

Wie ist das zustande gekommen? Wo ist seine Matratze hin? Außerdem fehlen die Bettdecken und Kissen der Kinder sowie Almiras Plüschaffe und Quinos Dino. Haben sie sie mitgenommen? Aber …

Fragend drehe ich mich zur Tür. Was, wenn sie gesehen haben, wie die Alarmanlage auszuschalten ist? Und sie mitten in der Nacht verschwunden sind?

Eine beklemmende Angst, die in Hilflosigkeit übergeht, überkommt mich. *Nein. Das würden sie nicht tun. Was gäbe es für einen Grund?*

Gerade fühle ich mich in die Zeit vor knapp zehn Monaten zurückkatapultiert, als mir bewusst wurde, Raica für immer verloren zu haben. Denn gerade spüre ich dieselbe Machtlosigkeit. Habe ich sie auch verloren? Oder … wurden sie von Einbrechern mitgenommen? Stecken die Cardoso dahinter?

Ich habe nur viereinhalb Stunden geschlafen. Mir wäre sicher aufgefallen, wenn etwas in der dritten Etage vor sich gegangen wäre. Sofort kommt mir ein Gedanke. *Malady.*

Ich sollte nach ihr sehen, ob alles bei ihr in Ordnung ist oder sie etwas mitbekommen hat.

Mit schnellen Schritten und rasendem Puls biege ich am Ende des Ganges nach links ab und öffne leise ihre Schlafzimmertür. Sie ist nicht verschlossen. Um sie nicht zu wecken, falls sie doch noch schläft, klopfe ich nicht an.

Als ich die Tür einen Spaltbreit öffne, kann ich kaum etwas erkennen. Es ist stockfinster in dem Raum, die Jalousie ist komplett heruntergefahren worden. Doch dann fällt der Lichtstrahl von dem Bettende, das gegenüber an der Wand steht, auf ihre rechte Bettseite. Auf dem Boden liegen Decken und Kissen.

Ich blinzele angestrengt, bevor ich ein paar nackte Füße sehe, dann die fehlende Matratze aus Quinos Bett erkenne. *Sie sind beide bei ihr.*

Erleichtert atme ich durch, als mir klar wird, dass beide neben Maladys Bett auf dem Boden liegen. Maladys rechte Hand hängt aus dem Bett, die locker auf einem Kopfkissen ruht. Leise betrete ich den Raum. Statt nackt im Bett zu schlafen, liegt Malady in einem T-Shirt unter der Decke und atmet regelmäßig, während Almira mit dem Gesicht zu Maladys gewandt ihre Hand berührt. Quino dreht sich auf den Rücken und blinzelt in meine Richtung. Als er mich entdeckt, dreht er sich von mir weg.

Was auch immer vorgefallen ist, sie sind bei ihr und nicht abgehauen. Mir fällt ein gewaltiger Stein vom Herzen, auch wenn mir das Au-Pair leidtut. Sie wollte ausschlafen. Ohne die Hilfe eines Erwachsenen hat Quino die Matratze sicher nicht in ein anderes Zimmer getragen. Das bedeutet, Malady hat ihm geholfen.

Ohne ein Geräusch von mir zu geben, verlasse ich den Raum wieder. Quino hat mich zwar bemerkt, aber mir deutlich zu verstehen gegeben, nicht zu wollen, zu ihm zu kommen, um mir zu erklären, was passiert ist und warum sie bei Malady schlafen.

Aber ich werde später alle Antworten erhalten.

Zuerst sollte ich die drei ungestört schlafen lassen.

22

MALADY

Gähnend betätige ich die Taste des Kaffeevollautomaten und reibe meine Schläfe.

»Darf ich zu der Party auch meine Freundinnen einladen?«, fragt mich Almira aufgeregt, als sie am Esstisch sitzt und ihre Kelloggs isst. Vor ihr sitzt ihr Affe, der ebenfalls aus einer eigenen Schale fressen darf. Quino ruft plötzlich: »Achtung, Papa kommt!«, und schaltet den Fernseher aus. Die Fernbedienung lässt er unter dem Tisch verschwinden.

Mit dem Kaffee in der Hand und dem Plug im Po wanke ich noch komplett fertig in meinen kurzen

Pants und dem Shirt zum Tisch. Dort angekommen nehme ich eher unbequem und zischend auf einem Stuhl Platz. Mist, mein Hintern brennt immer noch wie ein Hochofen.

Júpiter betritt die Küche und kommentiert meine Sitzversuche, indem er die rechte Braue in die Stirn hebt. »Was ist heute Nacht passiert?«

Das frage ich mich auch. »Ich weiß auch nicht, wie das Metall in meinen Hintern kam«, erkläre ich ihm müde schmunzelnd.

»Das meinte ich nicht.«

»Dann drück dich etwas genauer aus«, necke ich ihn, bevor ich an meiner Tasse schlürfe. An seiner Reaktion merke ich, dass ihm mein Schlürfen miss-fällt. Almira dreht sich um die Stuhllehne mit ihrem Löffel in der Hand und kleckert dabei Milch auf den Boden.

»Sei nicht böse. Mally hat alles weggemacht.«

»Was weggemacht?«, will Júpiter wissen, während Quino Almira anstößt.

»Petz nicht, Mann!«, pflaumt er seine Schwester an. »Das sollte geheim bleiben.«

»Ich muss es doch sagen.«

»Richtig«, gehe ich dazwischen. »Sie sollte es ihrem Vater sagen.«

»Was sagen? Klärt mich jemand auf?« Er richtet seine Frage an mich. Wieder rutsche ich, das rechte Bein vor mir angewinkelt, um meine rechte Pobacke zu entlasten, auf dem Polster hin und her. Er genießt es, wie ich leide, das sehe ich.

Ich hole tief Luft, bevor ich meinen Blick von ihm abwende und Zucker in meinen Latte macchiato schütte, den ich anschließend mit einem Löffel verrühre.

»Beide haben mich heute Nacht gegen vier Uhr geweckt. Almira ist ein Unglück passiert.«

»Was für ein Unglück?« Er zieht den Stuhl neben mir vom Tisch. Es gibt acht weitere Stühle, an denen er Platz nehmen könnte, aber er wählt ausgerechnet den links von mir. Das macht er zum ersten Mal. Am ersten Tag konnte er nicht weit genug weg von mir frühstücken. Wieso also heute? Um zu sehen, wie zerstört ich nach dieser Nacht aussehe? Er sieht hingegen ziemlich ausgeruht aus. Ausgeruhter als sonst zumindest. Denn seine Augenringe sind nicht mehr ganz so dunkel wie noch vor zwei Wochen.

»Sie hat …« Mein Blick fällt auf Almira, die das Gesicht über der Schüssel traurig senkt und stumm weiterisst. »Ins Bett gemacht. Weil sie bei mir schlafen wollte, habe ich kurzerhand beschlossen, dass beide in mein Zimmer umziehen. Das ist alles«, erzähle ich schleppend.

»Hört sich nach einer anstrengenden Nacht für dich an«, stellt er mit diesem zweideutigen Blick fest.

»Wem sagst du das. Ist Soraia schon da? Denn ich würde mich unglaublich gerne nach dem Kaffee und einer Aspirin noch mal hinlegen.« Mir das linke Auge reibend schaue ich zu Júpiter, der geräuschvoll Luft holt.

»Sie war da, ist aber wieder gegangen.«

»Wieso?«

Jetzt wirkt er so in sich gekehrt wie Almira vor wenigen Minuten. Beide Kinder schauen zu ihm. Quinos Blicke sind jedoch wie meistens eher böse. Er hat bisher immer noch keinen Frieden mit seinem Vater geschlossen.

»Ich habe sie gekündigt.«

Mir rutscht gleich die Kaffeetasse aus der Hand, während Quino aufspringt und »Hurra!« ausstößt.

Ich schenke ihm einen strengen Blick. »Darüber freut man sich nicht, Quino.« Und ich mich erst recht nicht.

»Dann passt Malady heute auf uns auf. Hurra!«, stimmt Almira ebenfalls ein und streckt die Hand mit dem tropfenden Löffel in die Luft. »Wir machen heute Abend eine Pyjama-*papi*«, erklärt sie ihrem Vater freudestrahlend.

Meine Stirn bewegt sich immer tiefer zur Tischplatte. »Malady sieht nicht gerade fit aus. Ich rufe Soraia noch mal an.«

Beide weiten die Augen und schütteln den Kopf. »Malady braucht nur einen Kaffee, dann ist sie wach. Hat sie selbst gesagt. Stimmts?« Quino schaut erwartungsvoll zu mir.

Júpiter schnaubt leise. »Sehe ich etwas anders.«

»Wie wäre es, wenn du bis Mittag auf beide aufpasst, ich noch etwas Schlaf nachhole und danach beide Kids betreue? Ich habe ihnen die Pyjamaparty versprochen.«

Júpiter sieht nicht gerade begeistert aus. »Ich kann Amilcar fragen, ob er heute Vormittag Zeit hat.«

»Wieso nicht du?«, hake ich nach. Wieso verbringt er nie Zeit mit seinen Kindern? Zeit, die er irgendwann nicht mehr aufholen kann.

Quino stößt scharf die Luft aus. »Muss er nicht. Ich pass auf Almira auf, bis Malady wach ist.«

Lieber würde er die Betreuung seiner Schwester übernehmen, als Zeit mit seinem Vater zu verbringen.

»Hier läuft was gehörig falsch. Du passt nicht auf Almira auf. Wenn es nicht anders geht, dann bleibe ich wach.«

»Nein«, geht Júpiter dazwischen. »Du hättest heute eigentlich frei. Es hat schon gereicht, dass sie dich heute Nacht geweckt haben.«

»Das war kein Problem, denn Unfälle passieren nun mal«, erkläre ich ihm, da er nicht glauben soll, ich wäre deswegen sauer auf beide.

»Passieren schon mal, ja«, spricht er gedämpft nach. »Wir gehen gleich in den Garten und ihr dürft den Pool benutzen.« *Wie das klingt. Ihr dürft ihn benutzen.*

Ich drehe mein Gesicht weg und nehme einen Schluck von meinem Kaffee, bevor ich mich erhebe. »So machen wir es. Jetzt lasst ihr die liebe Malady noch etwas schlafen, damit sie heute Abend fit ist«, verkünde ich.

»Nicht nur für die Pyjamaparty«, erklärt mir Júpiter, als ich an ihm vorbeigehe. Abrupt bleibe ich stehen.

»Nicht nur für die Party«, antworte ich und ahne, dass mich heute Abend eine zweite Runde erwarten wird.

In der zweiflügligen Sprossentür angekommen taumele ich gegen Amilcars Brust, als er die Küche betritt. Er sieht genauso fertig und müde aus wie ich.

»Was ist hier los?«, fragt er gähnend. Dabei kneift er ein Auge zu, was ziemlich sexy aussieht. »Und warum warst du nicht in deinem Zimmer, Malady? Ich wollte dir grade einen kurzen Besuch abstatten.« Plötzlich flackert die stille Botschaft in seinen palisanderbraunen Augen auf: Eigentlich wollte ich direkt dort mit dir weitermachen, wo wir aufgehört haben.

Ja, sicher wolltest du das.

»Auf die Idee bist du nicht als Einziger gekommen. Es kamen dir drei Personen zuvor«, lache ich, zwinkere ihm zu und klopfe gegen seine Brust.

»Drei?« Verwirrt schaut er mir entgegen.

»Erklärt dir dein Bruder. Gute Nacht, ich bin bis zwölf offiziell tot.«

∿

In meinem Zimmer angekommen, stelle ich den Kaffee auf den Nachttisch und öffne die Jalousien. In dem Moment sehe ich draußen im Garten zwei Wagen vorfahren, aus denen Männer in Anzügen aussteigen. Das müssen wohl Júpiters Bodyguards sein. Jedoch sagte Júpiter vorhin, dass Soraia schon gegangen wäre. Er hat sie doch gekündigt, was ich nicht gut finde, da ich ansonsten keine freien Tage mehr habe.

Aber wieso steht ihr Cabrio in der Auffahrt? Wenn ich gekündigt werden würde, würde ich mich nicht länger als nötig auf dem Grundstück meines Chefs aufhalten, sondern schnurstracks das Weite suchen.

Was, wenn sie noch auf dem Grundstück ist, irgendwo traurig zusammengekauert in einer Ecke hockt und darauf wartet, dass es sich Júpiter anders überlegt? Kurzerhand greife ich nach meinem Handy, um sie anzurufen.

Ich suche ihren Kontakt und lasse es klingeln. Doch sie nimmt nicht ab. Gerade wandert ein ziemlich beängstigender Gedanke durch meinen Kopf.

Was, wenn ihr etwas passiert ist? Amilcar sagte mir am ersten Tag, dass der Rasen am Morgen sehr rutschig ist und die Gefahr sehr groß ist, an der Klippe auszurutschen. Während die zwei Sicherheitsleute zum Eingang unter die Überdachung treten und nichts mehr von ihnen zu sehen ist, entscheide ich mich spontan dafür, Soraia im Garten zu suchen. Vielleicht hockt sie auch bloß im Wagen und heult sich die Augen aus.

Sie war jederzeit nett und freundlich zu mir. Was auch immer vorgefallen ist, ich will nicht, dass sie geht.

Ich schnappe meine Sweatjacke, die ich über meine Schultern hänge, schlüpfe in meine weißen Sneakers und binde mein Haar notdürftig zusammen. Einen winzigen Moment überlege ich, ob ich den verdammten Plug herausnehme. Ich entscheide mich dafür und husche ins Bad. Denn das Tragen wird mittlerweile immer unangenehmer. Ich kann ihn ja heute Abend wieder einsetzen, ohne dass die Brüder je davon Wind bekommen, dass ich ihn herausgenommen habe.

Nachdem ich ihn abgewaschen und zwischen Handtüchern unter meinem Waschtisch versteckt habe, atme ich befreit durch. Was jedoch bleibt, ist das Ziepen auf meinen Pobacken. Das straffe Leder von Júpiters Gürtel hat zwei breite rote Striemen auf meiner Haut zurückgelassen. Ich bin heilfroh, dass mich die Kinder nur nackt und nicht mit glühendem Hintern vorgefunden haben.

Als ich die Eingangshalle durchquere, dringen Gesprächsfetzen an meine Ohren. Júpiters Stimme ist deutlich zu hören, die sich entfernt, als würde er im Gehen sprechen. Eine etwas jüngere Stimme fragt ihn etwas, da er am Ende seine Tonlage hebt.

Okay, besser, Júpiter weiß nichts davon, wenn ich mit Soraia rede.

Ich öffne die Hauseingangstür, husche durch sie hindurch und atme die frische Morgenluft ein. Eilig überwinde ich die fünf breiten Eingangsstufen, bevor ich über den gepflasterten Gehweg, zwischen dessen Steinen Unkraut wächst, zu den versteinerten Adlern laufe. Dabei erhasche ich einen Blick auf die zwei dunklen Wagen, die vor der großen Garage parken.

Soraias Cabrio wartet weiterhin am Ende der Einfahrt. Als ich bei ihm angekommen bin, werfe ich einen Blick durch das Beifahrerfenster. Niemand ist im Inneren des Wagens zu sehen. Die Zündschlüssel stecken und selbst Soraias Handtasche liegt neben ihrem Handy auf dem Beifahrersitz, doch von ihr fehlt jede Spur.

Dann muss sie sich irgendwo auf dem Gelände aufhalten. Was, wenn sie den Garten verlassen hat und den steilen Hügel zu Fuß zurückgelegt hat? Mein Blick wandert am offen stehenden Tor zum asphaltierten Weg, der durch das Wäldchen führt.

Das ist Schwachsinn. Wieso sollte sie zu Fuß gehen, wenn sie ein Auto hat? Und selbst wenn das Auto nicht anspringt, vergisst man als Frau doch nicht sein Handy und erst recht nicht seine Handtasche.

Mir immer mehr Sorgen machend suche ich das Grundstück nach Soraia ab, ohne sie zu rufen, da ich nicht wegen irgendwas einen Anpfiff erhalten will.

Ich werfe einen Blick in die Gewächshäuser, blicke in den Pool, dessen Wasser herrlich im Sonnenlicht schimmert, und gehe zur Klippe. Doch da ist sie nicht. Wo könnte sie stecken? Auch in der Garage der Almeida, in der drei Wagen stehen, ist sie nicht zu finden. Somit bleiben bloß noch das große Gerätehaus oder das Anwesen übrig.

Zuerst nehme ich mir das Nebengebäude vor. Gleich vor den verglasten Sprossentüren fallen mir ein Strickende und dunkle, fast braune Flecken auf dem gepflasterten Weg auf. Links und rechts stehen eingegangene Topfpflanzen, deren Laub welk im Wind hin und her schaukelt.

Ich hole tief Luft, da mich ein ungutes Gefühl überkommt. So richtig weiß ich nicht wieso, aber irgendwie ist alles etwas merkwürdig und ergibt keinen Sinn. Da die Scheiben des Schuppens so stark verdreckt sind, kann ich kaum einen Blick ins Innere werfen. Ich wünschte, ich würde etwas sehen. Aber schlierige Handabdrücke, alter Staub und Spinnenweben machen es unmöglich. Vorsichtig umfasse ich die Türklinke und drücke sie langsam herunter.

Als ich die Tür öffne, empfängt mich ein übler beißender Geruch. Es stinkt nach etwas Saurem wie Essig und zugleich nach etwas wie frisch gesägtem

Holz. Allerdings schwängert eine sehr herbe metallische Note den Innenraum, die alle anderen Gerüche überwiegt.

Meine Augen wandern langsam über den betonierten Boden, auf dem weitere dieser dunklen Flecke zu sehen sind. Sie werden immer größer und führen zur Mitte der Scheune, in der Gartengeräte, Schläuche, Rasenmäher, Fahrräder und Auflagen lagern. Jedoch kann ich meinen Schrei kaum unterdrücken, als ich mitten in der Scheune an den Stützpfeilern und Querbalken eine Person aufgehängt wie Jesus am Kreuz vorfinde.

Es ist eine junge, brünette Frau, die ein helles Kleidungsstück trägt, das in Fetzen an ihrem Körper herabhängt und von so viel Blut getränkt ist. Das helle Rot des Blutes überwiegt die helle Farbe ihres Kleides. Blut rinnt in Strömen über ihre nackten Arme und ihre gekreuzten Fußknöchel hinab. Es tropft unaufhörlich auf den Boden in eine große Blutlache, die sich um den Pfeiler gebildet hat. Das Gesicht der Frau ist nicht zu sehen, da ihr Kopf nach vorn gekippt hängt und ihr langes Haar es komplett wie ein Vorhang verdeckt. Es sieht im ersten Moment aus, als würde eine Puppe, die eine Perücke trägt, am Quer- und Längsbalken hängen und kein Mensch.

Vom grauenhaften Anblick schrecke ich zurück und pralle mit den Schultern gegen die Mauer des Gebäudes. Dabei fallen einige leere Blechdosen klappernd zu Boden, die ein schrilles Geräusch erzeugen, sodass ich erneut aufschreie. Ich presse die Hand vor den Mund und will dieses Gebäude verlassen, um nicht länger dieses Bild vor Augen zu haben, als ich ein Schluchzen höre. Sofort drehe ich das Gesicht nach rechts und entdecke eine zusammengekauerte rundliche Person, die vollkommen bewegungsunfähig zu der Frau an den Balken blickt. *Soraia.*

Sie starrt unentwegt, als sähe sie den Leibhaftigen persönlich, zu der aufgehängten Frau. Sie blinzelt nicht einmal, als ich zu ihr gehe und sie anspreche.

»Soraia, was machst du hier? Was ist passiert?« Einen Moment schießt der Gedanken durch meinen Kopf, dass sie für diese Inszenierung zuständig ist. Ich rüttele an ihren Schultern, doch sie bewegt sich keinen Millimeter. Ist sie starr vor Schock?

Die Augen weit aufgerissen macht sie mir mit diesem Anblick Angst. Ich muss Hilfe holen, vielleicht lebt die Frau, die ich nie zuvor gesehen habe, am Balken noch. Aber sie ist so verdammt hoch aufgehängt worden, dass ich nicht einmal mit der Hand ihre Füße berühren kann. Wer auch immer das getan hat, es muss in dieser Nacht passiert sein.

»Bleib hier«, rede ich beruhigend auf Soraia ein, obwohl sie keinen Eindruck erweckt, flüchten zu wollen. Sanft streiche ich über ihre Wange. »Ich hol Hilfe.« Ich stürme aus dem Gartenhaus und entdecke vor mir Júpiter und Amilcar mit den Sicherheitsmännern im Garten. Sie suchen ihn nach etwas ab.

»Gott, da bist du ja! Hast du so geschrien?«, ruft mir Amilcar zu, der im Sprint auf mich zurennt, dicht gefolgt von den anderen. Ich lege die Hand auf die Brust und versperre den Eingang des Gartenhauses.

»Ich wollte Soraia suchen, weil ihr Auto in der

Auffahrt stand, und habe … habe …« Amilcar umfasst meine Schulter, forscht in meinen Augen und schaut anschließend an mir vorbei ins Innere des Nebengebäudes.

»Nein!«, stößt er hervor, und ich erkenne in seinen Augen, dass er weiß, wer dort oben hängt. »Nein, verflucht!« Er schiebt mich zur Seite, um danach ins Innere zu stürmen und »Adora!« zu rufen.

Júpiter ist im nächsten Moment bei mir, während ich versuche, gegen die Übelkeit, den bitteren herben Geruch von Blut und Säure und den Anblick, der sich für immer in meinem Hirn einbrennen wird, anzuatmen.

Plötzlich entdecke ich im Eingang Almira und Quino, die den Garten betreten wollen.

Sie dürfen das unter keinen Umständen sehen.

Als ich einen Blick über die Schulter werfe, sehe ich Amilcar bei seinem verzweifelten Versuch, die Balken hochzuspringen und die aufgehängte Leiche abzuhängen. Er ist schnell, aber rutscht immer wieder ab.

»Sieh nicht hin.« Júpiter umfasst mein Gesicht, während ich nicht klar denken kann. Was zur Hölle habe ich gesehen? »Malady, schau mich an.« Er verpasst mir sogar einen Klaps auf die Wange, damit ich wieder blinzele und in keine Schockstarre verfalle wie Soraia.

»Geht es dir gut?«

Ich nicke bloß, bevor ich nur den monotonen Satz »Ich gehe zu den Kindern« über die Lippen bringe. In dem Moment kann ich nicht einmal eine Träne vergießen, da mein kompletter Körper sich verkrampft und genauso bewegungsunfähig anfühlt, wie ich Soraia aufgefunden habe.

Im Inneren des Nebengebäudes höre ich weiterhin Amilcar wie besessen wieder und wieder den Namen »Adora« rufen. Höre, wie er sie anspricht und fast durchdreht.

»Was ist passiert?«, fragt Quino, als ich den Eingang erreicht habe. »Warum brüllt Onkel Amilcar so laut herum?«

»Es gab einen Unfall«, erkläre ich ihm. »Wir sollten … sollten besser reingehen.«

»Aber du wolltest doch schlafen, Mally«, antwortet Almira, umklammert ihren Affen und schaut mit ihren großen Puppenaugen zu mir auf. Wenn ich mir vorstelle, dass den beiden so etwas Grauenhaftes zustoßen könnte, wird mir verdammt flau im Magen.

Ich habe mir den Schatten heute Morgen im Garten nicht eingebildet. Jemand war hier und hat diese Frau ermordet. Und mich lässt das Gefühl nicht los, dass dies ein Racheakt für mein Verhalten auf dem Marktplatz war.

Ich bin mir nicht zu hundert Prozent sicher, aber ich glaube, das ist Belisarios Werk. Er hat nicht nur den Almeida schaden wollen, sondern mir zudem die Botschaft hinterlassen, dass dies auch mit mir passieren kann. Jederzeit. Dann, wenn ich glaube, in Sicherheit zu sein. Ansonsten hätte er die Leiche verschwinden lassen und nicht wie ein Kunstwerk an den Balken aufgehängt.

Júpiter ist im nächsten Moment bei uns, breitet die Arme aus und scheucht uns ins Haus. »Ich bleibe bei euch. Gut möglich, dass es nur ein Trick ist, um euch als Nächstes anzugreifen, wenn wir abgelenkt sind. Geht ins Haus.«

Ich greife nach Almiras und Quinos Hände, um sie in das Anwesen zu führen.

»Wer ist die Frau?«, frage ich Júpiter im Gehen. Quino schaut neugierig zwischen mir und seinem Vater hin und her, da er spürt, dass etwas passiert ist.

»Die Tochter eines Partners. Adora Sousa war ihr Name.« *War?* Mehr verrät er mir nicht. Wie kommt sie auf dieses Anwesen und warum ist Amilcar bei ihrem Anblick komplett durchgedreht, wie ich ihn nie zuvor erlebt habe?

Doch bevor ich weitere Fragen stellen kann, gehe ich in der Eingangshalle vor beiden Kindern in die Hocke. »Ihr dürft jetzt ausnahmsweise fernsehen, okay? Geht ins Wohnzimmer und bleibt dort, bis ich euch abhole.«

Almira ist sofort begeistert, während ich bei Quino mehr Überredungskünste brauche. Ich muss sie beide in Sicherheit wissen, um Júpiter endlich damit zu konfrontieren, was hier los ist. Als beide Kinder im Wohnzimmer sind, schließe ich die Tür. Júpiter geht unter dem schweren Kronleuchter im Eingangsbereich ruhelos auf und ab und starrt auf den orientalischen Teppich zu seinen Füßen. Dabei rollt er seine schwarzen Hemdärmel hoch und sieht aus, als würde er jede Sekunde etwas zertrümmern wollen.

»Was geht hier vor? Jetzt erzähl mir alles. Auch, was vor vier Jahren passiert ist.«

»Nicht jetzt, Malady.«

»Doch, genau jetzt. Ich will alles wissen. Auch,

wo diese Frau herkommt, die ich nie zuvor gesehen habe. Hat sie hier gelebt?«

»Nein«, knurrt er angespannt, bevor er sich durchs Haar fährt. Was für Dinge verbirgt er vor mir? Irgendwas läuft doch hinter meinem Rücken, von dem ich nichts erfahren soll.

»Sag es mir, Júpiter. Beantworte mir meine Fragen.«

»Nicht jetzt!«, wiederholt er, dieses Mal lauter. So laut, dass ich zusammenzucke. »Du musst nicht alles wissen.«

»Ich will aber alles wissen. Es geht hier auch um mich.«

Er schnaubt abfällig. »Du hättest Belisario nicht provozieren sollen! Ich habe dir von Anfang an gesagt, das Dorf nicht zu betreten. Aber du musstest ja nach Arco de São Jorge spazieren, ihn provozieren und ihn auch noch schlagen. Das ist seine Quittung dafür!«

Will er mir damit sagen, dass es meine Schuld ist? Mich treffen die harten Vorwürfe wie scharfe Dolchspitzen. Das lasse ich sicher nicht auf mir sitzen. Wütend gehe ich auf ihn zu und stoße gegen seine Brust.

»Wenn man jemandem eine Ohrfeige verpasst oder sich gegen ihn wehrt, heißt das noch lange nicht, dass deswegen jemand ermordet wird! Woher hätte ich das wissen sollen? Mir erzählt ja keiner etwas. Außerdem hat mich Belisario provoziert, nicht ich ihn«, stelle ich es richtig. Denn aus seinem Mund hört es sich an, als hätte ich Belisario unbegründet geschlagen.

Wieder bloß ein Schnauben. Vor mir wendet er sich ab, um seinen Marsch über den Teppich fortzusetzen. Ihm fällt nicht im Traum ein, mir zu erzählen, was um mich herum passiert.

»Geh in dein Zimmer, Malady. Das ist das Beste, was du gerade tun kannst.«

»Nein«, protestiere ich. Mein Nein scheint ihm den Rest seiner Beherrschung zu kosten. Er mahlt mit den Kiefern, bevor er sich wiederholt. Dieses Mal mit einer bedrohlicheren und tieferen Stimme als zuvor.

»Du gehst jetzt nach oben!«, brüllt er mich an. Zum ersten Mal kann ich verstehen, wie sich Quino vor zwei Wochen gefühlt haben muss, als er von ihm angeschrien wurde. Und auch, dass ihn die Wut gepackt hat und er das Haus verlassen wollte.

Genau das werde ich auch tun, da es mir reicht. Wenn er nicht reden will, dann gehe ich!

Als er checkt, dass sein Gebrüll nicht wie seine scharfen Worte sonst an mir abprallen, sondern mir Zornestränen in die Augen treibt, flucht er leise und wendet sich von mir ab. Statt die Treppe hoch in mein Zimmer zu nehmen, stürme ich zur Haustür, reiße sie auf und renne über die Auffahrt zu den Toren. Dahinter erwartet mich das reinste Chaos. Mehrere Polizei- und Rettungswagen parken vor der Zufahrt. Ich renne an ihnen vorbei, während ich hinter mir Júpiter meinen Namen rufen höre.

»Malady, komm zurück!«

Fick dich! – würde ich ihn am liebsten anbrüllen. Aber ich lasse es, da ich mich nicht in meiner Wortwahl vergreifen will.

Ohne klar denken zu können, stürme ich blindlings an einem ziemlich schäbig grinsenden Belisario vorbei, der sich zwischen weiteren Gaffern vom Dorf am Straßenrand aufhält. Wo zur Hölle kommen die alle her? Sieht aus, als wären sie alle informiert worden. Und was hat dieses Scheusal hier zu suchen!

»Ja, renn, menina! Renn, so schnell du kannst«, lacht mich Belisario aus, als ich einen flüchtigen Blick in seine Richtung werfe. »Ich hatte dich vor dem Mörder gewarnt!«

Was ein Riesenarschloch! Kurz stoppe ich auf der Straße, als ich alle Schaulustigen hinter mir gelassen habe. Einen Augenblick überlege ich, ob ich zurückgehen und Belisario erneut attackieren soll, ihn so richtig bluten lassen sollte. Was fällt ihm ein, mich zu verhöhnen! Doch als ich einen Blick zurückwerfe, sehe ich, wie Júpiter die Verfolgung aufgenommen und meinen Vorsprung aufgeholt hat. Aus dem Grund entscheide ich mich dagegen, Belisario eine Abreibung zu verpassen, weil ich ansonsten alles bloß verschlimmere.

Also renne ich weiter die Serpentinen hinunter, aber komme nicht weit, als mich eine Hand an der Schulter packt.

23

BELISARIO

Vor dem Grundstück der Almeida parken mehrere Rettungs- und Polizeiwagen. Hier ist ja richtig was los. Was ein Spektakel. Der Laufbursche, der im ganzen Dorf verkünden sollte, dass wieder ein Mord in der Quinta da Crescente Vermelho geschehen ist, hat seine Sache wirklich tadellos gemacht. Das halbe Dorf hat sich vor dem Anwesen der Drecksfamilie versammelt und kann selbst Zeuge werden, dass hier das leibhaftige Böse wohnt.

Es wäre besser für Júpiter gewesen, wenn er seinem neuen Mädchen gleich zu Beginn einen

Maulkorb verpasst hätte. Wenn er seine Partner nicht zum Anwesen eingeladen hätte. Wenn er endlich aufgehört hätte, zu atmen.

Dabei war er so kurz davor, alles hinzuwerfen. Es hätte nicht mehr viel gefehlt und man hätte ihn mit Sicherheit mit einem Abschiedsbrief auf dem Schreibtisch am Kronleuchter erhängt aufgefunden. Alles hätte ein glückliches Ende gehabt. Aber nein, er musste neuen Mut fassen. Was ein Trottel.

Er rennt Malady hinterher, die verheult und verängstigt an mir vorbeistürmt und mich im ersten Moment nicht bemerkt. Ich will aber, dass sie sieht, wo ich bin. Dass ich ihr sehr nah bin.

»Ja, renn, menina! Renn, so schnell du kannst«, feuere ich sie an. »Ich hatte dich vor dem Mörder gewarnt!«

Unerwartet bleibt sie stehen, starrt mich vor Wut schäumend an und keucht aufgebracht. In ihren knappen heißen Shorts, Nike-Schuhen und der weiten Sweatjacke sieht sie aus, als wäre sie gerade erst aufgestanden. Ob sie Amilcars Geliebte zuerst gefunden hat? Wieso sollte sie sonst vor Júpiter weglaufen, der hinter ihr herruft wie nach einem Pferd, das ihm durchgegangen ist?

»Malady!«, ruft er sie lautstark und sprintet an den Polizeiwagen und staunenden Gesichtern der Dorfbewohner vorbei.

Als sie ihn bemerkt, fällt jeder Zorn von ihr ab und sie rennt weiter. Sehr gut. Bald ist auch sie Geschichte. Aus der Hosentasche hole ich meine Marlboroschachtel hervor, schiebe eine Zigarette in den Mund und zünde sie an.

»Was wohl passiert ist?«, fragt Dalmiro neben mir Kaugummi kauend und schaut gelangweilt zu Júpiter, der sein Häschen bedauerlicherweise wieder eingefangen hat. Zu schade. Einen großen Vorsprung hatte sie leider nicht. Aber wie es aussieht, geben sich beide ein lautes Wortgefecht, von dem alle Zeugen werden. Gelassen stoße ich den Qualm aus, während ich mir mein hämisches Grinsen nicht verkneifen kann.

»… nein!«, schreit sie. »Nicht ohne eine Erklärung …«

Auf die bin ich auch gespannt.

»Nicht hier … besprechen wir alles drinnen …« Er redet in einer gesenkten Lautstärke auf sie ein, hält sie erneut auf, als sie das Weite suchen will.

»Bedräng sie doch nicht, Júpiter!«, rufe ich über die Menge hinweg in ihre Richtung. »Lass das Mädchen doch gehen, wenn sie es will.«

»Misch dich da nicht ein«, fährt mich Júpiter an, der mir einen vernichtenden Seitenblick zuwirft. Malady schaut ebenfalls finster zu mir, bevor sie sich aus Júpiters Händen befreit und wie eine Furie auf mich zustürmt.

»Du bist daran schuld! Du hast das gemacht! Wenn du ein Problem mit mir hast, dann sag es mir ins Gesicht und räche dich an mir, nicht an Unschuldigen, die nichts mit der Sache zu tun haben.«

Mit voller Wucht, bevor Júpiter sie bändigen kann, stößt sie mich mit beiden Händen zurück. Mir bleibt einen Moment der Rauch in den Lungen stecken, bevor ich hart mit dem Rücken gegen einen Baumstamm pralle. Machen wir uns nichts vor, ich hätte mich wehren können, wenn ich gewollt hätte. Stattdessen fasse ich mir mit schmerzverzerrtem Gesicht an die Brust und huste heftig.

»Hör auf! Das will er doch bloß erreichen«, warnt Júpiter sein ziemlich freches Au-Pair.

Einen Moment lasse ich die Maske sinken und grinse ihr herausfordernd zwischen meinen Haarsträhnen entgegen. Sie versperrt mir mit ihrem zierlichen Körper, in dem erstaunlich viel Power steckt, die Sicht auf die anderen glotzenden Bewohner.

»Du hast ihn gehört, menina. Zügele deine Zunge und zäume deine Wut. Du wirst beides brauchen, wenn ich dich in die Finger kriege. Und glaub mir, dann werde ich dich um die Stange tanzen lassen, bis dir die Puste ausgeht und deine Füße bluten«, raune ich Júpiter und Malady zu. Bloß Dalmiro, der in meiner unmittelbaren Nähe steht und mir seine Hilfe anbietet, hat ebenfalls meine Warnung gehört.

»Du hast uns beobachtet?«, stößt Malady hervor, bevor ihr Blick wieder lodert wie der einer Dämonin. Sie will erneut Anlauf nehmen, als Júpiter sie zu fassen bekommt und kurzerhand über die Schulter wirft.

»Reiß dich endlich zusammen und geh nicht auf seine Provokationen ein.«

»Eines verspreche ich dir, Belisario …!«, schreit sie mich über die Schulter hinweg an und hebt den Finger zu mir, während Júpiter sie von mir wegträgt. Ja, sprich ruhig deine Morddrohungen aus, das macht die ganze Sache noch glaubwürdiger. Dann stecken nicht nur die Almeida-Brüder unter einer Decke, sondern die kleine Stripperin auch.

Dieses Mal sagt Júpiter etwas zu ihr. Etwas sehr Leises, woraufhin sie nach Luft schnappt und das Gesicht zu ihm dreht. Kein Wort verlässt mehr ihre vollen Lippen, mit denen ich so einiges anzustellen wüsste.

Obwohl sie mich nicht mehr bedroht, beschimpft oder provoziert, schenkt sie mir einen mörderischen Blick.

»Scheint so, als wäre sie richtig heiß auf dich«, stellt Dalmiro spöttisch lachend neben mir fest und klopft auf meine Schulter. »Die ist ja richtig außer Kontrolle.«

»Sieht so aus. Verrückte Amerikanerin. Wenn es mir zu bunt wird, zeig ich ihr, wie ich sie bändige. Júpiter ist viel zu inkonsequent und lässt jeden ihrer Trotzmomente ungestraft durchgehen.«

Bei mir käme sie nicht auf solche Ideen. Ich würde mir von ihr nicht auf der Nase herumtanzen lassen.

Bevor ich beiden länger nachsehen kann, erweckt eine Liege meine Aufmerksamkeit. Ein abgedeckter Körper wird von drei Sanitätern zum Krankenwagen gerollt, was bei einigen Bewohnern für tiefes Entsetzen sorgt.

Am Tor bleibt Amilcar stehen, der seine kleine Gespielin bis zur Grundstücksgrenze begleitet hat und mir nun eiskalte vernichtende Blicke zuwirft. Jedoch bloß für einen flüchtigen Moment, danach stößt er sich von der Säule, auf der ihr Adler thront, ab und macht sich daran, die Flügeltore zu schließen.

Auch wenn er den Gelassenen mimt, weiß ich, wie sehr er gerade leidet. Ich werde den Brüdern Malady noch etwas länger lassen. Sollen sie sich mit ihr amüsieren, sie in ihre Herzen schließen, bis ich sie zerstöre und beiden damit endgültig den Todesstoß verpasse.

Der Plan klingt ganz wundervoll. So werde ich es machen.

Bis demnächst, Malady, wir sehen uns schon sehr bald wieder.

Die eingerosteten Scharniere quietschen schrill auf, bevor die drei Meter hohen Tore der Quinta da Crescente Vermelho ins Schloss fallen. Die beiden Halbmonde, die im Eisentor neben Lilienblüten aus Metall eingelassen sind, werden von den zwei Steinadlern bewacht.

Irgendwann zerfallen auch Monde zu Staub.

24

MALADY

Erst auf dem moosgrünen Sessel festgebunden löst er seine Hände von mir. Hinter mir fällt die Tür laut ins Schloss.

»Könntet ihr mir sagen, was das gerade eben war!«, fragt Amilcar verärgert. »Wieso streitet ihr euch auf der Auffahrt wie ein Ehepaar direkt vor den glotzenden Dorfbewohnern? Und wieso ist dieser Bastard hier!«

Angefressen starre ich auf den Teppichboden, beiße die Zähne aufeinander und gebe keinen Ton von mir. Hektisch atme ich aus und ein, während ich die Hände zu Fäusten balle. Am Oberkörper hat mich Júpiter an den Sessel gebunden, als wäre ich eine Geisel.

»Erkläre du es ihm doch, Malady. Oder hat es dir plötzlich die Sprache verschlagen, he?« Júpiter umfasst mit einem groben Griff mein Kinn und hebt es an.

Wütend funkele ich ihm entgegen, während er mit seinen tiefblauen Augen in meinen forscht.

Trotzig reiße ich ihm das Gesicht aus den Fingern.

Vergiss es! Ich muss nichts erklären. Wenn jemand etwas zu erklären hat, dann bist du es!

»Sieht nicht so aus, als würde sie mit der Sprache herausrücken«, stellt Amilcar fest, gesellt sich zu seinem Bruder und bleibt neben ihm vor dem Schreibtisch stehen. »Was läuft hier? Reicht es nicht, dass es ihnen heute Nacht gelungen ist, Adora zu töten? Müsst ihr euch jetzt noch in die Haare kriegen?«

»Ich habe mich nicht mit ihr gestritten. Sie hat sich nicht an meine Anweisungen gehalten.«

»Warum wohl?«, gebe ich zurück.

»Oh, sie spricht doch«, stellt Júpiter gespielt verblüfft fest und grinst schmal.

»Sag mir endlich, was hier passiert. Ich will eine Erklärung.«

Amilcar schaut von mir zu Júpiter, der seine Miene vor mir verschließt und um den Schreibtisch herumgeht.

»Es gibt Dinge, von denen du nichts zu wissen brauchst.«

»Ach wirklich? Hängen diese Dinge auch damit

zusammen, dass du Männer wie diesen Rui kennst? Männer, die mich für ihre Clubs kaufen wollen?«

Amilcar dreht sich zu Júpiter um. Er sieht im Gegensatz zu seinem älteren Bruder so aus, als wäre er bereit, mir alles zu erzählen.

»Amilcar … sag du es mir.«

»Amilcar wird dir überhaupt nichts sagen. Wenn, dann werde ich das tun.« Júpiter bleibt hinter dem Schreibtisch stehen, stemmt sich auf der Tischplatte mit den Fäusten nach vorn ab und starrt mich an. Dabei entgehen mir seine weiß hervortretenden Fingerknöchel und schweren goldenen Sigelringe nicht.

»Bist du dir sicher?«, fragt Amilcar ihn. »Du weißt, was auf dem Spiel steht.«

Was denn?

»Was soll noch Schlimmeres passieren, als dass sie Raica, Adora und die Au-Pairs verschwinden lassen, Amilcar? Was? Viel schlimmer kann es nicht mehr kommen.«

Abwartend schaue ich zwischen Amilcar und Júpiter hin und her, während ich hinter meinem Rücken den Knoten mit den Fingern löse, was sie nicht bemerken.

»Es sollten nicht noch mehr in die Sache involviert werden, Júpiter. Auch wenn ich es ihr am liebsten sagen würde, mache ich es nicht. Das solltest du auch –«.

»Sei still.«

Amilcar schnauft und verdreht die Augen, in denen immer noch eine unergründliche Traurigkeit liegt. Nachdenklich senkt er den Blick auf seine Hände, während er einen Sigelring an seinem Ringfinger dreht. Er trägt denselben Ring wie Júpiter, wie die anderen Männer, die gestern Abend zu Besuch waren.

»Zuvor fange ich an«, entscheidet sich Amilcar. »Die Frau, die du im Gerätehaus gefunden hast, heißt Adora Sousa. Sie ist, nein, war ... eine Freundin.«

Ach ja? Skeptisch mustere ich Amilcar, der nun aufblickt. »Nein, sie war viel mehr. Aber gehörte nicht zur Familie.«

»Wie soll ich das verstehen?«, hake ich nach und habe den Knoten fast gelöst.

»Sie war seine Hure«, klärt mich Júpiter auf.

»Nenn sie nicht so!«

»Wieso nicht? Er hat sie doch nur zu dir geschickt, weil er wollte, dass du dich in sie verliebst und irgendwann heiratest.«

Amilcar meint mit Freundin *seine* Freundin? Sie war die gesamte Zeit über hier und ich habe sie nicht getroffen? Wie ...

»Ich hätte sie nicht geheiratet. Sie war eine Abwechslung, mehr nicht«, erklärt er seinem Bruder. »Was auch immer sie war ... das hatte sie nicht verdient. Es wäre alles nicht passiert, wenn du den Kreis nicht aufgelöst hättest. Damit hast du uns angreifbar gemacht und geschwächt.« Sieht aus, als würde Amilcar die Schuld bei seinem Bruder suchen.

»Welchen Kreis?«, hake ich nach. Júpiter schaut zu mir, bevor er sich über die Lippen leckt und beide Brauen in die Stirn hebt.

»Du liest nie Zeitung oder machst dir die Mühe,

genauer zu recherchieren, was, Malady?«, zieht er mich auf.

»Es ist auch nicht einfach gewesen, da ich kaum Informationen von Soraia oder dir erhalten habe. Ihr macht es mir in dieser Sache wirklich nicht gerade leicht.«

»Wieder findest du bloß Ausreden«, erwidert er kühl und überlegen.

»Hör auf damit, Júpiter«, ermahnt Amilcar ihn. »Nicht jeder Mensch erwartet immer gleich das Schlimmste. Malady hat die Verträge unterschrieben, wieso erklärst du es ihr nicht endlich? Du wolltest es ihr sagen, sobald sie hierbleibt.«

»Gerade noch wollte sie fliehen.« Ja, das wollte ich, obwohl meine spontane Flucht ohnehin sinnlos gewesen wäre. Da ich alles Wichtige wie Portemonnaie, Geld, Ausweise und Handy zurückgelassen hätte. Weit wäre ich nicht gekommen.

Da ich nicht auf seine Anspielung zu meinem Regelverstoß anspringen will, bleibe ich ruhig. Nur so wird er es mir sagen – was auch immer es sein mag.

»Fein. Dann sage ich dir, was vor vier Jahren geschehen ist. Es ist für dich ohnehin zu spät, abzuhauen oder den Vertrag aufzulösen.« *Danke, dass du mich daran erinnerst.* »Vor vier Jahren kursierte das Gerücht, dass ich während meiner Amtszeit Gelder veruntreut hätte. Was jedoch nicht stimmte. Dennoch wurde alles überprüft und dabei stieß die Prüfungskommission auf eine Verbindung zu Kartellen in Südamerika.«

Fragend, worauf er abzielt, runzele ich die Stirn.

Sein Blick wird eindringlich. Sehr unmissverständlich. Jedoch will es bei mir nicht klick machen, da ich dem einzigen Gedanken, der durch mein Hirn kreist, nicht glauben will.

Mit einem verwirrten Gesichtsausdruck schaue ich zu Amilcar, der meinen Blicken ausweicht.

»Genügt dir die Antwort?«

»Nicht im Geringsten.« Der Knoten ist gelöst, sodass ich das Seil, das um meinen Oberkörper geschlungen ist, mit den Händen straff halte, damit beide nicht bemerken, dass ich frei bin.

»Streng deinen Kopf an. Madeira ist unter anderem eine Insel im Atlantik, die als Zwischenstopps angeflogen oder angefahren wird.«

Nein, komm schon – erwidere ich seine Andeutung mit einem fassungslosen Gesichtsausdruck.

»Sie hat es gleich. Zumindest verrät es mir ihre Mimik«, stellt Amilcar fest.

»Dann wurde dir vor vier Jahren dein Posten entzogen, weil du im Drogengeschäft mitgemischt hast? Willst du mir das damit sagen? Und was ist mit der Familie Cardoso? Sag nicht, sie sind eure Konkurrenten und jede Familie will die andere ans Messer liefern, um mehr Profit herauszuschlagen.«

»Cleveres Mädchen. Ich bin wirklich stolz auf dich, dass du fast von allein auf die ganze Wahrheit gekommen bist.« Amilcar tritt an mich heran, um mir auf die Schulter zu klopfen, als er checkt, dass ich mich losgebunden habe.

»Du bist frei?«

Ganz ehrlich … ich wäre im Leben nicht allein auf diese Idee gekommen, wirklich nicht. Aber nach dieser Nacht und diesem Morgen kann mich langsam nichts mehr schocken. Obwohl ich, wenn ich es genau betrachte, in einen Drogenkrieg, eine Familienfehde – oder wie auch immer man es bezeichnen sollte – hineingeraten bin.

Júpiter tritt an meine andere Seite, sieht auf das Seil, das ich loslasse. Gerade als ich aufspringen will, drücken mich beide auf das Polster zurück. »Was soll das?«

»Jetzt wirst du dich etwas ausruhen, bevor du einen zweiten Anlauf unternimmst, kleine Malady«, haucht Amilcar nah an meiner Schläfe, streicht mir eine Haarsträhne aus der Stirn und hält mir gleich darauf ein Tuch vor den Mund, während Júpiter mit festen Griffen meine Hände hinunterdrückt.

Überrascht reiße ich die Augen auf, starre beide böse an und schüttele den Kopf hin und her. Doch die beißenden Dämpfe, die von dem Stoff ausgehen, benebeln viel zu schnell meinen Verstand.

Das Letzte, was ich vor mir sehe, ist Júpiter, der direkt vor mir steht und eingehend auf mich herabblickt.

»Schlaf etwas, Malady. Wir werden da sein, wenn wir dich brauchen.«

Rücklings werde ich in eine Dunkelheit gerissen.

Verdammt, was machen sie! Ich will das nicht.

MALADY
Savage Love

Band 2 der Reihe
ISBN: 978-3947738762

www.kampenwand-verlag.de

Und zum Schluss ...

An dieser Stelle möchte ich mich ganz herzlich für den Kauf oder die Ausleihe dieses Romans, eure Rezensionen auf Amazon, für euer Feedback & eure lieben Nachrichten bedanken. Es war unglaublich toll, dass so viele auf Instagram bei der Entstehung vom ersten Band der "**MALADY**" Reihe dabei waren. Auch bei Band zwei und drei werde ich euch mitnehmen. Schaut super gerne vorbei und stalkt mich gerne.

Ein großes Dankeschön geht an meine Korrektorin und meine Testleserinnen Jule, Line, Susanne & Nadja.

Schon in circa einem Monat erscheint der Folgeband mit dem Titel "**MALADY Savage Love**".

Somit dauert es nicht mehr lange und wir lesen uns schon sehr bald wieder. Wie immer freue ich mich über jede Rezension, wenn ihr mich unterstützen möchtet.

Saudações cordiais!
D.C. Odesza

Playlist

ALL OVER AGAIN – GEORGI KAY

UNBREAKABLE – AVIVA

GUILTY PLEASURES – GEORGI KAI

HIGH SEASON – TIGGI HAWKE

THE WOLF – SIAMES

HOUDINI – AVIVA

SAVE YOURSELF – VANIC, GLORIA KIM

DEAD GIRL! – AU/RA

DIE KOMPLETTE PLAYLIST IST
AUF SPOTIFY UNTER D.C. ODESZA
ZU FINDEN. HÖR GERN REIN.

 Spotify®